suhrkamp taschenbuch 3668

Cees Nooteboom ist viele Jahre seines Lebens unterwegs gewesen, hat sich als Reisender Prüfungen und Erfahrungen ausgesetzt, die seine Existenz als Schriftsteller auf besondere Weise beeinflußt, ja geprägt haben. Dabei hat es ihm die islamische Welt schon in jungen Jahren angetan, und so hat der Autor, der »das Sehen« zu seinem »Spezialgebiet gemacht« hat, nicht nur in Erzählungen und Reportagen, in Feuilletons und Glossen, sondern auch in Gedichten und poetischer Prosa auf Eindrücke reagiert, die ihm das islamische Gegenüber geboten hat. In *Der Laut seines Namens* schreibt Nooteboom über eine Begegnung in und mit Marrakesch, eine Reise durch den Atlas, eine ganz besondere Nacht in Tunesien sowie über das so eigene und eigenwillig schöne »Mondland Mali«, über Erlebnisse in Dörfern und Städten, die uns bis vor kurzem unbekannt waren, aber auch über Erfahrungen mit dem – islamischen – Fremden vor der eigenen Haustür, zum Beispiel in Amsterdam. Cees Nooteboom nimmt uns mit hinein in seine Abenteuer, und es ist an uns, den Lesern, den Weg mit ihm, dem Schriftsteller, zu teilen. Oder, wie Goethe es gesagt hat: »Der Weg ist begonnen, vollende die Reise«.

Cees Nooteboom, geboren 1933 in Den Haag, lebt als freier Schriftsteller in Amsterdam und auf Menorca.

Cees Nooteboom

Der Laut seines Namens

Reisen durch die islamische Welt

Aus dem Niederländischen
von Helga van Beuningen
und Rosemarie Still

Suhrkamp

Umschlagabbildung: Fliese mit Anfang der »basmala«, Syrien, 16./17. Jahrhundert, Staatliches Museum für Völkerkunde, München, Foto: A. Laurenzo. Auf der aus einem Inschriftenfeld stammenden Fliese steht im »thuluth«-Duktus der erste Teil der Formel »bismillahi r-rahmani f-rahim« – »Im Namen Allahs, des Allbarmherzigen, des Allerbarmers!«. Mit dieser Anrufung wird (außer Sure 9) jede Koransure eingeleitet.

suhrkamp taschenbuch 3668
Originalausgabe
Erste Auflage 2004

Satz: Hümmer GmbH, Waldbüttelbrunn
Druck: Ebner & Spiegel, Ulm
Printed in Germany
Umschlag: Göllner, Michels, Zegarzewski
ISBN 3-518-45668-7

1 2 3 4 5 6 – 09 08 07 06 05 04

Inhalt

Ein Abend in Isfahan

I

Truman Capote fliegt nie freitags, und ich selbst habe auch oft Angst. Und: Diese Angst verringert sich keineswegs mit zunehmendem Alter. Man liest ein Gedicht – vor zwanzig, fünfundzwanzig Jahren –, und seit diesem Tag steht Isfahan für das unabwendbare Schicksal, den Ort, an dem der Tod einen holt. Seit Jahren will ich schon dorthin und habe immer geglaubt, daß ich dann nicht mehr zurückkäme. Und nicht nur auf mich hat Isfahan diese Wirkung. Als ich am Morgen meiner Abreise auf dem Flughafen Schiphol umherspaziere, treffe ich den Schachspieler Donner.[1] Er fliegt nach München zu einem Länderkampf. Ich erzähle, daß ich nach Isfahan fliege. Er macht ein bedenkliches Gesicht: »Ich würde mich hüten!« Aber da ist es schon zu spät. Ich habe mein Schicksal bereits gekauft, und wenige Stunden später fliege ich in einem bis auf den letzten Platz mit Geschäftsleuten besetzten deutschen Flugzeug über den Balkan. Ich auf dem Weg zu einem Gedicht, sie auf dem Weg nach boomcountry. Ein guter Vorgeschmack. Teheran ist zu einer Goldgräberstadt geworden, nur haben die Goldsucher einen Diplomatenkoffer anstatt einer Schaufel, aber das ist auch schon alles. Die Hotels sind restlos voll, in allen Zeitungen stehen Fotos von deutschen, japanischen, italienischen Delegationen, die um den Schah herumscharwenzeln wie Höflinge um den Sonnenkönig, und sie *sind* Höflinge, und er *ist* der Sonnenkönig. Eine Stewardeß bietet die *Kayhan* an, eine englischsprachige persische Zeitung. His Imperial Majesty the Shahanshah urges a steelmill for Khorassan, Iran and India reach full understanding, und Suryanaran Veena player plays Carnathic

Music in the City Theatre at 8 p. m., und, neuer Beweis für meine merkwürdige Beschränktheit, wenn es um simple Fakten geht: Plötzlich wird mir bewußt, daß ich zum erstenmal nach Osten fliege, und *weil* mir das bewußt wird, passieren drei Dinge zur gleichen Zeit, eines tatsächlich (es wird rasch dunkler), und zwei auf der sentimentalen Ebene: Mich überkommt das physische Gefühl, über etwas sehr Altes zu fliegen und über etwas, das unendlich leer und ausgedehnt ist. Beides ist wahr, doch das physische Gefühl ist seltsam, denn während ich hier an den Pfauenthron denke, an Xenophon, Herodot und Zarathustra, schleppt das Beförderungsmittel, in dem ich sitze, mich irgendwohin, was genausogut der Westen oder der Norden sein könnte. Wie dem auch sei, es dauert fünf Stunden, und es ist Mitternacht, als ich an einigen Militärflugzeugungetümen entlang über das nach Benzin riechende Rollfeld gehe, dem Chaos entgegen.

Zum erstenmal irgendwo anzukommen ist immer wie ein psychologischer Test. Frage eins: Alle Hotels sind voll, was machen Sie jetzt? Nichts, warten und nörgeln. Frage zwei: Schreiende Männer bringen Ihr Gepäck bis zur Tür, wollen dann Geld. Auf den Scheinen stehen nur arabische Zeichen. Wieviel ist wieviel? Dann kommen andere, dieselben Männer, laden das Gepäck in ein Auto, führen einen dann aber zu einer Schlange. Geschubse und Gemecker in der orientalischen Nachtluft, lange Schlange, lange Warterei, doch mit dem Ticket, das man dann bekommt, hat man das Taxi bereits bezahlt. Also keine Gaunerei. Gutes System, man muß es nur kennen.

Die Straßen sind leer, breit. Ich sehe die Umrisse hoher Gebäude. Das Hotel wurde für einen Spionagefilm im Jahr 1942 gebaut. Humphrey Bogart steht hinter dem Empfangstresen, aber ich behalte die Mikrofilme vorläufig noch in meinem Toupet. Über allem liegt ein zerrissener Zelluloidglanz von alten Marmorplatten an den Säulen, Ficus-Bäumen, in morbide Gedanken versunken, und, was glaubst du: persischen Teppichen!

Die Wände meines Zimmers sind so gelb wie alt gewordenes Zeitungspapier. I spy schlägt das Bett auf und sieht ein langes, welliges Haar, auf dem Badezimmerboden steht Wasser, und als ich den einzigen Stuhl verrücke, machen die Kunststoffjalousien das Geräusch einer Pestrassel. Ich bin zu Hause. Ich setze mich auf diesen einen Stuhl, auf dem ein ganzes Volk gesessen hat, und breite den Stadtplan von Teheran aus. Sobald ich irgendwo ankomme, packt mich eine wahre Gefräßigkeit – ich muß wissen, wie alles zusammenhängt, ich muß das »System« der Stadt kennenlernen, ich muß losziehen, riechen, schauen, in Bussen und Straßenbahnen sitzen, die Stadt erobern.

In der Vorhölle des Hotels schlägt eine Uhr. Ich fange an, meine Koffer auszupacken, und merke, daß ich meine Toilettensachen vergessen habe. An der Ecke habe ich vom Taxi aus einen Drugstore gesehen, der noch geöffnet hatte. Ich gehe dorthin. Es ist sehr angenehm. Der Drugstore heißt Takhte Jamshid, ein weißer Neonkasten in einer dunklen Wand. Alles, was ich brauche, ist da, und alles kommt aus dem Ausland, bis hin zur Nagelschere. Die Probleme der Dritten Welt, kindergerecht erklärt. Ich zahle mit einem grünlichen Schein, auf dem so etwas Ähnliches wie ein Herz mit einem Punkt abgebildet ist, aber der wird mit lautem Gelächter begrüßt. Dieser komische Herr Ausländer! Da lasse ich sie eben selbst aussuchen, denke, daß ich, wenn ich Deutscher gewesen wäre, zumindest die Zahlen von eins bis zehn auswendig gelernt hätte, beschließe, das nachträglich noch zu tun, gebe meinen Importkrempel an der Rezeption ab und gehe wieder hinaus auf die Straße.

Ein seltsames Gefühl, als ob diese Stadt, die doch einen sehr soliden Eindruck macht, mir nichts, dir nichts von dieser wilden, leeren, alten Ebene verschwinden könnte, so wie ein Urwald sich wieder um ein verlassenes Camp schließt. Später lerne ich, daß es mit dieser »Ebene« nicht so weit her ist. Das »Plateau«, von dem die Gelehrten sprechen, ist hoch und bizarr. Teheran zieht sich von 1200 auf 1700 Meter Höhe, in Persien gibt es Wüsten, Steppen und bösartig hohe, verschneite Berge, verschiedene Klimata, verschiedene Völker. »Wenn«, heißt es bei Jean Hureau, »der Berg Ararat, an dem die russische, türkische und persische Grenze aneinanderstoßen, in Paris stünde, dann läge die persisch-pakistanische Grenze hinter Athen und die Grenze zu Afghanistan hinter Budapest. Teheran läge in Venedig und Schiras in Neapel.« Es ist, wie zu Kyros', Darius' und Xerxes' Zeiten, ein Kaiserreich, in dem verschiedene Völker vereint sind. Der Name Iran stammt von den Aryans oder Ariern, einem indoeuropäischen Volk, das von 4000 v. Chr. an von Nordosten her über den Fluß Oxus ins Land zog. Sie sprachen *eine* Sprache, ritten auf Pferden, besaßen Kampfwagen und zogen langsam gen Westen. Das Herzstück ihres Landes war die Region Fars. Daher der Name Persien.

Ich mache meine Hausaufgaben, bis mir die Augen zufallen, und wache am nächsten Morgen von der Wärme und von einem konstanten tiefen Brummton auf. Ich öffne einen Spalt in der Jalousie, sehe eine riesige taubengraue Krähe und eine pantherartige wilde Katze und dahinter einen massiven Verkehrsstrom, dick wie Sirup, aus allen Öffnungen qualmend. Zehn Minuten später wird mir meine erste persische Lektion erteilt: der Taxitanz. Es dauert etwas, bis man's kapiert hat, und ganz unkompliziert wird es nie. Also: Man stellt sich auf die Fahrbahn, und sobald sich ein kleines oranges Taxi nähert, springt man darauf zu und schreit sein Ziel in das offene Fenster, einen persischen Schrei, den man vorher auswendig gelernt hat. Das kann nie der Endpunkt der Fahrt sein, denn die Taxis bewegen sich ausschließlich auf geraden Linien durch die

Stadt. Will man also erst nach Osten und dann nach Süden, so muß man das Ganze zweimal durchexerzieren. Unmerklich hat der Fahrer die Geschwindigkeit verringert, aber richtig anhalten tut er nur, wenn man mitdarf. Ob man darf oder nicht, bleibt ein Rätsel. Meist starten sie gleich wieder durch. Man selbst sieht tunlichst zu, daß man sein Leben rettet, denn die Rachsucht darüber, eine Million Jahre lang kein Auto besessen zu haben, ist in alle persischen Chauffeure gefahren. Rote Ampeln, Fußgänger, Menschenleben – alles nur Rattenfutter, weg damit, wie der Zorn Gottes geißeln sie die Straßen. Hat man ein Taxi ergattert, so teilt man es mit ein, zwei, drei, vier, fünf anderen und sieht von innen, wie verzweifelt andere draußen den Taxitanz tanzen. Aber man kommt immer zum Ziel, und es kostet nichts.

Ich steige beim Basar aus, einem vom Rest der Welt abgeschiedenen überdachten Kosmos von Märkten, Bäckern, Kupferschmieden, Teehäusern, Geldwechslern, Schlachtern, Gewürzverkäufern. Weil ich an diesen Orten immer am glücklichsten bin, habe ich nie darüber nachgedacht, warum das so ist. Über Glück denkt man eben weniger nach als über Unglück. Vielleicht liegt es daran, weil man weiß, daß das, was man selbst als Chaos und Labyrinth empfindet, in Wirklichkeit von einer simplen, schlichten Ordnung ist, an der man nie teilhaben kann. Mich macht der Schein des Rätsels glücklicher als die Tatsache seiner Lösung, und so sitze ich sehr zufrieden auf der Treppe beim Kupferschmied, höre dem Klingklang zu, sehe, wie die Arabesken in das Kupfer getrieben werden, sehe, wie Menschen etwas *machen* und der Macher vom Produkt seiner Arbeit noch nicht entfremdet ist – denn das kommt natürlich noch hinzu, jeder tut, was er *ist,* so wie ein Schriftsteller schreibt und ein Bauer sät. Die Welt wird dann von Menschen regiert, anstatt die Menschen von der Welt, der Schmied ist der Schmied, der Gewürzverkäufer der Gewürzverkäufer, der Gärtner der Gärtner und der Tod der Tod.

Ist das so? Nicht ganz, aber es stimmt trotzdem. Bald wird es nicht mehr so sein. Dann werden all diese Kupfergegenstände hier von einer Maschine hergestellt, und derjenige, der jetzt Kupfer bearbeitet, baut dann eine Maschine. Dann sind er und der Gegenstand, den er machte, etwas anderes geworden, und der Fleck, an dem ich ihn beobachtete und sah, wie das geht, *etwas machen,* ist dann ein leerer Fleck. Jetzt noch nicht. Ich spaziere durch die Düfte, berühre Dinge, beobachte Menschen, esse eine Schale *dugh,* eine Art Joghurt, trinke ausgepreßte Wurzeln und stehe dann plötzlich auf dem Innenhof einer Moschee. Urplötzlich Licht, urplötzlich Stille. In der Mitte ein quadratisches Wasserbecken mit grünlichem Wasser und einigen kleinen Fontänen. Ich sitze auf dem Rand. Ein Mann links von mir wäscht sich endlos die Hände. Ein Junge stellt sich neben mich, nimmt seinen Ring ab, beugt sich vor und taucht das ganze Gesicht ins Wasser. Nur das Wasser macht etwas Geräusch. Nach dem Waschen gehen sie über den weiten Platz zu einer großen, sonnenbeschienenen Nische und schließen sich den Männern an, die dort bereits, jeder für sich, ihre Gebete verrichten. Ich habe das Gefühl, daß ich nicht so schamlos zuschauen darf, aber das kommt daher, weil sie so schamlos beten. Sie sind, wie man das früher in Heiligenlegenden las, für die Welt verloren. Einer sitzt da, mit gereckten Armen und erhobenen Händen, verneigt sich, steht wieder, neigt sich dann bis zum Boden mit geschlossenen Augen und sich bewegenden Lippen; andere führen gleichzeitig andere Bewegungen aus, heben die Hände, starren zum Himmel, verneigen sich, schwanken, einige tragen Kaftane, ihre Schuhe und Pantoffeln stehen in einer langen Reihe vor der Nische, immer mehr kommen hinzu, andere Kopfbedeckungen, Gesichtsformen, Stämme, breite mongolische Gesichter, Nomaden, arabische Gelehrte mit Borgesgesichtern. Nichts ist armseliger als der Fortschritt, denkt der rationale Progressive und sentimentale Regressive, der ich bin, den ein Schauder überläuft, wenn er in seinem Heimatland eine Gruppe schwarzgekleideter Christenhunde mit derselben Frömmigkeit das Kirchengebäude verlassen sieht, und in innere Widersprüche verwickelt schlendere ich, mich selbst aus der Umklammerung ihrer Unerreichbarkeit verbannend, von diesem Platz der Stille fort.

Am nächsten Tag mache ich mich wirklich nach Persien auf. Der Schah hat an diesem Tag die Karten seines Kabinetts neu gemischt, auf den Straßen hängen Schilder mit »Willkommen, Indira«, so etwas wie eine »urban land reform« wird angekündigt mit strengsten Strafen für Grundstücksspekulanten. Die englische Fotografin, mit der ich diese Reise machen werde, Christina Gascoigne, ist inzwischen ebenfalls eingetroffen. Sie spricht Persisch, ist im Irak geboren und stürzt mit ihrer langen vogelhaften Gestalt und dem Virginia-Woolf-Profil die Perser in Verwirrung.

Die Sonne scheint, wir sitzen im Fond eines großen amerikanischen Wagens, da es nicht möglich war, selbst ein Auto zu mieten, wir verschwinden aus dem rechtwinkligen Straßennetz, das Teheran ist, und kommen in die Vorstadt, wo die Ebene, angekündigt durch Staub und Sand, bereits sichtbar wird. Dann lassen wir auch die Anarchie des Verkehrs hinter uns, die letzten Wucherläden der Geldwechsler mit ihren Schaufenstern voll Goldmünzen und Banknoten, die Schneiderei Papadopoulos, »tailleur grec«, die letzten Teehäuser, in denen Männer dicht geschart sitzen und an ihrer Wasserpfeife nuckeln, und das war's.

Leere, Unendlichkeit, Dürre, Hunderte von Kilometern auf dem Weg nach Isfahan, sanfte Berge in der Ferne, die leeren Säle der Welt zwischen Europa und Asien. Keine

Tankstellen, keine Rasthäuser, keine Verlockung, nur Kahlheit und Hitze, und wie ein Wunder mittags plötzlich die goldene Moscheekuppel der heiligen Pilgerstadt Ghom. Hierher kommen die Wallfahrer aus ganz Persien, eine Menge, die schnell fanatisch werden kann und Fremde nicht mag. Der Zugang zur Moschee ist verboten, man spürt die Spannung, wenn man zu nahe herankommt. Seltsam, diese Anziehungskraft des Verbotenen. Ich fühle mich immer wieder zu diesem Tor hingezogen, durch das ich nicht eintreten darf, Gold, Mäntel und Turbane sehe ich, aber wenn ich zu lange stehenbleibe, zeigen sie auf die mehrsprachigen Schilder, die den Zutritt rigoros verbieten. Wir gehen zu dem Hotel gegenüber der Moschee, einem Hotel für Pilger. Keine europäische Kleidung, alle Aufschriften in arabischen Zeichen, die Anmaßung des Englischen als Weltsprache verfliegt wie Eau de Cologne, ich werde zu einem Deuter und unverständlichen Stotterer reduziert, aber trotzdem kommen kurz darauf lange, warme Stücke *nan* (Brot) auf den Tisch, mit scharfem Käse und rohen Zwiebeln und Kräutern. Es kommt auch eine Schüssel mit dem weißestglänzenden Reis, den ich je gesehen habe. Wir tun etwas Fleisch und Reis und Zwiebeln in das *nan.* Bier oder Wein wird hier nicht ausgeschenkt, aber es gibt Tee und *dughabali,* Joghurt mit Eis und Quellwasser aus den Bergen. Der Reis wird mit *mast* vermischt, einer dickeren Form von Joghurt, und darüber streuen wir *sumac,* ein Gewürz aus gemahlener Baumwurzel. Und als wäre es damit noch nicht genug, bricht um zwölf Uhr der umherirrende, aber drängende, endlose Ruf des Muezzin aus dem Himmel, so laut, daß die Gläser auf dem Tisch vibrieren, eine Stimme, die die ganze Stadt erfaßt und bis in jeden Winkel meines Körpers dringt. Es hört nicht mehr auf, ich bin in diesem Geräusch gefangen und komme mir fern von allem vor, was ich kenne. Draußen wirbeln die blaugrauen und braunen Kaftane vorbei, weiße Turbane, glattrasierte, mit schwarzen Bändern umwickelte Köpfe, eine andere, ältere Zeit. Unsere Rechnung wird auf einem Rechenbrett addiert, wir gehen noch einmal über den großen Platz, über dem sich das ungestüme Gold der Kuppel wie eine stilisierte Faust in den Himmel reckt. Seit über tausend Jahren kommen Pilger hierher, der Seufzer, der wir sind, verfliegt ungesehen.

Die Landschaft zeigt jetzt alle Farben mit Ausnahme der fröhlichen. Darauf sind schroffe, gezackte Berge *gelegt,* nach jeder Kurve fängt die Strafarbeit von vorn an, die leeren Wartezimmer der Geschichte. Am Straßenrand hie und da pathetische Wracks, in der Ferne der schwarze Schatten einer Herde. Ein versengter Mann sitzt unbeweglich am Straßenrand, die Hand ausgestreckt. Der Fahrer hält an und gibt ihm etwas. Ich gehe ein Stück ins Gelände und breche den Stengel einer trockenen Pflanze ab: Der Saft riecht wie der Boden, trocken und unendlich alt.

Alt ist das Stichwort. Man nähert sich Persien mit blinder westlicher Arroganz und stellt fest, daß man einer mehrtausendjährigen Geschichte ohne jeglichen Bezug gegenübersteht. Das letzte, was man darüber gelernt hat, war Xerxes, aber die Jahrtausende nach ihm? Es ist, als würde man nach Frankreich reisen, ohne etwas über die Französische Revolution zu wissen, und hätte nur eine ganz schwache Ahnung von Napoleon und keinerlei Vorstellung von Karl dem Großen, der Verbreitung des Christentums, dem Unterschied zwischen Katholizismus und Protestantismus. Also bitte: Kyros besiegte die Meder und begründete die Dynastie der Achämeniden. Das war 550 v. Chr. Alexander schlug die Perser bei Issos und bei Arbela. Eine neue Dynastie folgte, die der Seleukiden. Und noch eine neue, die der Parther, Nomaden, die die Römer auf Distanz hielten. Und wieder eine neue, die der Sassaniden, mächtiger als Rom und Byzanz. Sie hinterließen ihre Königsgräber in den goldfarbenen Felsen von Naghsch-e Rostam: Menschen, größer als Menschen. Dann kommt der Islam. Kalif Omar erobert 642 das Land, und seitdem sind die Perser Muslime, obwohl sie sich der Tatsache sehr bewußt sind, daß sie eine Geschichte haben, die viel älter ist als der Islam, und daß sie einmal von den Arabern besiegt wurden. Die schismatische Form des Islam, zu dem die Perser sich bekennen, der Schiismus, kennt ihre eigenen Nachfolger Mohammeds und wird von anderen Muslimen als Ketzerei betrachtet. Wie dem auch sei, seit dem siebten Jahrhundert bestimmen Mohammed und seine Lehre den Lauf der Geschichte Persiens. Die Seldschuken aus den zentralasiatischen Steppen, deren mongolische Gesichtszüge man auch heute noch im Straßenbild sieht, regieren bis 1187. Dann kommt, wie ein Peitschenhieb, Dschingis-Khan, und hundert Jahre später die alles vernichtende Feuerwalze, Tamerlan (Timur-Leng). Doch auf den verbrannten Ruinen ihres Vorfahren baute die von ihm begründete Dynastie der Timuriden (1380-1499). Sie hinterließen Gebäude von ergreifender Schlichtheit. Das klingt übertrieben, doch nach einem Morgen unter den Ziegelsteingewölben der Freitagsmoschee in Isfahan weiß man: Es ist eine Architektur, wie von der Natur geschaffen, von einer Einfachheit, die sich nur durch Wiederholung beschreiben läßt. Erst danach beginnt Isfahans Goldenes Zeitalter, doch aller Glanz, alle blendenden Bauten und Fayencen haben mir nicht eine Sekunde lang den Schock versetzt wie jener Morgen in der Freitagsmoschee. Die Timuriden verschwinden, die Safawiden kommen. Diese Dynastie ist so bedeutsam wie die der Bourbonen in Frankreich, der Habsburger in Spanien. Einem Perser zu erklären, daß man nicht weiß, wer Schah Abbas ist, erregt nur tiefes, inniges Mitleid. Dieser Sonnenkönig machte aus Isfahan das funkelndste Juwel seiner Zeit. Päpste und Kaiser entsandten ihre Botschafter, um dieses Weltwunder zu bestaunen, und es war in dieser Zeit, daß der

Name Isfahan den geheimnisvollen Glanz erhielt, der noch heute, Hunderte von Jahren danach, eine seltsame Erregung in mir auslöst, als ich mich der Stadt durch die ausgedörrte Landschaft nähere.

Es gibt übrigens keine bessere Einführung als diese Landschaft. Niemals könnte man, käme man durch die Luft angereist, diesen Gegensatz körperlich spüren, der so wesentlich ist für Persien und die persische Kunst. Der Traum, den ein Mann träumt, der in der Wüste lebt, ist ein Traum von Oasen, Schutz, Blumen, Farben, Genuß, rauschendem Wasser. Und so ist es – nach dem Stein versteht man die Rose, nach der Rose erträgt man den Stein. Die verdorrte Welt draußen, unendlich groß, sperrt man aus und schafft drinnen, auf Fliesen, Kuppeln und Teppichen, die Blumen, die Farben, den Liebreiz, den man draußen entbehrt hat.

Wie beschreibt man die Kuppel einer Moschee? Einer der Aspekte arabischer Kunst ist ihre Unmenschlichkeit: Es kommen in ihr keine Menschen vor. Es gibt keine Identifizierung mit Drama, Gefühl, Geschichte. Man geht umher in einem unaufhörlichen Gefühl der Verzückung, eine Form ist noch raffinierter, sinnlicher, herausfordernder, vollendeter als die andere, und man schaut und schaut, bis sich, zumindest bei mir, eine schwindelnde Blindheit einstellt und all diese labyrinthischen, geometrischen Formen und ihre Farben ein einziger Farbschleier werden, als wäre das Kaleidoskop durch all das Schauen geschmolzen.

Wir wohnen im Shah Abbas Hotel, eine Legende für sich, ein unwirklich großer Kitsch- und Antiquitätenladen, gefaßt in einer gefrorenen Meringe, die ihrerseits wieder einen totenstillen Rosengarten umschließt. Schweigende Diener von einer Rasse, die im übrigen Teil der Welt zu einer verflossenen Vorzeit gehört, nisten in den Wänden der Flure und fliegen mit langsamem Flügelschlag hin und her. Es ist schön als alter Film, aber nicht, um darin zu leben. Nach wenigen Tagen spürt man, wie man sich selbst ebenfalls in eine entschwundene Gattung verflüchtigt; es wird 1940, 1920, 1880, nur die gegenwartsbezogene Rechnung kann dem ein Ende machen.

Aber die Probleme bleiben: Wie beschreibt man eine Kuppel, eine Moschee und eine Stadt voller Kuppeln und Moscheen? Ich habe das Gefühl, die ganze Zeit nur an der Oberfläche all der Pracht zu bleiben, die ich bewundere, nicht in sie eindringen zu können. Um es einmal ganz einfältig zu sagen: Es ist nichts darauf zu erkennen – Ornamentierfreude und Geometrie, zur Lust erhoben, Haschträume, errichtet in den weißblauen, ätherischen Himmel, die Kuppeln, die doch aus Stein sind, aus Erde, aus *Ding*, sind *selbst* ätherisch, tausendfarbige Seifenblasen von gewaltiger Größe, die durch geheime Zauberei an die Erde gebunden sind. Ich kann es nicht fassen. Jeden Morgen sehe ich von meinem Fenster aus die Kuppel der Medrese Madar e Schah, des im Jahr 1706 erbauten theologischen Seminars. Ich habe einen geheimen Weg über das Hoteldach gefunden, so daß ich ganz nahe herankomme, wo dann alles menschlicher wird. Der geometrische Aberwitz des Minaretts entpuppt sich als glasierter, zu Figuren zusammengesetzter Ziegelstein, der schwindelnde Schwung der weißen, geraden Schleifen (ich weiß jetzt, daß Schleifen auch gerade sein können) entlarvt sich selbst als ein durch die Kalligraphie fast abstrahiertes Koranzitat, die Kuppel selbst ist entgegen allen Naturgesetzen ein glänzender, prall aufgeblasener Seidenteppich in Gold, Violett und Türkis, und jedesmal, wenn das Auge ermüdet, eilt es zurück zu einer menschlichen Form, einem Mullah im Kaftan, der neben dem Brunnen sitzt und liest, ein paar Studenten, die Arm in Arm an den Rosenhecken entlangspazieren und über etwas sprechen, das ich mir nicht ausdenken kann. Das Tor, durch das sie gehen, ist wie eine von Menschen erbaute Höhle von Han, jeder tropfende Stein ist ein zwischen andere Juwelen gesetztes Juwel, es ist barbarisch schön, und am Ende merke ich, daß ich nach allen späteren, wahnsinnig machenden Mihrabs, Minaretten, Iwans immer wieder zur Freitagsmoschee zurückkehre, der ältesten, schlichtesten und, seltsam, es so zu sagen, »heiligsten« von allen; wie in frühgotischen oder romanischen Kirchen hat man das Gefühl, bei dem alten Mann dort in der Ecke könnte es sich durchaus um Gott handeln, den ein Übermaß an Pracht aus seinen späteren Raumstationen verjagt hat.

Auf dem offenen, leeren Platz beten zwei Jungen. Über dem Platz schwebt der geordnete Himmel, am Himmel selbst die ungeordneten Wolken, wie überhaupt alles jetzt in dieser zwanghaften Ordnung hinein- oder hinausfällt. Krähen ziehen mit bösartigem Geschrei von Iwan zu Iwan und verjagen die Tauben. Jedesmal, wenn man für einen Moment weggeschaut hat, sieht man, wie das Licht auf den großen Platz stürzt – Licht und Himmel sind von dieser Architektur einfach annektiert worden, sind hier Lampe und Decke geworden.

Als ich von dem Platz wegspaziere, komme ich in einen Wald aus steinernen Säulen unter einem gefältelten Ziegelsteinhimmel. Zwei Frauen, fast ganz in ihren schwarzen Tschorbas verborgen, flattern vorbei und verschwinden hinter einer Tür, aus der leise jammernder Gesang dringt. Ich schaue durch das Schlüsselloch und sehe einen alten Mann mit weißem Turban sich hin und her wiegen. Sonst ist es sehr still. Hin und wieder eine kleine Detonation, wenn eine Taube unter den Gewölben auffliegt, die sich überallhin, so weit das Auge reicht, fortsetzen – nur wenn man nach »draußen« schaut, sieht man wieder diese hohe, durchbrochene »blaue« Fassade, eine Höhle der Kunst, und wenn man auf sie zugeht, fühlt man sich wieder beklommen durch die phantastische Ordnung der Ausschmückungen, die Bizarrerie nur zuläßt, wenn sie absolut zwanghaft wiederholt wird. Ich schaue darauf, während ich mit der Hand über den Alabaster einer Säule streiche. Die kleinen Einkerbungen, vor tausend Jahren gemacht, lassen ein sinnliches Gefühl in meinen Fingerspitzen aufkommen. Was ich bei Stein noch nie erlebt habe. Überall hängt, fällt, steht, sticht Licht, es ist zwischen die Steine gelegt, gewoben, die Tauben fliegen darin ein und aus.

Ich verlasse die Moschee durch einen anderen Ausgang und stehe plötzlich in einem Wohnviertel aus Lehm. Ein Führer, unter Tausenden zu erkennen, löst sich aus der Menschenmenge, die sich um einen Textilstand schart. Ich will keinen Führer, will allein gehen, aber er bleibt, redet unbeirrt weiter, stakst mit stolzen, etwas gänseartigen Schritten vor mir her, und schließlich gebe ich nach. Wir gehen zu einem Bäcker, der mit einem Kissen die großen pfannkuchenartigen Brote an der Außenseite seines hell lodernden Ofens plattschlägt, wir gehen zu verfallenen Häusern mit unbeholfen restaurierten Wandmalereien, sitzen in einem kleinen Park, in dem Studenten im Liegen lernen oder laut murmelnd auf und ab gehen. Tapfer huscht er vor mir durch das jüdische Viertel (»they no good, they is not like us«), in eine unterirdische Fabrik, durch Öllampen halb erhellt, in der ein schicksalergebenes Kamel an einer jahrhundertealten Tretmühle im Kreis herumtrottet, wodurch ein kompliziertes Holzräderwerk in Bewegung gesetzt wird und Leinöl preßt. Jedesmal, wenn wir etwas gesehen haben, sagt er zufrieden: »This has been very good, very, very good«, und beim Abschied gratuliert er mir: »I hope you has learnt. Like someone who has thirsty drink one two three, so you have gained from the knowledge of the world.«

So I have, und ich tanze den Taxitanz vor den Taxis, die hier hellblau sind, aber sofort werden wir von hoheitsvollen Polizisten auf Motorrädern weggejagt, die die Straße im wahrsten Sinne des Wortes sauberfegen. »India«, ruft der Fahrer entzückt, und tatsächlich, ein langes grünes Auto, in das gut und gern fünf seiner Taxis passen, schwebt vorbei, Frau Gandhis habichtartiges schönes Profil reicht kaum höher als bis zur Tür. Sie winkt mit matter Hand und ist schon wieder entschwunden. Als ich eine Stunde später beim Hotel eintreffe, steht die Karosse vor der Tür. Die roten Nelken im Fond des Wagens fangen bereits an, schwärzlich zu werden.

So fliegen unsere Tage in Isfahan dahin. Hin und wieder denke ich noch daran, daß jemand mich möglicherweise holen soll, aber das wird wohl an einem Ort sein, der sich auf etwas anderes reimt, denn ich fühle mich allem entrückt und ziemlich unsterblich. Nur die *Kayhan* bindet mich noch an die Aktualität. Der Schah empfängt eine Delegation nach der anderen, rät und warnt: »Monarch warns against lagging in productivity«, »The Shahanshah on Saturday clarified major obstacles to progress in Iran«.

Es gibt nichts, womit sich der Kaiser nicht befaßt: »Schulen müssen in der Nähe derjenigen gebaut werden, die sie brauchen. Und wenn das teuer ist, soll's eben teuer sein.« »Kauf und Verkauf von Boden aus Spekulationsgründen kann nie wirklich produktiv sein.« »Es ist die Schuld der Regierung, wenn es zuwenig Fleisch gibt.« »Unsere Bauern müssen auf einem niedrigeren Lebensstandard leben als der Rest des Volkes, als ob sie noch kolonisiert wären, nur damit für den Verbraucher alles billig ist.« »Warum zeigt sich die Presse über die Preiserhöhung bei Akkus erstaunt, ohne den Lesern den Grund dafür zu erläutern? Weshalb ist sie nicht darüber erstaunt, daß eine Tonne Zement hier 1800 Rial kostet und im Ausland 6000 Rial?«

Es gibt freilich viele Beobachter in Persien und außerhalb, die diesen und anderen Äußerungen jegliche Relevanz absprechen, auch wenn natürlich nicht zu leugnen ist, daß das Land in einer gleichmäßig beschleunigten Bewegung aus dem Dunkel des Feudalismus herausgezogen wird.

Ich bin gesättigt von Isfahan und habe das Gefühl, ich sei selbst fast eine Arabeske geworden. Nachts werde ich wach, höre die Krähen kreischen, strecke den Kopf aus dem Fenster in den geballten Rosenduft des Gartens. Der Mond scheint auf die Kuppel der Moschee, die Krähen sitzen plötzlich mucksmäuschenstill auf den weißen Gartenstühlen, sobald das Licht über die Welt gekrochen kommt, hört man die Muezzins aus allen Himmelsrichtungen wie vor hundert, fünfhundert, tausend Jahren. Ich habe Kaviar aus dem Kaspischen Meer gegessen und seltsame Fische aus dem Persischen Golf, Lammkopf komplett mit Zunge, Hirn und Augen, habe Wein aus Schiras getrunken, der eine Art schwerer Träume fördert, in denen Scheherazades Stimme ihre Geschichten erzählt; es ist genug. Ein letztes Mal noch steige ich auf die hohe Tribüne des Ali Kapu. Zu meinen Füßen liegt der große Platz, der Maidan, und wo ich stehe, stand, lag oder saß einst Schah Abbas, der große Kaiser, und sah den Polospielen und Pferderennen tief unter sich zu. Die große Terrasse wurde dann an den Seiten geschlossen, die seidenen Vorhänge blähten sich im Wind, Botschafter aus Europa und dem Fernen Osten, fahrende Gelehrte, Jesuiten, Prinzen aus Indien – alle zog es zu dieser hohen Holzterrasse, diesem Nabel eines Kaiserreichs. Masthohe Holzsäulen, noch immer dieselben, stützen das Dach, und hinter der Terrasse schließt sich ein Gewirr von Treppen und kleinen Gemächern an, durch Maueröffnungen sieht man hie und da die lodernde Vision einer Moscheekuppel, wildgefiederte Vögel kleben an den Decken, Rosetten, stilisierte Palmblätter, der schwindlig machende Glanz eingelegter Glasplättchen, zuviel, zuviel! In dem Palast im dahintergelegenen Park, dessen zwanzig Säulen sich im düstergrünen, totenstillen Wasser zu vierzig spiegeln, entdecke ich endlich Menschen, auf Wände gemalt. Menschen! Nach aller Geometrie ist dies eine Erleichterung: Gesichter, Hände, und darin Granatäpfel,

Finger, die ein Tamburin schlagen, Füße, die tanzen, mandelförmige, olivenschwarze Augen, wie Juwelen eingesetzt, gezwirbelte Schnurrbärte, Schmeichler, Tänzer, Tuschler, Narren, Helden, ein persischer Hof – und Wellen von Kriegern, sich aufbäumenden Pferden, ein in zwei Teile gespaltener Ritter, mit Augen wie die des Lammkopfs auf meinem Teller gestern, eine persische Schlacht. Aus diesen Schalen essen zu dürfen, denke ich, aber gemalte Speisen kann man nicht essen, sie sind den Weg alles Irdischen gegangen und doch noch da wie jene, die sie aßen, wie das Bimmeln der Schellen an den Fußknöcheln unter den weit abstehenden Brokatröcken der Tänzerinnen, wie die Finger auf der Panflöte, die Trauben zwischen den himbeerroten Lippen, die Falken auf den Handschuhen der Prinzen. Fort von hier, hinein in die Wüste, fort aus diesen grünen, fernen Landschaften einer gemalten Zeit!

Die Reise geht weiter nach Jasd, der Stadt, die heute noch von den Zoroastriern bewohnt wird, den Feueranbetern, Hütern der ältesten Religion, Verehrern Ahura Masdas, der mit weit gespreizten steifen Flügeln über dem Kopf von König Darius auf den Mauern von Persepolis abgebildet ist – aus einer Zeit vor Alexander, noch vor Christus, vor Mohammed, der ihn aus Persien vertrieb, nicht aber aus Jasd. Der Weg ist endlos, nicht mehr asphaltiert, schon ein Verkehrsschild wird zum Ereignis. Die Wüste wirkt wie Wasser, die Geländeerhebungen schwimmen darauf, ich bin ganz sicher. Essen oder Trinken am Straßenrand ist nicht möglich, manchmal rasen – am Tag mit voll aufgeblendeten Scheinwerfern – Lastwagenungetüme vorbei, die man schon eine halbe Stunde vorher in einem Staubsturm daherkommen sieht. Ausgedörrt und gerädert treffen wir in Jasd ein. Im Hotel haben wir die Wahl zwischen einem SINGEL, einem DABAL oder einem THREE BED, CONEIYAK ist erhältlich per BOTER (bottle) oder in ONE PICE, und wenn man keinen Cognac mag, gibt es auch noch CANADAry, Beer TOBORK, DRINKINE COLD, COCACO oder HOTCHoaCOLTe. Der Abend bricht an mit dem in den Halbtropen so herrlichen Neonlicht, es ist lauwarm mit einem Hauch von Kühle, zischende Karbidlampen, flackernde Feuer, und plötzlich weiß ich, warum ich mich in solchen Städten so wohl fühle. All die hochgestimmten Vorstellungen von Handwerk, von uralten Verrichtungen, von dort noch bestehenden Familienbanden kommen einem plötzlich wie dürftige Rationalisierungen vor: Es ist einfach gemütlich. Man streift im Halbdunkel umher, Rufen und Flüstern, verschleierte Gestalten, eine Stadt in der endlosen Ebene zwischen Ost und West, ohne die aggressive Modernität Teherans, ohne den betäubenden Glanz Isfahans, ganz einfach eine orientalische Kleinstadt irgendwo-nirgendwo, mit einem wuseligen Platz, einer großen Moschee mit Nischen in der Außenmauer, in denen Männer in Grüppchen beieinanderliegen, schwatzen, kochen und beten oder in einem der Welt gänzlich entrückten Schlaf liegen. Essensgerüche, von armgroßen Wachskerzen erhellte Gesichter, fünf Jungen, an eine Lehmmauer gelehnt, die aus Engelsgesichtern kichern, hie und da der graue Unsinnsfleck des Fernsehens (Fernsehen!) in einem düsteren Raum, Läden mit großen Zucker- und Kandisplatten, Säcken voll getrockneter Früchte zum Mitnehmen, falls das Schicksal einen wieder aus dieser Oase in das trockene Land schickt, wo man zu Hause ist, ein, zwei, drei Tagesreisen entfernt.

Wie sieht ein Feueranbeter aus? Ganz normal, bekleidet mit einem weißen Kittel und einem weißen Käppchen. Ein Führer hat uns zum Tempel gebracht. Der Unterschied zu den Moslemvierteln ist augenfällig: Hier sind die Frauen nicht verschleiert, und sie tragen helle, fröhlich-bunte Kleider. Der Tempel ist ein kleines, niedriges Gebäude in einem nassen, fast holländischen Garten. Der Priester oder was er auch sein mag, sieht aus wie ein Chirurg, der alle Operationen lachend vornimmt. Er führt uns zu einem riesigen Kupfertopf hinter Gittern, in dem das Feuer brennt.

Dieses hier brennt schon seit fünfundvierzig Jahren, sagt er stolz. Hier züngeln keine Flammen, das Feuer hat eine tiefe, ungeheuer intensive Glut, die, wenn man eine Weile davorsteht und sie anstarrt, allmählich zurückzustarren beginnt. Es riecht nach Weihrauch.

An die Wand hat Sorab Pinthewalla, 1951, Bombay, einen wandernden, predigenden Zoroastrier gemalt. Es ist sehr still. Eine Frau betet, ganz langsam versinkt ein feuriger Klotz in der weißen Asche, der Priester stellt ein neues Weihrauchstäbchen auf, der Küster hält uns eine Opferbüchse entgegen, ich schlendere wieder zurück zu dem Gemälde und frage mich, ob der gemalte Prophet womöglich etwas mit Nietzsches Zarathustra zu tun hat. Dieser hier deutet verklärt nach oben, eine gelbe Schärpe flattert hinter ihm her, im Hintergrund glüht ein pfingstrosenroter Sonnenuntergang, mit der Linken hält er seinen Stock an einen kahlen Sandhaufen, feurige Strahlen umgeben das weise Haupt. Der Priester erzählt uns, daß unter dem Schah-Regime zwar Religionsfreiheit herrsche, sie ihre Toten aber nicht mehr bestatten dürften, wie sie es gewohnt seien, nämlich *nicht*. Leichen wurden früher auf den höchsten Felsen gelegt oder auf einen »Turm des Schweigens«, um dort von Hunden, Krähen und Geiern gefressen zu werden. Erst wenn kein Gramm Fleisch mehr an den Knochen war, konnte das Skelett in einem *astodan* beigesetzt werden, einem aus dem Fels gehauenen Beinhaus mit Blick auf die Sonne. Dies alles, weil sonst, wenn der Odem den Körper verläßt, der Dämon der Leiche überall Fäulnis verbreiten würde.

Und warum das Feuer?

Er zeigt auf die große Krone hoch darüber. »Because the

Fire, it is holy.« Es vertreibt die bösen Geister, es zieht die guten an.

Außerhalb von Jasd besteige ich einen Turm des Schweigens. Die Sonne ist gerade aufgegangen und knallt auf den Schnee in den fernen Bergen. Die Leichentürme sind hoch, hohläugig, ihre Lehmleiber sind selbst tot und abgenagt. Die Stille ist erdrückend. Wie ein Verdammter schleppe ich mich die endlosen Stufen hinauf. Tief unter mir liegt eine Begräbnisstätte, wo ich Männer lachen höre, und das ist es dann. Ich blicke eine Weile auf die Landschaft hinaus und frage mich, wie alt dieser Turm sein mag. Tausend Jahre? Mehrere tausend? Unten in der Wüste sehe ich die eleganten Spuren der *qanats,* uralte unterirdische Wasserkanäle, von denen einige über vierzig Kilometer lang sind.

Dies ist der älteste Teil Persiens, mit jedem Schritt, den ich die kalvarienbergähnlichen Stufen hinuntergehe, schüttele ich das Altertum von mir ab, bis ich genau gleichzeitig mit der Erfindung des Autos unten anlange, einsteige und durch einen tagelangen Sonnentunnel nach Schiras fahre, Stadt des Weines, der Rosen, der Verse, in der die großen Dichter Hafis und Sadi wie Fürsten bestattet sind; am Grab dieser schon vor Jahrhunderten verstorbenen Dichter lassen sich persische Bauern fotografieren und tragen deren Gedichte vor, wo findet man das sonst? Es sind helle Tage, diese letzten Tage in Schiras. Die Gärten sind kühl, üppig, voller orgiastisch aufgebrochener Blüten, geheimer Alleen, mit Schwertlilien wie Orchideen, der Wein hat ein schweres, fast wildes Aroma, so daß ich verstehe, daß Hafis und Chajjam so unendlich froh und so unendlich traurig davon wurden, aber, wie ich einem alten Freund schrieb, ich habe Isfahan überlebt, mein Ende wird sich, wenn ich nie mehr hierher zurückkehre, an einem Ort aus einem anderen Gedicht abspielen. Und wenn schon, sagt Omar Chajjam, denn:

Gesetzt, das Leben wär ein ew'ges Fest – und dann?
Der letzte Tag bricht endlich an – und dann?
Gesetzt, dein Glück währt volle hundert Jahr'
Und noch mal hundert Jahr' dazu – und dann?

2

Es gibt keine Möglichkeit, sich dem Grabe Kyros' behutsam zu nähern: Da liegt es, leer, inmitten einer Ebene, mächtig und nicht zu umgehen, vom Wind durchtost. Zur Rechten wogende braune Hügel, die ganz in der Ferne, genau geradeaus, zu niedrigen, verschwommenen Bergen werden. Darüber die gleichen Wolken wie immer. Um das Grab selbst grünes, hohes Gras. Hinter hohen Zäunen, links, eine Nomadengruppe mit Eseln und Schafen. Ihre Kleider sind grellbunt, die Gesichter mongolisch, die Frauen nicht verschleiert. Sie haben den Gang und den Blick freier Menschen.

Das Grab ist hoch, mit fast halbmannshohen Stufen, nur ein Riese könnte sie »normal« betreten. Doch die Macht, die diese Stufen zum Ausdruck bringen, war nicht die Macht des Königs – seine Macht stammt von Ahura Masda, er ist lediglich dessen irdischer Ausdruck, der Mittler zwischen den Menschen und der Gottheit. Das Grab ist still und schaut auf einen herab, egal wo man steht, genauso wie einen bei manchen Bildern die Augen bis in jede Ecke des Raums verfolgen. Zweimal stand Alexander der Große hier vor dem goldenen Sarkophag, das erstemal auf dem Höhepunkt seiner Eroberungen, um dem auch damals schon legendären Toten die Ehre zu erweisen. Das zweitemal, sechs Jahre später, um die Männer zu bestrafen, die das Grabmal ausgeraubt hatten.

Etwas entfernt vom Grab liegen Ruinen. Ich sehe einen geheimnisvollen geflügelten Mann langsam in dem Stein verschwinden, aus dem jemand? ihn einst herausgehauen hat. Der Mann hinter ihm weist diesen Unbekannten auf etwas Unsichtbares hin. Der Vierflügelige trägt ein elamisches Gewand und auf dem Kopf die dreifache göttliche Krone Ägyptens. Der Sonnenuntergang trödelt noch in den zinkfarbenen Wolken, und Wächter, wieder andere Wächter sagen, daß wir zu gehen haben. Wir lassen das Rätsel zurück. Wer war es? Kyros selbst? Ein wachender Dämon? Niemand weiß es. Auf einer anderen, halb verfallenen Mauer steht noch in drei Sprachen (alle drei untergegangen, verflossen, kein Mund kann sie aussprechen), Altpersisch, Elamisch, Babylonisch: »Ich, Kyros, der König, der Achämenide, habe dieses erbaut.« Auf der einzigen Säule, die noch steht, sitzt ein Storch. Als wir wegfahren, ist es bereits dunkel. Die Nomaden haben ihre Zelte aufgeschlagen. Ihre Feuer brennen. Selbst in das Schwarz der Nacht macht das Grab noch ein schwarzes Loch.

Der Löwe tötet den Stier am Fuße der langen Terrassen von Persepolis, und der Besucher sieht eine endlose Reihe des immergleichen Todes, *einen* ewig dauernden Augenblick: die Position des Zodiakus an der Stelle, an der er steht. Persepolis war das astrologische Zentrum des Universums, viel eher eine religiöse denn eine weltliche Hauptstadt, dem Allmächtigen Ahura Masda geweiht, der in der zoroastrischen Religion die Verkörperung des Guten ist. Darius beziehungsweise Daryarush, ein zoroastrischer Name, erbaute Persepolis im Jahr 550 v. Chr. Das Schaurige an unserer Zeitrechnung ist, daß der Schatten Christi auch rückwärts fällt, wohin er nun gerade nicht gehört: in die Zeit, als es ihn noch gar nicht gab, und die seine Anhänger rückwirkend für ihn usurpiert haben. Doch wie abwesend ist er hier! Hier, auf dieser kühlen Hochebene, liegt die lichte Klarheit von einst, die rätselhafte, leere Zeit, bevor die Geschichte zu dem klumpigen Haufen von Komplikationen eingedickt wurde, die man uns zu guter Letzt als »heute« überliefert hat. Das ist natürlich Unsinn, aber trotzdem hat man das Gefühl, man dürfe wie eine von allen Spinnweben befreite Reinkarnation seiner selbst in einem unbefleckten Universum begrenzter Größe umhergehen, in dem ein Zuviel an Fragen gottlob in der Legende erstickt wird. Kein einziges Detail ist so lästig, einen bis ins Heute hinein zu verfolgen wie im Christentum, mit dem man, ob man nun Christ ist oder nicht, für immer mit tausend Fäden widerwillig verbunden bleibt. Und obwohl es zur Mittagszeit unsäglich heiß war, bleibt die Erinnerung an etwas sehr Kühles, an zeitentleerte Stunden zwischen den mythischen Tieren und den übermenschlich großen Königen.

Was macht man in Persepolis? Man läßt sich jeden Tag an dem königlichen Zeltlager vorbeiführen, das der Schah zu Ehren des 2500jährigen Bestehens »seines« Reichs für seine Gäste hat aufschlagen lassen, besteigt die endlosen Treppen und streift mit oder ohne *Guide Bleu* in der Hand umher, je nachdem ob man gerade lernbegierig oder romantisch gestimmt ist. Ich selbst nenne letzteres übrigens lieber »schwelgend«, es gibt kein besseres Wort für das reichlich unexakte Gefühl, das mich dann überkommt, so daß ich die Fakten, Jahreszahlen, Bedeutungen vorübergehend den Gelehrten überlasse und uferlos träumend wie ein Backfisch von 1883 zwischen den geflügelten Tieren, den Königen, den Säulengalerien über die Terrassen wandere, die von der Sonne erschlagene Landschaft wie eine endlose Opferschale weit unter mir, und mich sehnsuchtsvoll an jenem unsichtbaren Element labe, das ich in solchen Augenblicken der Einfachheit halber »Geschichte« nenne. Daß »echte« Menschen hier gegangen sind, daß die endlosen Reihen aus dem Stein gemeißelter Inder, Äthiopier, Meder, Griechen, die dem großen König ihren Tribut darbringen, allesamt für echte Gesandte stehen, die aus allen Winkeln der damaligen Welt in monatelangen Reisen hierherzogen, daß all diese vom Stein verschlossenen Münder ihre untergegangenen Sprachen sprachen, daß ihre Opfergaben einen Geruch und eine Farbe hatten, genau wie sie selbst, daß irgendwo im Zentrum all dessen der große König weilte, der zwischen seinen steinernen Löwen und geflügelten Pferden, seinen Stieren und Greifen die ganze Welt regierte, mit Ahura Masda darüber schwebend wie Blériot in seinem Doppeldecker – ach! laßt mich noch einen Augenblick verweilen, bevor ich wieder in die farblosen Käfige der Neuzeit zurückmuß.

Touristen fotografieren ihr eigenes flüchtiges Fleisch inmitten der versteinerten Zeit, zwei Männer von der Restaurationsabteilung behauen Steine, und durch die trokkene, flimmernde Mittagsluft dringt das Geräusch, das hier vor dreitausend Jahren auch schon zu hören war: Eisen auf Stein. Wenn der Schah so weitermacht, steht im Jahr 2500 mehr Persepolis da als zur Zeit der Schlacht bei Nieuwpoort.[2] Und die Steinmetze werden dann wieder namenlos sein, wie jene aus der Zeit von Xerxes und Darius, ein namenloses Volkskissen, auf dem die Könige nun schon seit Jahrhunderten sitzen, einbalsamiert in Xenophon und Herodot und den Schlamm der Legende.

Ein anderes Gefühl: Allein schon deswegen, weil menschliche Gestalten oder, besser gesagt, Gestalten der menschlichen Phantasie aus diesen Reliefs herausgehauen sind, hat man die Empfindung, man gehöre viel mehr zu ihnen als zu der nach ihnen und vor einem selbst entstandenen persischen Kunst, der menschenlosen, geometrischen, überall wuchernden Ornamentik. Nein, hier, mögen sie auch noch so gut hinter emotionsloser Stilisierung versteckt sein, schreiten die Könige, wachen die Wächter, kämpfen die Ungeheuer, fliegt der Gott.

Und man weiß, so idiotisch es auch klingen mag, daß man selbst, der unansehnliche späte Betrachter, im Begriff ist, irgendwo zwischen all diesem Stein zu »geschehen« – was genauso beweisbar ist wie Darwins Affe.

Im Palast Darius' I.: König und Löwe stehen sich gegenüber, wie zwei Männer. Die linke Pranke des Löwen am rechten Knie des Königs.

Der Löwe hält den linken Arm des Königs fest, der auf der blühenden steinernen Mähne ruht. Mit der Rechten sticht der große König das Messer tief in den weichen Bauch des Löwen.

An den Hängen oberhalb von Persepolis, am Grab von Artaxerxes III.: sechs Gräber, die schweren Grabtüren weggewälzt. Ich klettere langsam den Hang hinauf. Rätsel: Wie kamen sie so hoch hinauf, es sei denn, sie hieben die Gräber an Ort und Stelle aus dem Stein? Ich gehe durch die leere Totenkammer, der Wächter sieht aus, als würde auch er sich gleich in Geschichte auflösen, verflüchtigen, während ich zuschaue, niemand wird für ihn je so ein Grab aus dem Stein hauen. Unter uns liegt die leere Stadt seiner Kaiser und brennt in der Sonne. Der große Stier wacht am Eingang, auf die Ebene starrend, auf die fernen Berge und alle Reiche, über die die Achämenidenkönige herrschten. Mit der Stille, die hier herrscht, läßt sich nichts vergleichen.

Ich blieb eine Woche in Persepolis. Eine sinnliche, mehr als lehrreiche Woche. Schwelgend, es sei nochmals gesagt. Das Licht um fünf Uhr morgens, das Licht mittags, das Licht gegen Abend.

Berührungen mit der Hand, Schauen aus der Ferne: Zeit, die Stein geworden ist. Zuletzt ging ich zu manchen Figuren, wie man in Amsterdam zu festen Zeiten in die Kneipe geht. Blumen und Disteln blühen wie in einem griechischen Frühling. Und die Empfindung mit zurücknehmen, die anderen vielleicht vom Wintersport bleibt: daß man in etwas ganz Lichtem und Klarem gewesen ist.

Meine Empfänglichkeit für Dinge, die mit dem Begriff »Zeit« zu tun haben, erhält den letzten Schlag, als ich vor den Königsgräbern in Naghsch-e Rostam stehe, vier Kilometer von Persepolis entfernt. Im obersten Teil des Bergs Kuh-e-Hosayn sind die Gräber von Darius I., II. und Xerxes I. sowie Artaxerxes herausgehauen. Die Gräber selbst sind kreuzförmig, in der Mitte eine von Säulen flankierte Tür mit Stierprotomen als Kapitellen.

Darüber stützen die unterworfenen Völker den Thron, auf dem der König sitzt, genau unter Ahura Masda, der über alldem mit weit ausgebreiteten Flügeln totenstill schwebt. Unter diesen älteren Gräbern, nahezu in Augenhöhe, liegen acht aus einer anderen Dynastie, der der Sassaniden (224-641 n. Chr.). Die zweite Gräberreihe wurde also rund sechshundert Jahre nach der ersten aus dem Fels gehauen. Die Gestalten darauf sind üppiger, runder, auch etwas geschmeidiger als die Figuren, die räumlich über und zeitlich vor ihnen liegen. Aber, o Schreck, im zweiten Relief (Bahram II. im Kreise seiner Familie) steht noch eine Figur. Sie stammt aus einem viel älteren Grab, aus dem dritten Jahrtausend, ein Fremder, den man nicht weggehauen hat, eine Erscheinung aus einer Zeit, die für die Sassaniden genauso lange zurücklag wie die der Achämeniden für mich, ein damals dreitausend und heute fünftausend Jahre alter Fremdling. Er ist so flach wie ein Bild, ein völlig quergestellter Mann aus der Zeit, bevor Arme sich beugen konnten, wie ein Schemen, ein eiserner Spuk steht er zwischen den plötzlich fast frivolen Wesen, die eher in meine Zeit gehören. Je länger ich ihn ansehe, desto weniger verstehe ich ihn.

Als ich jetzt, so viele Monate später, in meinem Zimmer sein Foto (!) betrachte, habe ich wieder dieselbe Empfindung, mich in zu großer Höhe ohne Sauerstoffmaske aufzuhalten. Ich sehe ihn, und er sieht mich nicht. Wenn ich jetzt nach Naghsch-e Rostam zurückkehrte, um ihn anzuschauen, würde dasselbe passieren wie damals: nichts.

Er ist älter als die älteste Dynastie, er hat sie alle kommen und gehen sehen, er ist so provozierend wie ein Überlebender. Wer ihn zu lange anschaut, geht in Rauch auf.

3

Etwas über die politische Situation Persiens zu sagen geht entschieden weiter als die Feststellung, daß es ein autokratisches Regime ist, gegen das es wenig organisierte Opposition gibt. Die erlaubte Opposition ist gekauft, damit sie so funktioniert, wie sie funktioniert, die »echte« Opposition wird, wenn sie es nicht beim Murren beläßt, sondern zu Taten schreitet, gefangen, gefoltert oder getötet.

Viel erfährt man darüber in Persien selbst nicht, über allem liegt ein dicker Schleier des Schweigens. Die Angst vor der Geheimpolizei, der SAVAK, beherrscht alles. Die SAVAK ist überall, im In- wie im Ausland, mächtig und unsichtbar. Im Zentrum aller Netze sitzt der Schah. Vergleicht man ihn mit anderen Despoten, so wirkt er bedeutend aufgeklärter, aber es fragt sich, ob es wirklich so ist. Die alten Strukturen des Landes werden mit Gewalt zerschlagen, doch es ist nicht ersichtlich, wer wirklich davon profitiert und ob das Land nicht die gleichen schrecklichen Fehler macht wie Spanien zur Zeit der Konquistadoren, als es des verlockenden Goldes wegen seine Binnenstruktur vernachlässigte – woran es heute noch zu tragen hat.

Der Schah schlägt einen überaus anmaßenden Ton gegenüber dem ausländischen Kapital an, holt es, samt den dazugehörigen Scharen von Ausländern, aber doch ins Land. Währenddessen geht es der ländlichen Bevölkerung, den Kleinbauern, an den Kragen: Noch stellen sie 58% der Gesamtbevölkerung, bald sollen es nur noch 25% sein. Was aber soll aus diesen Entwurzelten werden? Und wer soll das Land bestellen? Shellcott, Hawaiian Agronomics und andere multinationale Konzerne haben bereits rund 17 000 persische Bauern »ersetzt« und bebauen den Boden jetzt mit Hilfe ausländischer Experten und zollfrei importierter Maschinen. Doch die Erträge sind geringer als die der persischen Bauern in den bewässerten Gebieten.

Warum so viele Ausländer? Weil es wenig Perser mit den entsprechenden Qualifikationen gibt. Woher kommt das? Weil die Universitäten von der Regierung abhängig sind, die alle universitären Aktivitäten argwöhnisch beäugt, unabhängiges Denken vereitelt, alle Ebenen mit SAVAK-Leuten durchsetzt hat und, kurz gesagt, nach der Devise vorgeht: Wenn unsere eigenen Leute nicht gut genug sind, *kaufen* wir eben Leute im Ausland. Und so wird alles gekauft, mit Ausnahme einer soliden Infrastruktur.

Reden, Zahlen, wenn man sich zum erstenmal im Land bewegt, ist man gewaltig beeindruckt. Der Schah ist intelligent, er will nur das Beste für sein Volk, er hat eine weiße Revolution in Gang gesetzt, er möchte Persien einen angesehenen Platz in der Welt verschaffen, und auch wenn das Pro-Kopf-Einkommen nicht so hoch ist wie angegeben und auch wenn es nicht oder nicht so schnell steigt, wie behauptet wird, und auch wenn die Korruption alle Schichten erfaßt hat – man behält doch den Eindruck, daß es diesem Land gutgeht.

Was kann dann schon passieren, wenn es gutgeht? Es gibt Leute, die bei dieser Frage den Schatten Diems heraufbeschwören, der zu Fall gebracht wurde, als er den Amerikanern nicht länger von Nutzen sein konnte. Der Schah, dem die CIA 1953 wieder auf den Thron verholfen hat, weiß das nur allzugut, auch wenn die Heraufbeschwörung dieses Spukbilds derzeit nicht akut zu sein scheint, weil die Interessen noch parallel laufen. Aber wird das immer so bleiben? Und werden die jetzt unsichtbaren Oppositionsmitglieder im Inland und die sich aus einer Vielzahl von Gründen im Ausland aufhaltenden Arbeiter und Akademiker dann nicht plötzlich sehr sichtbar werden?

Angesichts der Fülle an persischen Dynastien könnte man fast vergessen, daß diese letzte Dynastie nur ein Kratzer auf dem großen Stein der Geschichte ist: Der Vater des Schahs war Oberst in der Armee und half, die damalige (1921) Dynastie der Qajar zu stürzen. Und auch wenn, wie man hört, alle Beförderungen von Offizieren vom jetzigen Schah persönlich begutachtet werden, so kann doch jederzeit ein neuer Oberst aus den Kulissen treten. Es bleibt Spekulation. Sicher aber ist, daß Spekulationen durch die Angst, das Schweigen, die Geheimnistuerei des Regimes selbst zusätzlich Auftrieb erhalten. Ausländische Diplomaten weichen diesen Fragen tunlichst aus: Niemand hat die bösartigen Repressalien vergessen, die den Niederlanden zuteil wurden, als sich der Schah wegen des Prozesses um die Besetzung der persischen Botschaft in Den Haag persönlich beleidigt fühlte. Laut Amnesty International gibt es 20 000 politische Gefangene. Der Schah spricht nur von Kommunisten, Verrätern und Saboteuren. Politische Gefangene gibt es nach seinen Worten nicht. Ob das Regime über eine feste Basis im Volk verfügt, kann ein Ausländer wegen derselben, alles verdunkelnden Schweigsamkeit nach einem nicht allzu langen Besuch schwer beurteilen. Sicher ist, daß es in den Kreisen puristischer Moslems gärt, und sicher ist auch, daß durch die stürmische, außerordentlich ehrgeizige Entwicklung Kräfte entfesselt werden, die ein Mann allein nicht immer kontrollieren kann.

Mai, Juni 1975

Anmerkungen

1 Jan Hein Donner (1927-1988), niederländischer Schachgroßmeister und Publizist.

2 Entscheidende Schlacht im Jahr 1600 während des achtzigjährigen Krieges 1568-1648 (Freiheitskampf der Niederländer gegen die Spanier), in der Moritz von Oranien die Spanier schlug (Anm. d. Ü.).

Titicaca

Ich hörte den Laut Seines Namens gesungen
Durch den Wahn und den Nebel des Morgens.
Vor dem leuchtenden Vorhang des Ostens
Stand in den vertrackten Gewässern
Die Moschee, geflochten aus Schilf.
Irak. Wie augenlose Figuren
Bewegten die Jungen die Ruder.
Wir glitten durch die Sümpfe,
Geister aus Stille und Holz.

Auf der anderen Wange der Erde
Seh ich Steine in Formen von Menschen,
Die einen Menschen zermalmen.
Grausam, voll Haß träumt die Welt
Immer neue Gedanken,
Einen Dolch im harrenden Wasser.
Im Kahn aus Stengeln geflochten,
Kommt der schweigende Mann gerudert.
Seine Ferkel fressen den Schlamm,
Seine Frau schneidet das Schilf.

Ich bin es, der dies alles sieht,
Ohne Stamm aus dem Nirgends gekommen
Bis an die Sümpfe des Euphrats,
Bis zu dem Biß der Anden,
Ein Karnickel willig zur Jagd.

1982

Freitags reitet der Sultan aus

Tanger. Das Gepäck ist auf dem Dach, unter der Plane, und wir sitzen auf unseren numerierten Plätzen, Europäer und Marokkaner gleichermaßen, kauen saure Drops, lesen *Le Petit Marocain* und verstellen unsere Sessel von »Sitzen« zu »bequem Sitzen«.

Der Fahrer der C. T. M. (der marokkanischen Busgesellschaft) schwingt sich hinter sein Lenkrad, mustert uns, denkt sich etwas und fährt los. Links und rechts eine freundliche grüne Landschaft, ein Ochse, ein Haus, ein Mann, ein Hügel, eine Wolke, ein Baum, und so geht es weiter bis Kenitra, eine lange, lange Fahrt mit häufigen Stopps, einmal (alle Koffer wieder herunter) für die inzwischen wieder verschwundene internationale Zone, was immer das war, und viele Male für die Polizei, die große Holzdinger mit langen Nägeln quer über die Straße gelegt hat für den Fall, daß wir doch weiterfahren wollen. Das tun wir nicht. Strenge Polizisten oder Soldaten, ich weiß es nicht, betreten den Autobus, automatische Gewehre um den Hals. Sorgfältig betrachten sie jedes marokkanische Gesicht. Vor einer Woche habe ich die Pariser Polizei das gleiche tun sehen, beäugen und verhaften, doch hier geht es um Nordafrikaner, die andere Nordafrikaner festnehmen. Die wenigen Europäer werden in Ruhe gelassen und tun so, als sei das alles völlig normal, nur der Fahrer beginnt bei jeder neu auftauchenden Sperre gewaltig zu schimpfen, einigermaßen nachvollziehbar, denn es sind ziemlich viele. Auf meine Frage, was das zu bedeuten habe, bekam ich genug Antworten zur Auswahl: Attentat auf den Prinzen, Moulay Hassan, eine Rebellion eines *kaïd*[1] in den Bergen, alles schwierige Angelegenheiten mit dem Unterton: nicht einmischen, ruhig verhalten.

Kenitra, das frühere Port Lyautey, weiße Anzüge, große Schnäuzer, Tropenhelme. Viele Amerikaner. Oder, wie mein Regierungsreiseführer es nicht mehr zeitgemäß ausdrückt: »*Moroccans drinking mint tea, Europeans sipping Cinzano, Americans slugging bourbon!*« Und philosophisch folgt dann: »*Despite what anyone tells you – let's face it – the most important thing about Kenitra is the U. S. Navy ... and don't let anyone tell you anything different!*« Das tut folglich auch niemand. In allen Straßencafés, an allen Straßenecken, Verkehrsinseln, auf Friseurstühlen, Autositzen, Dächern, Fahrrädern, Ästen, Schaukeln, Treppenstufen, Barhockern, Nachttischen und Fußenden sitzen Amerikaner, freundliche Jungs, die sich zurückhalten und denen es hier sichtlich nicht gefällt. Ein wenig traurig gehen sie durch die Straßen, während sie an Olive Branch, Mississippi, Phoenix, Arizona, N. Y., N. Y. denken und verstohlene Blicke auf all die uneinnehmbaren Schleier werfen. Kenitra ist klein, Marokko ist fremd, die Zeit wiegt schwer.

Die Nacht verbringe ich in Zimmer achtundfünfzig des Hôtel de la Rotonde, eine verwahrloste Laube in diesem Hintergarten von Fontainebleau, doch der kühle Morgen findet mich frohgemut beim Frühstück unter den Palmen, innerhalb des Aktionsradius der Jukebox. Freitag ist es, die Sonne scheint, gleich fährt der Bus nach Rabat, und freitags reitet in Rabat der Sultan aus, auf seinem Pferd.

Rabat ist eine weiße Stadt, weitläufig und ein wenig vornehm, breite Straßen mit Palmen, Botschaften und Ministerien. Ich nehme ein »petit taxi«, eine marokkanische Erfindung, die Nachahmung verdient: kleine Renaults und Morris Minor, billiger als große Taxis und besonders geeignet für die Beförderung von ein oder zwei Personen. Der Fahrer trägt eine kecke Mütze und bugsiert sein kleines Auto mit leidenschaftlichen Schlenkern durch den Verkehr, hauptsächlich Fußgänger, die in dicken Trauben zum

Palast spazieren. Polizei hält uns an, wir dürfen nicht weiter.

Ich will aussteigen, doch der Fahrer will mich unbedingt zu einem Tor bringen, das »viel näher liegt«. Entlang der Straße wird es immer voller, und aus der Menge brodeln fröhliche Laute auf: Schwatzen, das Rufen von Verkäufern, große Erwartungen. Schließlich lande ich auf einem Hügel, von dem aus ich sowohl die Moschee als auch den Palast sehen kann. Unten, auf dem Platz, sitzen Hunderte von Frauen und Kindern, geduldig wartend, überall, wo Menschen sind, stehen auch Soldaten. Ein kleiner Raum genau unter mir ist für Touristen reserviert, und da stehen sie also: Fotoapparate, mit einemmal komische Kleidung, weiße Gesichter mit Brillen, und zehnmal so wenig Geduld wie die Marokkaner, die manchmal von ich weiß nicht wie weit gekommen sind, um ihren König zu sehen.

Die Soldaten direkt vor mir haben eine imaginäre Linie gezogen, und jedesmal, wenn ein kleines Kind, dem die mathematische Begabung fehlt, sich an dieser imaginären Linie zu stoßen, sie überschreitet, folgt die Strafe. Weinen. Mohammed, hörst du nicht, was der Soldat sagt? Die Mütter, die sich auch nicht zu helfen wissen, lassen ihre Kinder unter allen möglichen Tüchern verschwinden oder kaufen Sonnenblumenkerne für sie oder einen Schluck Wasser aus dem Kupfergefäß eines klirrenden, von Kopf bis Fuß bimmelnden Wasserverkäufers. Die Zeit wird lang, die Sonne hockt mit ihrem ganzen Gewicht auf unseren Köpfen, das grelle Licht schmerzt. Der Platz unter mir füllt sich, bis er ein buntes, ungeordnetes Blumenfeld aus Weiß und Blau und Gelb ist, und ja, da kommt die Musik, ein langsam schreitendes Concertgebouworchester in weiten roten Hosen, die unten an den Knöcheln mit vielen kleinen Knöpfen zugeknöpft sind, Jacken, die weißer sind als alle anderen Jacken, und mit klatschmohnroten Fezen. Vorneweg geht ein Riese von einem Schwarzen, und hinter der

Musik marschieren die Schützen und hinter den Schützen die prächtige Kavallerie, stolze Männer auf hohen, stolzen Pferden, die Lanzen hoch aufgerichtet.

Dieses ganze Volk von Farben, Kriegern und Musikanten zieht zum Palast und verteilt sich dort gemäß den Regeln, die Musik hier, die Soldaten da und die Reiter in sorgfältig abgemessenen Abständen entlang der Strecke, vor den Menschen. Es wird wieder still, ein schwarzer Mercedes fährt übertrieben geschäftig hin und her, die Sonne wiegt schwerer und schwerer, die Reiter sitzen hoch auf ihren Pferden, eine halbe Stunde, eine Stunde, unbeweglich, die Lanzen stets aufgerichtet.

Dann ist es soweit. Das Palasttor öffnet sich, und heraus kommt eine große Gruppe von Männern in prächtiger weißer Kleidung, und dahinter die Kutsche, in der der Sultan, Sidi Mohammed V., ernst dreinschauend und winkend zur Moschee fährt. Die Menge schreit augenblicklich los, ein hohes, gurgelndes Geräusch, das ein wenig den Kriegsschreien der Indianer in Cowboyfilmen ähnelt.

Es ist etwas beängstigend und fremdartig, so wie alles fremdartig ist, die Reiter mit ihren Lanzen, die große Gruppe der Edlen in weißen Dschellabas und mit Schwertern und das gedehnte, lange Singen des Sultans in der Moschee kurz darauf. Weithin schallt es über den Platz aus der Lautsprecheranlage, die oben am Turm befestigt ist, graue, von den Niederlanden gelieferte Flüstertüten. Das Volk ist jetzt aufgeregt, es lacht und klatscht in die Hände. Die Kinder starren mit großen Augen auf die Kutsche und die Pferde, die Schwerter und Uniformen.

Der drollige Fremde, der ich bin, rennt durch die Hitze von den Hügeln zu einem Platz näher bei der Moschee, gerade rechtzeitig, um den Sultan wieder herauskommen zu sehen. Hier stehen viel mehr Menschen, und das Geschrei ist ohrenbetäubend. Ein Reitknecht führt einen aufgezäumten Schimmel zum König, der sich mit seinen weiten Kleidern in den Sattel schwingt und wegreitet. Er lacht nicht, nickt ernst. Die Edlen, Priester, Höflinge, Statthalter, Stammesoberhäupter, Kalifen, die vor ihm her gehen, reden leise miteinander, dahinter kommt hoch und weiß das Pferd, umschwärmt von Männern, die Insignien tragen und einen hohen violetten Sonnenschirm über den Kopf des Königs halten.

Amerikaner und Deutsche drängen sich, soweit es geht, vor mit ihren Kameras, begierig grapschen sie sich die Bilder aus der Luft, Wüstenscheichs, Berbergesichter, Negersoldaten, verschleierte Frauen, Wasserverkäufer, alles verschwindet in ihren surrenden Kästen, die es später wieder surrend an die Wand ihrer fernen Wohnzimmer projizieren werden: das unberührbar Andere, auf das man zeigen kann, aber nicht anfassen, dem man lauschen kann, ohne je dazuzugehören.

Die Menge erhebt sich, träge und zufrieden, und macht sich ohne Eile auf den Weg zurück in die Stadt oder in die heimatlichen Dörfer. Glänzende schwarze Autos schießen wie Fische hindurch, auf den Rücksitzen geheimnisvolle weiße Schatten.

Woran denken sie? An den König? An den Prinzen? An Essen, eine Frau, einen Feind, Ferhat Abbas, den russischen Gesandten, Kamele, Patrice Lumumba, Geld, Volk, Ghana? Ich weiß es nicht. Ich gehe, soweit möglich, unter den fremdartigen Bäumen und denke, daß es sehr weit ist zu der Welt, aus der ich komme.

9. Juli 1960

Anmerkung

1 Führer, Chef, Kommandant in arabischen Ländern (Anm. d. Ü.).

Die gespaltene Stadt
Casablanca: Zwischen Place de France und Medina

Von meinem schlammgelben Hotel in Casablanca kann ich bestens beobachten, was im lilienweißen Hotel gegenüber vor sich geht. Oben ist es festgemauert im Himmel, dann kommen viele Erdschichten Schlafräume für reiche Leute, und schließlich hat es auch noch Füße, breite, marmorne, hohe Spesenrechnungen repräsentierende Füße mit vornehmen Portiers und ihren Vasallen: Kofferträgern, Türöffnern, die genau wissen, wo der Türgriff eines Mercedes sitzt, Wegweisern. Auf dem großen Boulevard, den ich ebenfalls sehen kann, ist es ruhig.

Es ist Sonntag, in der Stadt liegt ein schönes, weißes Licht, ich gehe hinaus. In einem kleinen, schimmernden Café (Alkoholausschank an Muslime verboten, Dahir Nr. soundsoviel 1936) bin ich der einzige Besucher. Ich stecke meinen Obolus in die Musikbox. Der Barmann schiebt mir ein Stück Zeitung zu. Ich lese alles über die Pferderennen des heutigen Nachmittags, über den Wettkampf in der *division nationale* ASS-HASS und NCCO-MSR. Danach tauschen wir, er bekommt Sport, ich Ausland. Ich sehe es mit geschlossenen Augen: Wo immer ich auch bin, es läuft nicht gut mit der Welt. Ich nehme einen Kaffee mit Rum, sehe die Fotos amerikanischer und russischer Köpfe, die die Welt aufgeteilt haben, und dann spaziere ich zur Bushaltestelle auf der Place de France (Place Mohammed V.), doch vor dem Bus zum Strand steht eine Schlange, die sämtliche Stadtbusse bis zum Sonnenuntergang füllen kann. Ein kleines Taxi fährt mich durch eine gezähmte Landschaft von Gärten und Villen zum Meer ohne Menschen.

Zwischen dem Strand und dem Meer stehen Felsen, und an diesen Felsen ist das Wasser wild, geschwommen wird nur in Schwimmbecken am Strand, eisblauen Tümpeln zwischen lauen Sandflächen, nachgemachten Hütten, Fächerpalmen, Schaukeln: kleine melanesische Vergnügungsdörfer, die Tahiti oder Kontiki heißen. Zwischen dem Boulevard und dem Strand gibt es nur eine Treppe – und Leute, die mangels Geld diese Treppe nicht hinuntergehen.

Unten im weichen Sand Mädchen in knappsten Bikinis, junge Männer mit vollkornbrauner Haut und prächtigen Sonnenmützen aus der *Elle* und Chestèr-Schachteln. Man liegt wild entschlossen oder saft- und kraftlos herum, das heißt: in der Sonne oder im Schatten, von Zeit zu Zeit fällt einer dieser schönen Körper ins schöne Wasser. Auf das Zeitbild abgestimmte Musik. Geraschel dieser oder jener Art, Düfte von Meerwasser, Chlor und Ambre Solaire, Werbung pur, die Welt als Modell.

Oben ist es wieder ganz anders. An jedem Geländer hängt eine große Traube Zuschauer und schaut. In einem Land, in dem alle Frauen verschleiert gehen mit Ausnahme jüdischer Mädchen, der letzten Französinnen, ausländischer Touristinnen und der vereinzelten fortschrittlichen Marokkanerin, ist ein Feld voller Bikinis ein seltener Anblick, etwas, das man sich lange ansieht. Unten kümmern sich die anonymen Körper wenig darum. Sie sind zufrieden, werfen ab und an einen Ball, kühlen sich im Pool ab, rauchen und trinken.

Lau liege ich im Sand und lasse meinen Blick ruhen. Links der Ozean, der zu dieser Stunde aussieht wie ein Mann mittleren Alters. Rechts auf Fließbändern aus Asphalt die trägen Autos. Die Straßencafés entlang dem Boulevard voller Menschen. Musik. Erdnußverkauf. Mandelverkauf. Frieden. Sonntag.

Zufrieden setze auch ich mich an das Lenkrad eines beschlagenen Martinis, drücke auf die Olive und lande vor meinem schlammgelben Hotel. Gegenüber schauen die tausend Portiers des teuren Hotels mißbilligend zu, wie ich ganz ohne Hilfe das Taxi verlasse und, mein Handtuch selbst tragend, hineingehe, wo niemand mich erwartet, ein armer Herr.

Zwei Stunden entziehe ich der Zeitrechnung und mache einen kurzen Umweg durch das Nichts. Wach geworden, gegessen, hinaus, die Straßen sind breit und kühl, Neonlicht, die Palmen abends schöner, ich setze mich in ein Straßencafé und gebe mich dem Schauen hin. Amerikanische Autos.

Casablanca ist eine gespaltene Stadt. Das Café liegt im Schatten hoher Gebäude, hundert Schritte weiter steht man mitten in der Medina.[1]

Ich erhebe mich, gehe hundert Schritte, sehe mich um. Hinter mir liegt die moderne Stadt, zu der ich nun schon nicht mehr gehöre. Ich stehe in einer engen, gewundenen Straße, in einem Fluß aus Lauten, einem Schrank voll Farben, in einem fremden Haus. Dies ist der Souk,[2] kleine Läden für alles, Schuhe, Nylonhemden, gebratenes Lammfleisch, Stoffe mit knalligen Farben, trockene braune und schwarze Kräuter, Tontöpfe, grüne Teller, getrocknete Datteln, heilkräftige Wurzeln, Lederwaren, getriebenes Kupfer, seltsame Bilder von Königen und Rittern, geröstete Samen, Dschellabas. Es riecht nach tausend Dingen, aber ich weiß nicht, ob es die tausend sind, die ich sehe, oder die tausend, die ich nicht sehe, oder die tausend, die ich sehe und deren Namen ich nicht weiß und von denen ich nicht weiß, was damit zu tun ist: auflösen, tragen, einreiben, trockenschlagen, braten, mischen, aufbewahren? Langsam, langsam kriecht das alles jedoch zu der Stelle in meinem Gedächtnis, von der es sich nie mehr entfernen darf: Rolle 12, Abt. 8, Medina Casablanca, und schon sehe ich es: die Art und Weise, wie die Kräuter auf der Eisenplatte verteilt liegen, die Art und Weise, wie die Menschen in einem niedrigen, verräucherten Raum sitzen und essen, in dem ein schwitzender Mann Fleisch an schwarzen Eisenspießen im Feuer dreht, die Art und Weise, wie die Schuhe, an langen Schnüren schwebend, herabhängen, die Gesichter und dieses eine Gesicht, die Geräusche und dieses eine Geräusch.

Ich verirre mich, esse etwas Rotes, verirre mich wieder, kaufe Manschettenknöpfe, alte Postkarten von 1914, frage nach dem Weg, werde durch eine Nebentür hinausgelassen und stehe auf einem Boulevard mit Platanen, ich bin in der *mellah*, dem jüdischen Viertel.

Ich gehe ziellos herum, schaue mir die bunten Bilder vor irgendeinem Kino an, höre in der Ferne jemanden singen und gehe darauf zu. Es ist eine kleine, moderne Bar, und der Mann, der dort singt, ist ein zufälliger Passant, ein blasser junger Mann mit langem, lockigem Haar. Eine große Gruppe steht um ihn herum, feuert ihn an und singt den Refrain mit schleppender oder jagender Stimme mit. Alle sind fröhlich. Ich bin der Fremde, und daher bekomme ich etwas zu trinken. Der Mann singt, bis er nicht mehr kann, die Kellner spülen die Gläser, und wir gehen alle nach Hause. Im Bett lese ich in einer englischen Zeitung, wie kalt es überall in Europa ist, und als ich aufwache, ist es auch in Afrika kalt. Ein Heer grauer Wolken zieht über uns hinweg, es ist grau in der Stadt und grau am Hafen, und mit Heimweh schaue ich lange auf ein graues Frachtschiff aus Groningen, das gerade beladen wird, und denke: Könnte ich nur mit, Uithuizen, Appelscha, Karton und flache, niedere Länder, ein Gedicht von Koos Schuur.

Tief im Herzen spür ich das feste Band /
Das mich verband mit dieser Gegend, nüchtern
ohnegleichen:
Weit wie der Himmel selbst; mit gleichem Rand / und
Wie ein altes unverkennbar' Zeichen / den Himmel
Spiegelnd in trägen Bächen und Teichen.

An diesem Nachmittag sehe ich die Rückseite von Casablanca. Ein Niederländer, der hier schon seit Jahren lebt, fährt mich ins Elendsviertel, wo die Arbeitslosen wohnen, die Armen, die Elendsten. Es liegt eine Viertelstunde außerhalb der Stadt, eine andere Stadt. Mein Führer will oder wagt sich nicht hinein, und so bleiben wir an der geordneten Form des Autos stehen und schauen auf die Wüste, auf die Stadt, die eine Wildnis ist, eine nachgemachte Stadt aus Abfall, eine negative Stadt, erbaut aus Müll, Kisten, Blechstücken, selbstgemachte Löcher, in denen Zehntausende wohnen, eine verdorbene Landschaft aus Zerbrochenem, aus Krankem, Chaos, Hunger, Verbrechen.

Es ist eine ganze Stadt, am Rande von Casablanca, der modernsten Stadt Marokkos. Niemand hat sie im Griff, die Stadt wächst, und niemand kann ihr Einhalt gebieten. Staubige Wege durchziehen sie, ein Auto kann dort nicht fahren. Es gibt Läden und etwas schief Herausragendes: die Moschee? Und es gibt zweifellos eine Hierarchie, diese Stadt setzt sich ihre eigenen Gesetze. An ihrem Rand spielen Kinder, ein Spiel, das aus Treten und Schlagen besteht.

Wir fahren durch die neue Medina nach Casablanca zurück. Die Straßen sind hier breiter als in der alten. Sonst gibt es keinen Unterschied: eine undurchdringliche fremde Welt. Wieder die Stoffläden und die Freiluftfriseure, die langen Tische mit Schafsköpfen, Ziegenfüßen, Eingeweiden, Lungen, Herzen, die Mauern voller Körbe, die grünen Holzhäuschen, in denen bebrillte Männer an einer Schreibmaschine vor einem Porträt des Sultans auf Kunden warten, die selbst nicht schreiben können.

Die moderne Stadt ist danach fast ein Schock. Hier wetteifern Bekanntes und Unbekanntes miteinander, Geheimnisvolles wird entzaubert, Bekanntes bekommt einen geheimnisvollen Hintergrund. Wolkenkratzer und Dschellabas, moderne Hotels und verschleierte Frauen mit rot gefärbten Handflächen, die hundert Schritte zwischen der

Place de France und der Medina, die lesbaren Zeitungen und die unlesbaren, die Schrift, die ich kenne, und die Schrift, für die ich blind bin, die ich lediglich als *Form* wahrnehmen kann. Der Abend bricht über all das herein, doch die beiden Welten fahren fort, einander zu hassen, anzuziehen, sie selbst zu sein und sich darzubieten.

Ich sitze unter der Galerie des Café de France. Ein Junge will mir einen Quarterdollar verkaufen. Ein Mann will mir Rosen verkaufen. Im Verkehr entstehen Lücken, es wird leer und still. In einer Ecke des Platzes warten gelangweilt zwei Taxis, die letzten Leute verlassen den sinkenden Abend, ich kaufe eine Zeitung und gehe schlafen.

16. Juli 1960

Anmerkungen

1 Altstadt nordafrikanischer Städte (Anm. d. Ü.).
2 Markt nordafrikanischer Städte (Anm. d. Ü.).

Marrakesch:
Schlüssel zum Atlas und zur Sahara

Hinter Casablanca ist die Landschaft karger, braun, gelb, trockener als im Norden, braun und gelb. Die schmale Straße nach Marrakesch windet sich durch sie hindurch, eine unscheinbare Spur in einem dürren Garten. Zum erstenmal ein Gefühl des Fremdseins: das vollkommen Andere. Die Fahrt dauert lange, die Ankunft ist dramatisch. Die Erde wird röter, wir fahren durch einen nicht endenden Palmenwald, die Stadt ist rot, liegt wie ein roter Palast vor den Bergen, deren Fuß man nicht sieht, nur die Gipfel, eine lange weiße Kette, weit hinter der Stadt in der Luft aufgehängt.

Marrakesch ist eine merkwürdige Stadt: Schlüssel zum Süden, zum Wilden – dem Feuer der Sahara, dem schneebedeckten Atlas. Abschied vom Norden, dem Angepaßten.

Ich komme mittags an, als niemand auf der Straße ist, nehme ein Bad in meinem Hotel und lege mich schlafen, werde zwei Stunden später von einem jagenden Trommelrhythmus wach. Ich liege in diesem fremden Zimmer, das Licht schleicht sich durch die Rolläden herein, doch das Geräusch, von dem ich dachte, es gehöre in meinen Traum, hält an. Ich stehe auf und ziehe den Rolladen hoch. Draußen ist das Licht noch genauso streng, genauso weiß und grell auf den staubigen grünen Farben des kleinen Parks vor dem Hotel. Ich sehe Menschen entlang den Wegen auf der Erde und auf den Bänken liegen, in weite weiße Kleider gewickelt. Das Geräusch kommt von jenseits des Parks, vom Djeema el Fna. Ich ziehe mich an, gehe in die Hitze hinaus, auf das Geräusch zu. Djeema el Fna, Versammlungsort der Toten, ein weitläufiger roter Platz von der Farbe getrockneten Bluts. Dort herrscht Trubel, herrscht immer

Trubel. Aus der Umgebung sind, wie schon seit Jahrhunderten, die Berber gekommen. Und der Fremde, der mit jeder Sekunde fremder wird, darf auch dabeisein, ein bleicher Zuschauer auf einem orientalischen Jahrmarkt, ein Spaßmacher mit einem Guckkasten, eine Minderheit, die man nicht belästigt.

Es sieht aus, als sei es schon immer so gewesen: Das Gebäude der Busgesellschaft, das Postamt, die Medina umklammern den Platz, und auf diesem die Zauberer, die Heiler, die Musikanten, die Schlangenbeschwörer, die *Kefta*[1]-Verkäufer, die Geschichtenerzähler. Darüber steht brennend die Sonne, doch das bedeutet nichts. Dies ist der große Tag, der Tag, an dem sie nach Marrakesch gekommen sind, in die Wunderstadt. Araber und Berber bevölkern den Platz, eine lebende Seite aus einem orientalischen Buch, die Welt, von der man dachte, sie existiere nicht mehr. Aber sie existiert noch. Das Getrommel, das mich geweckt hat: sechs Neger in weißen Kaftanen, schwarze, mit mondweißen Muscheln besetzte Mützen auf dem Kopf, ein Orchester, das singt und mit gebogenen Holzstöcken auf Trommeln schlägt. Der Mann, der zu mir kommt, um Geld einzusammeln, hat gelbe, blutunterlaufene Augen, von Zeit zu Zeit singt er, ein bißchen tanzend, mitten in der Gruppe oder wirft schreiend seine Mütze in die Luft.

Der Tourist darf all dies durchstreifen, darf – für Geld – fotografieren, aber um ihn geht es hier nicht, er ist unerheblich und ein wenig lächerlich. Er versteht auch nichts – stumm und verständnislos steht er hinter der dichten Gruppe, die, zusammengedrängt, schweigend, auf dem Boden sitzt und dem Märchenerzähler in seinem blauen Kaftan fast fanatisch lauscht, der beschwörend wie ein Zauberer in der Mitte des Kreises steht, bei jedem Höhepunkt seiner langen, beißend-scharfen Sätze den Arm gen Himmel streckt. Er ist blind, und er ist ein Meister.

Atemlos hängen die Zuhörer an seinen Lippen und lauschen der Geschichte, die sie schon tausendmal gehört haben, und zum tausendsten Mal entrollt sich vor ihnen auf diesem flirrenden Platz das gleiche Bild: der glückselige, stets zufriedene Abdul mit seinem Hund. Sie kennen die Geschichte schon lange, aber sie sind aus den Bergen und aus der Wüste gekommen, um sie noch einmal zu hören, denn was geschah mit Abdul und seinem Hund? Abdul war arm, aber zufrieden. Er arbeitete hier und da, besaß kein Geld und kein Land, aber er war zufrieden. Und wohin er auch ging, sein Hund folgte ihm. Eines schönen Tages (die Zuhörenden drängen sich dichter zusammen, die Stimme des Erzählers schnellt in die Höhe), was hört er? Ein summendes Geräusch? Bienen! Was findet er? Honig! Was denkt er? Den kann ich verkaufen! Er füllt seine Tasche mit dem herrlichen Honig und zieht in die Stadt. Sein Hund folgt ihm. Der Erzähler genehmigt sich eine kleine Pause. Keiner spricht, alles wartet nur darauf, daß er wieder beginnt. Er zieht in die Stadt mit seinem Honig, und diese Stadt war groß und reich. Das machte Abdul froh und glücklich, denn hier würde er seinen Honig bestimmt verkaufen können. Er ging durch die Straßen der Stadt, schaute beim Silberschmied vorbei, beim Schneider, beim Korbflechter. Und ach, er blieb auch beim Lederverarbeiter stehen. Was saß da auf dem Boden? Eine schwarze Katze, und Abdul, der Katzen sehr mochte, bückte sich, um das Tier zu streicheln. Hier hält das Schicksal den Atem an, genau wie der Erzähler und die Menschen um ihn, denn was passiert? Aus Abduls Korb fällt ein Honigtropfen. Eine Wespe, vom Geruch angelockt, läßt sich auf dem Honig nieder und beginnt zu fressen. Und das ist erst der Anfang: Ein Vögelchen, das die Wespe gesehen hat, stürzt sich auf sie und verschluckt sie. Doch die Katze, nicht faul, schnappt sich mit *einem* Pfotenhieb das Vögelchen. Abduls armer Hund erschrickt so, daß er sich auf die Katze stürzt und sie totbeißt. Der Lederverarbeiter, rasend vor Trauer über den Tod seiner lieben Katze, geht dem Hund zu Leibe. Abdul (mein Hund!), ebenfalls erschrocken, will den Mann davon abhalten, versetzt ihm dabei aber einen so kräftigen Stoß, daß dieser gegen einen zufällig Vorbeigehenden taumelt. Der denkt, er wird angegriffen, zieht sein Messer und sticht den Lederverarbeiter ... tot. Das ist der erste Tote. Denn was will der elende Zufall? Der Mann, der zufällig vorbeiging, kommt aus einer benachbarten Stadt, und aus dieser Stadt sind an diesem Tag viele, viele Menschen zum Markt geströmt. Rasch kommt es zum Krieg zwischen den Bewohnern beider Städte. Auf dem ganzen Markt und im Souk wird gekämpft, und als die blutende Sonne hinter den Horizont getragen wird, liegen dreitausend Tote auf den befleckten Pflastersteinen. Abdul freilich, der Zufriedene, ist nirgends mehr zu sehen. Wo ist er hin? Wer vermag das zu sagen? Er ist mit seinem Hund verschwunden, und niemand weiß, wohin.

Die Geschichte ist aus. Kurze Zeit bleiben alle noch sitzen, danach tut man sich schwer, aufzustehen und an andere Dinge zu denken, zum Beispiel ans Zahlen. Aber es gibt so vieles zu sehen – sie lassen sich vom einen Wunder zum nächsten treiben. Schrill und unaufhörlich klirren die Wasserverkäufer. Sie tragen wüste tibetische Hüte und eine wunderliche Kleidung, sie sind von Kopf bis Fuß behängt mit glänzend polierten Kupfergefäßen, in denen das Wasser (aus einer Tierhaut) ausgeschenkt wird. Ein Schwarzer in Grün steht albern herumtanzend in einer Ecke, doch niemand achtet auf ihn, soviel Lärm er auch mit seinen eisernen Instrumenten macht.

Ein Theaterstück! Drei oder vier Jungen, von denen zwei eine Frau darstellen, lassen sich in einem kreischenden Kreis zu groteskem, grobem Spiel hinreißen, jedes kichernde Frauenlachen, jeder überfette Gesichtsausdruck hat die beabsichtigte Wirkung, die dicht zusammengedrängten Zuschauer sind völlig gebannt.

Es ist merkwürdig, aber in ihrer Urform sind alle bei uns so verbissen aufrechterhaltenen kulturellen Ausdrucksformen vorhanden, ungeschliffen, aber so echt wie Stein oder Holz. Der Schriftsteller: der Erzähler. Das Theater: wildes, spielerisches Spektakel mit schwülstigem Agieren und mit Szenen- und Garderobenwechseln auf offener Bühne. Ballett, Konzert an zehn Stellen zugleich. Und Film. Ein weiser alter Mann sitzt umringt von anderen weisen alten Männern, und leise singend setzt er seinen Film in Gang. Vor ihm liegt ein hoher Stapel von Blättern mit Darstellungen, Mythen, Legenden, was weiß ich. Zu jedem Bild singt oder rezitiert er seinen Kommentar, wie bei uns vor noch nicht mal dreißig Jahren der Kinoerzähler. Das Publikum blickt andächtig auf das Bild, lauscht dem Text, bleibt sitzen bis zum Ende des Films: »... und dann kam Sidi Ali auf seinem schwarzen Hengst und erstach Ras el K'Roul. Wankend fiel der Riese zu Boden, in seinem Blute schwimmend.«

Ich trinke irgendwo im Schatten eine laue Cola und gehe dann zu einer Stelle, wo ich meinesgleichen sich drängen sehe: um den Schlangenbeschwörer, einen Mann mit langem, in krausen Strähnen herabhängendem Haar, einem breiten, grausamen Mund und stechenden Augen. Er bläst auf einer Schilfflöte. Die Kobra auf dem Kissen schwankt hin und her. Die kalten Augen in dem schwankenden Kopf starren auf uns, auf unsere vergrößerten Gesichter. Schwitzende Hände suchen schon mal nach Geld, die Angst vor der Schlange ist immer noch lebendig, auch in Ländern, in denen man keine mehr sieht. Die Musik verfolgt mich bis zum Gebäude der Busgesellschaft. Dort, von der Dachterrasse aus, schauen die Vorsichtigen zu. Rauch steigt an verschiedenen Stellen auf, Düfte von Pfefferminztee und gebratenem Lammfleisch. Hin und wieder ein Glitzerstrahl:

ein Wasserverkäufer, der sich durch die sich ständig verlagernden Kreise bewegt. Der ganze Platz: ein wilder Strudel archaischer Vergnügungen, die in tausend Jahren nicht älter geworden sind.

Ich nehme eine kleine Kutsche, um die Stadt zu sehen. In der Ferne die Berge mit ihren weißen Gipfeln – in der Nähe die Gärten mit ihren Springbrunnen, ihren nie gesehenen Blumen. Der Gedanke an Schnee in dieser Hitze ist fast lachhaft. Und trotzdem wird wenige Meilen von Marrakesch entfernt bis zum Mai Ski gelaufen.

Mein Kutscher spricht seinem überalterten Apfelschimmel aufmunternd zu, und derweil streifen wir durch die Stadt – er lacht und zeigt: die Koutoubia, die Moschee von Marrakesch, Guéliz, das Europäerviertel (Bar des Négociants, Restaurant Franco-Belge), das Casino in einer vornehmen Allee, die Gartenanlagen Aguedal und Ménara, die Brunnen von Mouassin und Bab Doukkala, die grimmigen Tore, das Mamounia-Hotel, in dem Churchill im Winter manchmal malt.

Abends, als es dunkel ist, gehe ich noch einmal zur Djeema el Fna. Jetzt sieht der Platz phantastischer, geheimnisvoller aus. Alles findet an offenen Feuern statt oder bei kleinen Lampen, die ein helles weißes Licht verbreiten. Der Erzähler erzählt. Der Beschwörer beschwört. Das klagende Singen einer Stimme im Wettstreit mit fremdartigen Saiteninstrumenten. Doch was mir am deutlichsten in Erinnerung geblieben ist: ein Mann inmitten einer Kinderschar. Mit großen Augen, die alles vergessen haben, schauen sie auf das, was er ihnen zeigt, die Geschichte von Mohammed. Bild um Bild dreht er um, und das weiße Licht flackert über der Gruppe, während er mit einem langen Holzstock auf jedes Bild deutet: Das ist der Prophet, und das ist der und der, und jetzt passiert das, hier, schaut mal, da könnt ihr es sehen. Sie sehen es, und sanft und manchmal leiernd, manchmal heftig spricht die Stimme weiter, ich höre sie noch hinter mir, als ich schon ein großes Stück weiter bin, jemand, der weggegangen ist, weil er es nicht versteht.

Nacht. Im Park liegen wieder die in ihre Kleider gewickelten Gestalten, sie schlafen, während sie auf den Bus am nächsten Morgen warten, so Allah will. Der Himmel ist kalt und funkelt vor lauter Sternen. Es ist sehr still, nichts berührt die Blätter der Palmen. Und als ich im Bett liege, höre ich noch immer Trommeln auf dem Platz, drohend, unruhig, ein Geräusch, das sich nicht aussperren läßt.

23. Juli 1960

Anmerkung

1 Gebratene Hackfleischbällchen (Anm. d. Ü.).

Gerber und Färber, Marrakesch

Wie damals und heute und damals und vorher
und damals,
unter den hundert Gesichtern der Zeit
und dem einen unsichtbaren Angesicht Gottes,
dessen Namen ich nicht sagen kann,
immer derselbe,
bin ich es.
Innerhalb der Mauern der Stadt
schlachte ich, gerbe ich, färbe ich,
ich mit dem sagbaren, immer wieder vergessenen Namen,
ich mit dem sichtbaren,
immer wieder gelöschten Gesicht.
So bestehe ich unter der Sonne
in allen Schichten der Hölle,
im Gestank der Häute, im Tod des Messers,
in der Verseuchung der Farbe,
und mache Dinge.

1978

Fremdling in Nordafrika

Lustlos sitze ich in meinem großen Gartenstuhl unter den schweren Schattenbäumen des Mamounia-Hotels in Marrakesch. Auf allen Seiten leuchtet und lodert der Garten: Bäume, Sträucher, hohe spitze Blumen, die ich nicht kenne. Der Engländer, der mich eingeladen hat, deutet auf sie und nennt ihre Namen, und ich vergesse sie augenblicklich wieder, sie sind zu schön und zu farbenfroh. Ich halte mir das eiskalte Colaglas ans Gesicht und schaue. Um uns herum andere Gäste, alte englische Damen, die rascheln, als seien sie aus Papier, schwere deutsche Herren, die sich bedienen lassen, während sie an ihre GmbH und den Dollarkurs denken. Ein brautweißer Ober bringt meinem englischen Freund seine Daily Zeitung – er reißt die Banderole ab und sucht die Sportseiten.

Ich schlage das Büchlein auf, das ich aus Amsterdam mitgebracht habe, und lese den ersten Satz, auf den mein Blick fällt: »Lange bin ich hier, einsam, geblieben – draußen wartete der Führer auf mich mit den Kamelen – und es war so fremdartig und seltsam, diese Einsamkeit, dieses weiße Sepulcrum, diese weißen Kegel ringsum, schmucklos aufragend über diesen Gräbern, nicht breiter als weiße Schwellen, zwischen Pfeiler neben Pfeiler. Und die sinkende Sonne, die Goldstaub puderte durch die schmalen Fenster, durch die der Königssohn gesehen hatte, wie seine Mutter lebendig begraben wurde ...«[1]

Mit meinem wie immer leicht übersteigerten Vorstellungsvermögen sehe ich jetzt den Verfasser dieser Zeilen auf der Terrasse stehen, Mijnheer Couperus,[2] er zögert kurz und setzt sich dann zu uns, ein Herr mit Strohhut in einem *palm beach*-Anzug, die Sonne im Ring, den er am kleinen Finger trägt. Er sieht (blitzschnell, dieser Schriftsteller), daß der Engländer Thé à la Russe trinkt, und nimmt sich vor, das nachher gleich in seinem Zimmer zu notieren, man kann nie wissen, wofür sich das noch mal verwenden läßt. Er raucht eine schmale, platte türkische *Cigarette* und plaudert, unnachahmlich. »Reisen ist eine schwierige Tätigkeit. Am liebsten würde ich reisen, ohne etwas wissen zu wollen. Man läßt alles über sich ergehen in einem Auto oder Eisenbahncoupé, man steigt ab in einem Palace, und wenn man sich ausgeruht hat, ist das Auto schon wieder vorgefahren.« (Aber gewiß, Mijnheer Couperus.) »... Reisend noch viel erfahren zu wollen macht nervös, läßt einen hastig Reiseführer aufschlagen und ermüdet einen ungemein ... das Beste, dünkt mich, ist der Mittelweg: nicht völlig dumm zu reisen, aber auch nicht zu intelligent ...«

Wie der Geist eines Herrn, der weiß, wie es sich gehört, erhebt er sich nun flügelschlagend aus seinem Korbstuhl und entschwirrt, kurze Züge an seiner *Cigarette* nehmend und umschwärmt von literarischen Posttauben mit dem niederländischen Wappen auf der Brust, in den schwülen Schatten des Gartenwegs, auf dem Weg nach Den Haag oder Nizza oder Florenz. Ich für meinen Teil schlage sein Buch zu, während ich über das Schicksal toter Schriftsteller nachdenke, und bitte den Ober, eine Droschke zu bestellen, um in mein eigenes Hotel zurückzufahren, das im Zentrum von Marrakesch liegt. In den Lederfedern schaukelnd, klappern wir durch die verlassenen Straßen, keine Palme regt sich. Schwach höre ich Trommeln auf dem Djeema el Fna, dem Tummelplatz Marokkos, doch ich bin zu müde für Schlangen und zu müde für Tänzer und Erzähler und lege mich in meinem Zimmer aufs Bett.

Die Läden sind geschlossen, aber es dringt genug Licht durch die Ritzen, so daß ich lesen kann.

Ich schaue auf die Karte: Die Reise, die ich in den Süden unternehmen werde, in die Sahara – und der Weg, den ich bereits zurückgelegt habe von Tanger nach Marrakesch, das Blau des Ozeans dreimal berührend, jetzt weit von ihm entfernt, in einer fremden Stadt, einem fremden Land.

Was weiß ich inzwischen von diesem Land? Ich bin hier, halte mich hier auf, doch jeder Schritt, den ich draußen gehe, ist ein Schritt in einer andersartigen Welt. Ich werde verstanden, wenn ich französisch spreche, ich darf in Hotels schlafen und in kleinen Droschken fahren, doch die Stimmen, die ich höre, sind fremd, ich verstehe sie nicht. Viel mehr als europäische Länder ist Marokko ein Gebiet, das erobert werden muß, weil man hier auf viel grundlegendere Weise der Fremde ist, der Fremdling. Bei einem oberflächlichen Besuch ist das Fremde und Exotische ein romantischer, malerischer Hintergrund, etwas, worüber man nach Hause schreiben kann. Doch je länger man bleibt, je weiter man nach Süden fährt, desto mehr läuft man in die Falle, desto fremder wird man auch sich selbst, bis man plötzlich merkt, daß man seine Umgebung als maßgeblich und autonom empfindet und sich selbst als den Besucher, den ausschließlich Zuschauenden, den tauben Zuhörer. Die Kleidung, die Kasbahs, die Schleier, die unlesbaren Zeitungen, die Sprache beginnen auf einen einzuwirken, und immer wieder gibt es Vorkommnisse, die haftenbleiben.

Ich gehe die lange Reihe bis Marrakesch durch: die schrille, unvertraute Ankunft in Tanger, die erste Mahlzeit, am Boden hockend, die kerbende und endlos sich wiederholende arabische Melodie aus einem tragbaren Radio neben mir am Strand von Casablanca, eine verschleierte Frau am Steuer eines pfauenblauen deutschen Sportwagens, die gelangweilten spanischen Mädchen in einem kahlen, leeren Nachtclub, der Führer, der keinen Alkohol trinken will, das weiße Grab eines heiligen Mannes mitten in einer ockerfarbenen Landschaft, die strengen Holzbaracken einer amerikanischen Truppenbasis, das ernste Gesicht von Sultan Mohammed V. – und dasselbe Gesicht in bunten Farben, das man als Bild in der Medina von Rabat kaufen kann, die Verkäufer von geröstetem Fleisch an den spärlichen Bushaltestellen auf den tagelangen Fahrten, die leergestohlenen Augen der Blinden, die Nagelsperren der Polizei unterwegs, die langen, langen Messer der Sonne. Was fange ich damit an?

Draußen verrinnt träge der Nachmittag, drinnen lerne ich meine Lektionen. An der Spitze einer Provinz steht ein *amal* (Mehrzahl: *oumal*), und unter den *oumal* gibt es ein Fangnetz von *kaïds*, Super*kaïds*, Scheichs, Dorfoberhäuptern. Ein Scheich ist lediglich das Oberhaupt einiger Dörfer, der die Anweisungen des *kaïd* ausführen muß. Es gibt dreimal soviel Berber wie Araber. Es gibt rund 300 000 Juden, die nach Israel auswandern dürfen, wenn sie das wollen.

Der Generalsekretär der Kommunistischen Partei heißt Si Ali Yata und lebt im Ausland, weil die Partei verboten ist. Nicht verboten sind fünf andere Parteien, und unter diesen fünfen ist die Istiqlal die bedeutendste. Den Versuch, Einblick in die marokkanische Politik zu gewinnen, unternimmt man besser nicht. Nach einer Woche des Bemühens habe ich mich, ungeübt wie ich bin, verheddert (aber wer könnte einem Marokkaner erklären, was es mit den byzantinischen Verwicklungen unserer nationalen Politik auf sich hat?). Nein, lieber als mit zu kleinen Fischen nach Hause zu kommen, habe ich sie wieder in dem großen Meer freigelassen, aus dem ich sie herausgefischt hatte: dem Meer der widersprüchlichen Geschichten. Ich blicke in die rätselhaften Gesichter von El Glaoui, Pascha von Marrakesch, und von Marschall Lyautey, weiß, daß ich nie wirklich Bescheid wissen werde, und lasse mich in einen sanften, touristischen Zustand zurückfallen, der sich damit begnügt, unter Palmen zu staunen, im Bus am Fenster zu sitzen und die Postkarten mit den schönsten Farben auszusuchen.

Als ich ins Freie trete, sind die Straßen voller Menschen. Ich gehe ein wenig herum und erkundige mich, wo ich Plätze für den Bus in den Atlas reservieren kann. Ein Junge bringt mich zu einem kleinen Büro, und ich bekomme einen schönen Platz, gleich hinter dem Fahrer. Abfahrt: vier Uhr am nächsten Morgen. Eine Fahrt, die bis acht Uhr abends dauert. Meine Karte fest in der Hand, verlasse ich das Büro und blicke zu den Bergen, durch die ich morgen fahren werde, die kalte, hohe Barriere zwischen Stadt und Wüste.

6. August 1960

Anmerkungen

1 Zitate aus: *Met Louis Couperus in Afrika*, Jacob van Campen, Amsterdam, ca. 1920.

2 Louis Couperus (1863-1923), niederländischer Schriftsteller. Verfaßte Romane über Stoffe aus Gegenwart, Altertum und Mythologie, Novellen, Gedichte, Reiseerzählungen und autobiographische Schriften (Anm. d. Ü.).

Durch den Atlas in die Sahara
Zagora, der Hafen der Wüste

Vier Uhr morgens, Marrakesch. Die Augen noch voller Schlaf, folge ich dem Jungen vom Hotel, der mich geweckt hat und jetzt meinen Koffer zum Gebäude der C. T. M. trägt. In einer Ecke der Halle steht der Bus schon bereit, ein brummendes Tier, das Lust auf den Atlas hat und Lust auf die Sahara. Ich setze mich auf den Platz, der für mich freigehalten worden ist – hinter dem Fahrer –, und denke an die Fahrt, die an diesem Tag bis acht Uhr abends dauern wird, bis Zagora.

Der Bus ist bereits voll. Oasenbewohner aus dem Dra-Tal, Berber aus Bani, Angehörige verschiedener Nomadenstämme – die Männer in gestreiften oder weißen groben Dschellabas, mit Kranzbärten und weißen Turbanen, die eine Art Tonsur freilassen, die Frauen in Indigoblau mit Schmuck aus Eisen und Silber. Ich bin der einzige Europäer. Der Fahrer, ein kleiner, kräftiger Araber, gibt mir die Hand, und dann fahren wir los. Schemen von Häusern und Menschen, ein rotes Tor, die grauen springenden Formen von Palmen im langsam die Oberhand gewinnenden Licht. Noch einmal halten wir: Irgendwo in einer Art Wartehäuschen steht eine Deutsche mit einem kleinen Koffer, auf dem Weg in die Sahara. Sie bekommt einen schönen Platz vorn im Bus, hinter einem Mann mit prächtiger weißer Pudelmütze mit Bommel.

Der Fahrer, Monsieur Hamid, spielt mit seinen Lichtern im Halbdunkel, was aber nicht nötig ist, es gibt keinen Verkehr. Jetzt schießen diese Lichtkegel über verschwommene Baumgruppen, über niedrige Bauernhäuser am Straßenrand – doch eine halbe Stunde später ist das Spiel aus: Dann wird es Tag in der herben roten Landschaft, zwischen den Hügeln, aus denen später, viel weiter weg, der Atlas wird.

Es wird wärmer im Bus, Freunde beginnen einander zuzurufen, Gelächter, eine Geheimsprache von Worten, und in dieser geschlossenen Kulisse fremdartiger Gerüche und Ausrufe fahren wir weiter. Dann und wann sehe ich Augen, die aus dem Rückspiegel des Fahrers neugierig auf mich schauen, doch langsam schlafe ich ein und wache erst auf, als der Bus plötzlich langsamer wird. Es ist jetzt viel heller. Wir befinden uns auf halber Höhe eines Hangs, und neben dem Bus rennt ein magerer Mann her, der dem Fahrer ein Bündel Brote hinstreckt. Sie sind frisch gebacken, kleine Wärmewölkchen schweben in der kalten Morgenluft über ihnen. Mit der Linken zieht der Fahrer die Brote herein, ein paar schreien *ouacha? ouacha!*, und im Spiegel sehe ich den Mann auf der flimmernden Asphaltstraße kleiner werden, ein winkendes Männchen, allein in einem wilden Garten.

Der Gehilfe des Fahrers verstaut die Brote irgendwo unter einem Sitz, der Ton des Busses wird schwerer, verbissener, wir kriechen die ersten Berge hinauf, und die Wärme des Motors schlägt qualmend herein. Hinter der Fensterscheibe verändert sich die Landschaft in einem fort und malt Steine und kalte Wolken, eine plötzlich absackende Ebene, in der noch die letzten Nebel hängen, eine Gruppe in dichte weiße Kleider gehüllte Eselreiter auf dem Weg in die Stadt, die mit den Augen grüßen.

Eine Stunde, zwei Stunden, drei Stunden. Es geht noch immer bergauf, die Landschaft, die wir hinter uns lassen, fällt immer tiefer, immer langsamer fahren wir auf die kalten Berge zu. Ein Dorf, eine Garnisonsstadt, oder was ist es? Ein einheimischer Wachposten, nicht in Uniform und bewaffnet mit einem langen Karabiner, hakt eine über der Straße hängende Kette los, und wir fahren hinein.

Zehn Minuten, um sich die Beine zu vertreten. Auf der

rechten Straßenseite stehen blaue Emailleteekännchen bereit, darauf strömen die Berber zu. Es riecht nach Holzkohle und frischer Krauseminze. Es ist kalt, ich gehe zwischen den drei Häusern herum und komme mir plötzlich fremd vor in diesem hohen Raum, in dem das Land schwingt und bricht und die Straße eine dünne, blinkende Spur nach oben zieht. Der Busfahrer winkt mir mit einer Hand voll Post und geht in ein niedriges Café, in dem der Mann mit der Pudelmütze bereits eine Flasche Chaudsoleil bestellt hat, marokkanischen Wein. Die Deutsche sitzt unbehaglich hinter einer Tasse schwarzem Kaffee, der Fahrer führt ein unverständliches Gespräch mit dem Mann hinter der Bar, und ich denke: So wird es hier in Taddert wohl immer zugehen. Der Morgenbus kommt aus Marrakesch, die Berber trinken ihren Tee draußen, auf der anderen Straßenseite, und hier landen die Touristen, hier bringt der Fahrer seine Post hin, und weiter passiert nie etwas. Im Winter fällt Schnee, manchmal kommt der Bus nicht – dann sind hier nur noch die einsamen Gestalten, die auf ihren Eseln vorbeiziehen.

Wir zahlen, schütteln Hände, rutschen wieder auf unsere Plätze. Jetzt wird mehr gelacht und geredet, das Eis vom Morgen ist gebrochen, alle beginnen zu rauchen, der Bus verbeißt sich in die Straße und klettert und klettert. Die Landschaft hinter Taddert ist die wildeste, die ich je gesehen habe – der Paß, über den wir müssen, der Tizi-n-Tichka, liegt auf gut 2200 Meter Höhe, jede Biegung der Straße macht die Aussicht grimmiger. Die Landschaft unten sieht aus wie ein Meer mit aufgeworfenen, erstarrten Wellen, wir fahren über einen schmalen Kamm zwischen zwei Abgründen – warum fallen wir nicht hinein? Auf der Karte ist dieses Land weiß, die Gipfel reichen bis 4000 Meter, Orte und Berge heißen Taska-n-Zate, Tiseldei, El Had, Agouim, Iflilt.

Ich sehe einen Schatten, der sich neben dem Bus bewegt,

der mitfliegt und plötzlich davonschießt, ein großer Raubvogel, die Flügel weit ausgebreitet, ein Adler? Hier ist alles aus Stein, wir befinden uns so hoch, daß man meinen könnte, ganz nahe beim Schnee zu sein, doch die Sonne ist mit uns gestiegen und steht senkrecht über der leblosen Landschaft, die Temperatur im Bus wird unerträglich. Die Luft, die durch die Fenster hereinweht, ist lau und von scharfem Sand erfüllt, der sich in Nase und Mund festsetzt. Von Zeit zu Zeit trinke ich aus einer mitgenommenen Flasche Mineralwasser und sehe, wie ich dabei aus dem Spiegel betrachtet werde: Dieser ulkige Kerl muß schon wieder trinken.

Sieben Stunden? acht Stunden? Ich weiß es nicht mehr – langsam, langsam schrauben wir uns durch die Berge und sehen ein Bergwerk, einen Landvermesser, ein englisches Auto und später, als es wieder abwärts geht, die ersten *ksar*, rote festungsähnliche Lehmbauten. Wenn jemand mitfahren will, halten wir kurz an. Kinder drängen sich um den Bus und schauen neugierig herein, Frauen mit prachtvollem Schmuck, unverschleiert, bleiben etwas weiter weg stehen und wenden den Kopf ab, wenn man hinschaut. Ziegen, Dattelpalmen, Schafe. Früher Überfälle anderer Stämme, heute nicht mehr. Aber noch immer wohnt die ganze Gemeinschaft in einem Gebäude, dem *ksar*, der Kasbah, die aussieht wie eine Festung aus dem Altertum. Unter den Leuten, die um den Bus herumstehen, sind viele mit Krankheiten, vor allem Augenleiden wie dem Trachom. In den *ksar* viel Tuberkulose und viele Geschlechtskrankheiten, viele Skorpione und viele Moskitos.

Ein Hupton, der lang zwischen den Bergen hin und her echot, und wir fahren unter Rufen und Winken der Zurückbleibenden weiter.

Es ist nur noch eine Stunde bis nach Ouarzazate, dem Ort, an dem wir essen werden. Eine halbe Stunde, bevor wir ihn erreichen, wartet in einer Straßenkurve ein Trupp großer Männer. Der größte, ein Riese in blendend weißer Dschellaba, streckt mit befehlender Gebärde die Hand in die Luft: Wir halten, und er steigt mit seinen Gefolgsleuten ein. Mit einem einzigen Blick seiner wilden braunen Augen fegt er den Mann neben mir von seinem Platz und setzt sich breit hin. Seine Gefährten folgen seinem Beispiel, quetschen sich überall daneben und dazwischen, später höre ich, daß er ein bekannter Scheich (Oberhaupt einiger *ksar*) ist. Als wir weiterfahren, hängt ein neuer, süßlicher Geruch im Bus, und als ich mich umdrehe, weiß ich, woher er kommt: Einer seiner Vasallen auf der Bank hinter mir hat einen ganzen Kuhkopf auf dem Schoß, dessen Augen mich tot und dösig ansehen. Ein anderer hält an einem fransigen Strick die vier Beine, an denen noch die rotverstaubten Hufe hängen. Ich sehe, wie die Deutsche hilflos auf den toten Kopf starrt, und bedeute ihr mit einer stummen Geste: Was macht das schon? Aber unsere Aufmerksamkeit wird sogleich abgelenkt: Mitten auf der Straße stehen wieder ein paar Soldaten, alle Businsassen müssen aussteigen und sich mit erhobenen Händen vor eine Mauer stellen. Nur die beiden Europäer und Monsieur Hamid müssen das nicht, und ein wenig lächerlich stehen wir in der weißen flimmernden Hitze da und sehen zu, wie alle Männer durchsucht werden. Ein paar schwarze Frauen gehen kichernd vorbei, große rote Kannen mit Wasser auf dem Rücken. Nach fünf Minuten ist es vorbei, niemand hat Waffen bei sich, der Bus füllt sich wieder. Monsieur Hamid sagt, ich könne zu Fuß gehen, wenn ich wolle, es seien nur fünf Minuten, und ich gehe los.

Rechts von der Straße ist es grün, ich versuche, im Schatten zu gehen, doch auch da ist die Hitze wollig und klamm. Ouarzazate selbst ist häßlich: ein paar Gebäude rechts, ein paar Gebäude links, die Post, die C. T. M., eine Autowerkstatt, das Restaurant. Wir werden in einen dunklen Raum eingelassen, und kurz darauf steht es vor uns, geröstetes

Ziegenfleisch, Tomaten und Pfefferschoten in Öl und Salz, Wein und Wasser. Ein kleiner Junge kommt zu mir und fragt, ob ich die Kasbah von Ouarzazate sehen wolle, Taourirt. Sein Vater sei der *Guide Officiel*. Ich gehe mit ihm, es sind zehn Minuten, bis wir außerhalb des Dorfes sind, dann kommt eine kleine Fläche, durch die wir hindurch müssen. Auf ihr wächst trockenes, ausgedörrtes Gras, ich schramme mich an den scharfen blattlosen Sträuchern. Ein anderer kleiner Junge kommt aus dem Tor der Kasbah und läuft uns entgegen. Er zieht mich am Ärmel und sagt: Sein Vater ist kein guter Führer, Sie müssen mit mir gehen, sein Vater ist ein schlechter Führer, der zeigt Ihnen nichts. Ich sage, er solle verschwinden, doch er zieht mich weiter an den Kleidern, bis wir am Tor sind. Ein alter Mann sitzt im Staub und schaut zu, wie wir langsam näher kommen. Als wir dicht vor ihm sind, steht er auf, und der zweite Junge flüchtet, noch immer schreiend. Der alte Mann sagt, er sei der *Guide Officiel*, und nimmt mich ohne große Umschweife mit.

Dies ist das erste Mal, daß ich eine echte Kasbah im Süden von innen sehen werde, und es ist eine der größten, die es südlich von Marrakesch gibt. Er zeigt uns den Palast des Glaoui. Ich sage: »Der ist tot?« Ja, er ist tot. Und seine Söhne sind fort oder gefangen. Mehr will er darüber nicht sagen. Der Palast ist hoch und aus rötlichem Lehm erbaut. Alle Gebäude gehen ineinander über, die Kasbah ist ein großer Komplex, *ein* Gebäude. Hier ist die *mellah*, sagt mein Führer, hier wohnen die Juden. Kurz zeigt er auf eine Tür. Die Synagoge. Kann ich sie nicht sehen? Nein. Die schmalen Straßen sind nicht gepflastert, Hunderte von Fliegen umsummen uns, überall hängt der Geruch von Vieh, das bei den Menschen in den Häusern lebt. Inmitten des Gestanks, der Fliegen, der Hitze stehen wir auf einmal an der Ecke einer schmalen, dunklen Gasse einer jungen Frau gegenüber. Sie ist prachtvoll gekleidet, nicht verschleiert und hat eine Rose über der Stirn, die ihr fast bis zwischen die Augen hängt. Ich bleibe stehen und sehe sie an, doch jemand aus einem der Häuser ruft, und sie dreht sich um. Auch der Führer ist weitergegangen, und ich folge ihm. Als ich mich umsehe, steht sie nicht mehr da. Ich frage ihn, wer sie ist, aber er versteht mich nicht oder tut so, als ob er mich nicht versteht, und stößt eine schwere Holztür auf, wir stehen draußen.

Vor uns liegt Wasser. Wasser! Grünes Schilf wächst darin. Ich höre Frösche, sehe sie aber noch nicht. Wir gehen einen schmalen Pfad entlang; der alte Mann klettert auf eine Mauer und reißt mit voller Hand Rosen von einem Strauch, der über die Mauer hinüberwächst. Außer Atem läßt er sich wieder heruntergleiten, nimmt meine linke Hand, öffnet sie, drückt seine Hand voll Rosen hinein und schließt meine Hand wieder. *»Tiens«*, sagt er, *»pour toi«*, und geht weiter. Auf der anderen Seite des Wassers wächst gelbes Getreide, es gibt Palmen, es ist hier fast kühl. Über ein paar Steine springen wir hinüber, ein zweites kleines Tor, wir sind wieder drinnen. Er fragt, ob ich noch Zeit habe, um Tee bei ihm zu trinken, und als ich ja sage, nimmt er mich mit zu seinem Haus. Irgendwo unter seiner Dschellaba angelt er einen riesigen hölzernen Schlüssel hervor, mit dem er vorsichtig das Schloß öffnet, ein Innenhof, eine Ziege, eine kleine Steintreppe und dann das Haus: ein niedriger steinerner Raum, in dem nichts steht außer einem Radio und zwei zusammengerollten Teppichen in einer Ecke. Er rollt einen von ihnen für mich aus und bedeutet mir, ich solle mich setzen. Dann geht er weg und kehrt mit einer blechernen Keksdose zurück, die er mir kommentarlos reicht. Ich bleibe wieder allein. In einem Haus in der Nähe höre ich jemanden langsam, rezitierend singen. Unten auf dem Innenhof schlägt der Sohn des Führers mit einem eisernen Stab große Holzkohlebrocken entzwei.

Ich öffne die Blechdose, die einen Stapel Visitenkarten

von Franzosen, Engländern, Niederländern enthält. Eine Mitgliedskarte des Rijksmuseums auf den Namen von Frhr. Dr. jur. R. van Lennep, am Rand steht geschrieben »merci Eline van Dijk und Jan in 't Veld 27.6.53«. Geräusch von Pantoffeln, der alte Mann kehrt mit seinem Sohn zurück. In einem Gefäß brennt das Holzkohlenfeuer, der Sohn schürt es mit einem kleinen Blasebalg. Später, als das Wasser kocht und auf den Tee gegossen ist, kommen die hellgrünen Krauseminzblätter hinein, die Gläser werden vollgeschenkt, und wir trinken, ein Glas, zwei Gläser, drei Gläser. Der alte Mann erzählt mir, daß der Mann, den ich die ganze Zeit singen höre, der Lehrer ist, er unterrichtet die Kinder im Koran. Wir lauschen ihm schweigend, dann höre ich das ungeduldige Hupen des Busses, weiter weg, in Ouarzazate, und der Junge bringt mich bis ans Tor der Kasbah. Wieder laufe ich, die Rosen noch immer in der Hand, über das kleine, brennendheiße Feld, und außer Atem erreiche ich den Bus, der sofort abfährt.

Hinter Ouarzazate gibt es keinen Asphalt mehr, das Fahren wird jetzt ganz anders. Der *oued*[1] ist noch nicht ausgetrocknet, vorsichtig manövriert der Fahrer den Bus durch das ziemlich tiefe Wasser, Kinder spielen zwischen dem hohen Schilf an den Ufern. Im Bus ist es still. Alle schlafen. Der Nachmittag dehnt sich, die Landschaft bleibt unwirtlich: Der einzige, der nicht schlafen darf, ist der Fahrer, jedesmal, wenn ich aufschrecke, weil mein Kopf gegen die Scheibe schlägt, sehe ich, wie er den Bus ruhig und schweigend über den springenden, wilden Weg lenkt. Hier und da gibt es wieder *ksar* entlang der Straße, dort warten Menschen, manchmal nimmt er sie mit und manchmal nicht. Ich muß daran denken, was jemand mir erzählt hat: Wenn sie nicht mitkönnen, fangen sie nicht an zu schreien und protestieren, wie wir es täten, sondern setzen sich wieder in den Staub, den der Bus aufgewirbelt hat, sagen »wie

Allah will« und warten auf den Bus, der am nächsten Tag kommen wird, »inschallah«.

Agdz. Ein hoher mittelalterlicher Ort. Es könnte in der Mongolei sein und fünf Jahrhunderte früher oder Assyrien und fünfundzwanzig Jahrhunderte früher: Es ist heiß und streng, die Sprache ist unverständlich, hier lebt ein Kriegervolk, man fährt durch ein Tor und wieder hinaus, schließen sich die Tore danach? Auf der Karte läuft hier das Wasser des Dra mit der Straße zusammen, wir kommen in das Vallée du Dra, noch immer sind ringsum Berge, doch immer öfter fahren wir jetzt an grünen Palmenhainen entlang. An der Straße stehen mehr Menschen, jedesmal halten wir kurz vor den *ksar*, Ait-Hammou-Ousaid, Oulad-Atmane, Akhellouf, langsamer und langsamer kriechen wir auf Zagora zu, der Abend bricht herein, die zu den Fenstern hereinströmende Luft wird kälter, die Dunkelheit kriecht über die Landschaft, das gelbe Licht des Busses schießt grelle Streifen hinein.

Zagora! ruft der Fahrer, wir sind da. Ein Hafen in der Wüste, von hier brechen Karawanen auf, aber als wir aussteigen, ist alles leer und dunkel und niedrig. Kleine Jungen kämpfen um meinen Koffer und bringen mich zum Hotel de la Palmeraie, Somerset Maugham hätte es nicht schöner machen können, auch Paul Bowles nicht.

Auf der verfallenen Terrasse sitzen ein paar undeutliche Gestalten, drinnen, hinter der Bar, steht ein weißhaariger Mann, der uns mit spanischem Akzent begrüßt. Ja, er hat ein Zimmer. Ich folge ihm durch einen schmalen Gang, und wir kommen zu einem Kabuff, in dem ein eisernes Bett steht. Es ist sauber, sagt er, es gibt keine Skorpione. Er stößt einen Laden auf, ein Fenster gibt es nicht. Ich werde Ihnen Wasser bringen lassen, sagt er noch. Als er weg ist, höre ich ein fortwährendes Ticken und Rascheln zwischen den Holzbrettern der Decke, und ich denke an die endlosen Geschichten von Skorpionen und Schlangen, die ich gehört habe. Eine Frau klopft und stellt eine eiserne Kanne mit Wasser hin. Ich wasche mich und gehe zurück zur Bar.

Dort hängt eine vergilbte Getränkereklame. Es gibt einen kleinen Schrank, in dem Zigaretten und holländische Panter-Zigarillos zum Verkauf ausliegen. Ich bestelle einen Ricard und setze mich zu Monsieur Hamid. Der Besitzer beklagt sich auf Spanisch bei einem verlotterten blonden Italiener, der hier seit dem Krieg hängengeblieben ist. Sein Gesicht ist alt, schon verfallen, er trägt eine weite schwarze Seidenhose und ein zerrissenes Oberhemd. Er erzählt mir, es sei schrecklich, hier zu leben, und danach segelt er zur Tür hinaus. Hören Sie nicht auf ihn, sagt der Spanier, er raucht Hasch, er raucht immerzu Hasch. Und er trinkt. Er stellt meinen Ricard vor mir hin und fragt: Wie lange bleiben Sie? Was haben Sie hier vor? Ich fahre nach M'Hamid, sage ich. Er zuckt mit den Achseln: Da gibt es nichts zu sehen. Die Sahara. Die siehst du hier auch. Hier gibt es auch Sanddünen. Aber wenn du nach M'Hamid fährst, kannst du dir den *souk* in Tagounit anschauen, morgen ist *khemis*, Donnerstag, dann ist immer Markt dort, Kamelmarkt.

Die Frau, die mir das Wasser gebracht hat, kommt mit großen Schüsseln voll Fleisch und Gemüse. Ein gewaltiger Franzose setzt sich zu uns an den Tisch. Er arbeitet beim Gesundheitsdienst, fährt mit einem Landrover durch die Steinwüste, von *ksar* zu *ksar*, um sie von Ungeziefer zu säubern und um die Leute zu impfen. Wenn Sie wollen, können Sie einen Tag mitfahren, sagt er.

Ich frage ihn, wie er es aushält, hier, am Ende der Welt, und er sagt, er sei hier glücklich.

Ich nicht, sagt ein kleiner angefressener Mann, der den Raum betreten und sein Gewehr in eine Ecke gestellt hat. Wer in dieses Loch fällt, kommt nie mehr heraus. Dies ist das Ende. Schweigend essen wir von dem zähen Fleisch. Kamel, lacht Monsieur Hamid und wirft einem schmutzigen grauen Hund, der hinter seinem Stuhl liegt und wartet, ein Stück zu. Ein europäisch gekleideter Junge stellt sich zu ihm und führt ein langes Gespräch, wobei er ihn die ganze Zeit ansieht. Hamid zuckt mit den Achseln, »weiß ich nicht«, und übersetzt, ob ich zum *oued* mitkommen wolle. Ich gehe mit hinaus. Dort steht ein schwarzer Volkswagen, und wir fahren los auf der Straße, die keine Straße ist, rüttelnd und schüttelnd, achtzig, hundert Kilometer.

Nach ungefähr fünf Minuten sind wir am *oued*. Das Wasser nuckelt am Ufer und an den hohen, geraden Stengeln des Schilfs, Kies knirscht unter unseren Füßen, und überall ringsum schärfen unsichtbare Tiere die Nacht mit schrillen Geräuschen.

»Komm«, sagt der Junge, und im selben rasenden Tempo fahren wir wieder zurück nach Zagora, durch das Tor des Forts, in dem er wohnt. In seinem Haus trinken wir, auf niedrigen Lederkissen sitzend, ein weißes anisartiges Getränk – er will noch etwas zu essen machen lassen, aber ich bin zu müde und gehe.

Das weiße puderige Licht des Monds fällt auf die assyrische Straße, kein einziges Geräusch ist zu hören. Bei den Türmen neben dem Tor stehen totenstill zwei Wachposten, Karabiner in der Hand. Sie sehen mich an, sagen aber nichts.

Ich gehe in die Richtung, in der ich in einiger Entfernung das Licht meines Hotels sehe, doch ein dicker Mann schiebt sich dicht an den Häusern auf mich zu und hält mich auf, flüstert: *»Moi, institeuteur, de Marrakech, tu veux des filles, très jeunes, très jeunes?«* Er packt meine Hand und läuft neben mir her, aber ich reiße mich los. Er folgt mir noch kurz, doch als ich mich dem Hotel nähere, ist er plötzlich verschwunden.

In der Bar sitzen alle noch genauso da wie vorhin: der

Italiener neben dem Jäger, der Jäger neben dem Mann vom Gesundheitsdienst, der Mann vom Gesundheitsdienst neben Monsieur Hamid und Monsieur Hamid neben dem Fahrer des anderen Busses. Worüber sprechen sie? Skorpione, Palmen, Sandstürme, Geld, Bier, Marokko, ich weiß es nicht, ich trinke einen Kognak und sage, daß ich ins Bett will, und der Wirt gibt mir eine Kerze für die Nacht, denn nachts gibt es kein Licht. Ich gehe in mein Zimmer. Auf dem Innenhof jault ein Hund. Durch den offenen Laden sehe ich den eisernen Mond zwischen den Tausenden von brennenden Sternen, und ich denke, morgen bin ich in der Sahara.

13. August 1960

Anmerkung

1 Fluß, Flußbett (Anm. d. Ü.).

M'Hamid, Tagounit

Dies ist ein unglaubliches leben
der arzt, der palmenpflanzer,
der oberst – sonnenbrille, rohrstock, lederhandschuhe –
sie stehen nebeneinander an lilis bar
und trinken die brennenden stunden aus.

draußen straft die sonne
bald kommt der bus des CTM
zurück vom souk in Tagounit.

beißender sand weht herein
und knirscht im bier
berbersoldaten in jeeps fahren
auf ihrem unendlichen Spielplatz.

die frau des kaïd trägt einen schleier
der kaïd trinkt tee auf seinem sofa
an der verputzten wand hängen fotos
von Mohammed V.

langsam zerstiebt der mittag
sand kriecht und quält, kriecht und quält,
der bus fährt ab in die schwarze ebene
und die berge dahinter.

der arzt, der palmenpflanzer, der oberst,
sie bleiben immer einsamer zurück
in ihrer eigenen sahara
und abends legen sie sich schlafen hinter blutenden
wänden.

draußen jagt kalt und bitter der mond
auf einsame karawanen
die Soldaten der wache
versteinern in der assyrischen stille.

1960

Dahinter hört die Welt auf ...

Was habe ich geträumt? Ich weiß jetzt, daß ich wach bin: Jemand schlägt mit der flachen Hand an das dünne Holz meiner Tür und ruft etwas auf arabisch oder französisch – jedenfalls verstehe ich es nicht und rufe irgend etwas zurück. Das hilft: Schlurfend entfernen sich die Schritte durch den schmalen Gang, und ich taste auf dem Fußboden neben meinem Bett nach den Streichhölzern. Das schwache, unwillige Licht der Kerze bringt mich zurück auf die Welt, die zu dieser Stunde aussieht wie ein kleines, schmutziges Hotelzimmer in Zagora auf der Rückseite des Atlas.

Vier Uhr morgens. Ich öffne die Fensterläden, Mondlicht, Sterne. Ich wasche mich in dem eisernen Kübel, der zu diesem Zweck dasteht, und suche mit meiner Kerze den Weg nach draußen. In der Ferne, irgendwo mitten auf der breiten Sandstraße, brennen die Lichter des Busses. Der Fahrer hat die Post auf meinen Platz gelegt, so daß dieser noch frei ist. Sonst ist alles voll, ein kleiner, schweigender Saal mit Berbern, die gut achtgeben, wie ich einsteige, dem Fahrer die Hand schüttele, ein morgendliches Kopfnicken austausche mit dem kleinen französischen Lehrer samt seinem großen Gewehr, der hinter dem *oued* Gazellen gejagt hat.

Der unentbehrliche Spiegel malt den Rest der Nachtwache: einen alten Scheich, auf dem Weg zum Souk in Tagounit, mit einem toten Bock auf dem Schoß, den Helfer, der hinten im Bus einen aufkommenden Streit niederdrückt, die alten Frauen in ihren blauen Tüchern mit kleinen Orangenschalenstückchen in der Nase gegen den Dieselgestank.

Das wird ein harter Tag für Monsieur Hamid. Nach Tagounit fahren zum Kamelmarkt, alle ausladen, dann weiterfahren zum südlichsten Punkt der Strecke, M'Hamid, um dort die Oasenbewohner abzuholen, die auch zum Souk wollen, sie später wieder zurückbringen und dann wieder die ganze Strecke zurück nach Zagora. Aber das bedrückt ihn nicht, er dreht sich um und zwinkert, zieht an einer Schnur, und dann geht es los; das Hotel, das Fort, das Tor, alles verschwindet hinter der schwarzen Tür der Nacht, und dann gibt es nichts mehr, nur noch die Ebene, die so leer ist wie eine Schultafel während der Ferien. Schauen darf ich, und das tue ich auch: Langsam rollt die Sonne auf die steinige Ebene, ein leerer Spielplatz, auf dem sie zu Hause ist. *Hammada* heißt er, Steinwüste, und es gibt keine Menschen, keine Bäume, nur eine ausgefahrene, undeutliche Spur, und das ist die Straße, voller Steine, die den Bus tanzen und springen lassen.

In der Ferne ein schwarzer Tisch: der Djebel Bani, die Bergkette, die die Steinwüste von der Sandwüste trennt, ein grimmiges Möbelstück, von bösartigen Göttern hier hingeknallt, um alles Übel dieser Welt zu besprechen. Die Landschaft ist grausam und hat Klauen, langsam schrauben wir uns in die Höhe. Tagounit. Wir steigen aus in den Sand. Tags zuvor hat es hier noch einen Sturm gegeben, so daß überall Dünen liegen, doch das einzige, woran wir denken, ist Kaffee, und so folgen wir dem französischen Lehrer, der uns zum Frühstück einlädt.

Er wohnt in der Kaserne, einem der niedrigen Gebäude, die mit großen Abständen um den respekteinflößenden Sandplatz liegen: das Haus des Oberst und des *kaïd*, eine kahle Tankstelle, die Gebäude des Souk, plumpe quadratische Türme, niedrige Mauern mit Zinnen: Staub und Sand, Sand und Staub, ein Mittelalter mit Berbern und Kamelen, abgesetzt in einer Ebene, in der kaum Menschen leben.

Im Zimmer des Lehrers ist es kühl. Die Wände sind weiß verputzt, ein niedriges Bett, ein Radio, ein Bord mit Büchern (eine deutsche Grammatik, ein Buch über Martinique, Krimis), wie lebt man in der Sahara? Er nimmt den Hut ab und wird kleiner, er stellt sein Gewehr in die Ecke und wird noch kleiner, klatscht in die Hände nach dem Hausjungen, setzt uns auf niedrige Holzbänke und sagt, daß er nie von hier fortwill, nie.

Wir trinken Kaffee und essen süße Kekse, danach wird Monsieur Hamid unruhig und denkt an die Leute in M'Hamid, die auf ihn warten. Der Lehrer bringt uns zum Bus zurück, der jetzt bis auf eine verschleierte Araberin leer ist. Sie hat ihre *fatmah* (Dienerin) bei sich und die Handgelenke voll breiter goldener Armreifen.

Gelb ist es jetzt, die Welt liegt voller Sand, wir fahren lustlos hindurch, eine Oase mit Palmen, zwei Oasen mit Palmen und einem schmalen Weg, winkende Kinder, Frauen mit Wasserkrügen, der kostbare Brunnen, eine Ziegenherde, der Himmel in Brand und gegen Mittag M'Hamid, der letzte Verwaltungsposten vor Mauretanien. Dahinter hört die Welt auf, und weil wir eine Stunde Zeit haben, marschiere ich einfältig in das große weiße Loch hinein, das auf der Karte Sahara heißt. Meine Füße platschen in den Sand, hinter mir leuchtet das Grün der Oase, vor mir die endlose Ebene, in der man vor Durst ertrinken könnte. Ich fange ein vorweltliches kleines Panzertier, das hier schon Verwandte hatte, bevor wir erfunden waren; es sieht mich kalt an hinter seiner Maske, als wüßte es ganz genau, daß es uns überleben wird.

Das ist alles: Mehr gibt es hier nicht. Sand, der nach einigen Kilometern seinen Namen wechselt und dann Mauretanien heißt. Hinter uns, zwischen den drei Lehmmauern der Zivilisation, ruft der Bus, und gehorsam gehen wir wieder zurück über die feinen, weichen Riffel und Zeichnungen des Windes, und als wir uns umschauen, sehen wir, wie ebendieser Wind unsere unbedeutenden Fußstapfen wieder auswischt, wir sind nie hier gewesen. Am Horizont eine Karawane, aber wir glauben es nicht, und auf dem vor Hitze und Licht gellenden Vorhof des Forts der Autobus, der uns nach Tagounit zurückbringt, wo wir bis zum Abend bleiben werden.

Der Kamelmarkt ist in vollem Gang. Vorsichtig spazieren wir zwischen den großen Tieren durch, hochmütige Gelehrte, die allesamt Heidegger gelesen haben und trotzdem noch heute geschlachtet werden. Eines der Ungetüme wird auf die Knie gezwungen. Ich komme mir wie der Geistliche des Pariser Santé-Gefängnisses vor und versuche, Blickkontakt (den letzten!) mit dem Verurteilten zu bekommen. In seinen Augen läßt sich lediglich gutmütiger Spott lesen. Was geht ihm durch den Kopf? Ein Vers aus den Upanishaden? Eine Zeile von Omar? Eine Notiz aus Kierkegaards Tagebuch? Wer vermag das zu sagen? Ein Mann in einer Dschellaba geht mit schnellen Schritten auf das Tier zu und stößt ihm einen kurzen Dolch in den Hals. Fontäne. Deutsche Lehrerin wendet den Kopf ab. *Kaïd*-Assistent lacht fröhlich. Sonne scheint auf das Blut in dem Sand. Zwei Männer beginnen sofort das Tier zu häuten, und wenn das Sterben eines Kamels schon rührend ist, vom Häuten wird es noch übertroffen. Mit jähen Ratschern fährt das Messer durch die Haut und legt rasend schnell ein hellblaues Plastikpaket frei, in dem das Kamel unter dem Fell verpackt war. Ein Esel schleift den blauen Kadaver zu einer Reihe anderer Kadaver, und da liegen sie, hellblau und eßbar in der Sonne, wer will, kann sie kaufen.

Wir, die wir noch leben, setzen unseren Weg fort. Ich erstehe bei einer alten Schwarzen eisernen Schmuck für meine Frau, einen roten Saharastein an einer Schnur und ein schwarzes Gazellenhorn, ebenfalls an einer Schnur. Die schweren Silberarmbänder sind zu teuer. Monsieur Hamid versucht, was er nur kann, doch die alten Frauen lassen sich nicht erweichen, so teuer ist es, und so teuer bleibt es. Recht haben sie.

Keine Silberarmbänder also. Dafür aber: einen Sack aus Ziegenhaar. Und: einen Salzbrocken, der aussieht wie Marmor und von einem halben Trottoir abgeschlagen werden muß, bevor ich ihn mitnehmen kann. Nicht: kleine Büschel grüner Kräuter. Auch nicht: all die anderen geheimnisvollen Dinge, die auf Matten und in rostigen Dosen liegen. Ganz gewiß nicht: die Schlappen aus derbem Leder, die mir nicht passen. Zum Glück aber: die Kette, die eine alte Tuareg-Frau um den Hals trägt, große grellgelbe Stücke polierter Bernstein, die sich abwechseln mit mattschwarzen Steinbrocken, die wundersam duften. Eine andere alte Frau muß ihr helfen, die Kette abzunehmen, und mit einem Anflug von Scham lege ich sie in meinen Sack, aber nachdem ich ihr das Geld gegeben habe, küßt sie mir die Hände und ruft mir noch alle möglichen guten Wünsche nach.

Wieder (wie lange bin ich hier schon?) waten wir durch den Sandplatz zu einem schmutzigen, schäbigen Gebäude, »Lilis Café«. Lili war früher sehr hübsch, aber jetzt braucht sie es nicht mehr zu sein. Lustlos sieht sie jeden Tag dieselbe erlesene Gruppe vor ihrer Theke erscheinen: den Oberst, Sonnenbrille, Stöckchen, Lederhandschuhe, den Palmenpflanzer mit dem russischen Namen, der aussieht wie ein uneheliches Kind von Heinrich VIII., den Lehrer, der sich mit seinem Hut wieder größer gemacht hat, aber trotzdem immer der Kleinste bleiben wird, und zum Schluß, nach dem Doktor, *son excellence*, den *kaïd*, einen tadellos gekleideten jungen Mann mit einem sanften, wohlwollenden Lächeln und einem Tropenhelm aus Paris.

Bin ich wirklich dort gewesen? Habe ich wirklich dort gestanden und mit dem Oberst und dem *kaïd* gesprochen, die für immer dort bleiben müssen, für immer? Habe ich die Hitze des Sandes gespürt? Habe ich beim Kalifen gespeist, ein endloses Essen mit verbotenem Whisky vorab, auf niedrigen Kissen unter dem Porträt des Königs – und keiner wußte, was er sagen sollte? Dann und wann schaue ich, seit ich zurück bin, wieder auf diese Karte: Michelin Nr. 171 Maroc Sud. Ich lese die Namen, Zagora, Tagounit, M'Hamid, Hammada du Dra. Unterhalb von M'Hamid läuft eine gepunktete Linie: *Piste non automobisable*, wo führt sie hin?

Und in meinem Notizheft steht deutlich: *boullam hamid cheufere la C. T.M., marrakech medena moroc*. Ich bin also dort gewesen, Monsieur Hamid hat seinen Namen aufgeschrieben. Kasbahs, Dschellabas, *hommes bleus*, Kamele, der Geruch von Blut, in den Hals gewehter Sand, Pässe und Berge, die Stimme des Muezzins, *Allah akbar, la illah, illah Allah*, Soldaten mit Karabinern, unter dem Schnee des Mondes gefrorene Straßen, die Nacht stiller als irgendwo sonst auf der Welt, der Schatten eines Adlers, jüdische Frau mit Rose zwischen den Augen in der Mellah von Ouarzazate, bin ich dort gewesen? Oder bin ich nicht dort gewesen?

20. August 1960

Ksar, Jbel Sarhro

Hinter den brennenden Mauern
verderben die Stunden
in der langsamsten Uhr der Welt.

Keiner geht über die Erde.
Keiner fliegt durch die Luft.

In einem Feuer geht das Leben vorbei,
so blind wie eine Eule
und so dumm wie ein Huhn.

1978

Berberfriedhof, Tinerhir

Du bekamst deine Warnung nicht von den Jahreszeiten,
sondern von der Todesglocke des Tages. Feuer, Frost,
Tag für Tag ein Sommer und ein Winter, Brand und Eis.
So schnell, wie der Tod uns seinen Joker legt!

Nun bist du dran, sagt er, und deine Kinder kommen,
der Imam, deine Brüder, die Ältesten des Dorfes, sie
waschen dich
und wachen, sie heulen und schreien und legen dich auf
die Seite
in den steinernen Acker, einen Stein obendrauf.

Deinen Namen nehmen sie mit. Auf den unendlichen Tod
für dich keine kleine Unsterblichkeit, kein Name, keine
Verführung.
Du liegst neben dem Fluß, an dem du mit deiner Herde
vorbeizogst,
und wartest wie ein Stoff aus Stille in deiner Stille aus Stein.

1978

Ruine bei Oulad-Merzoug

Aus mir sind alle Stimmen verschwunden
und die Geburten.
Die Toten haben ihren Tod mitgenommen.
Die Lebenden haben ihren Namen mitgenommen.
Ich bin gebrochene Steine,
morsche Erinnerung.
Ich schütze nur noch mich selbst,
und ich warne:
Zeit wird als erstes zu Staub.
Was endlos erschien, leckte sich auf.
Wind und Wüste, die Wut der Dinge
und das ganze Vergessen,
allmählich frißt es mich leer
wie die Ratte ihr Aas.

1978

Ach ja, Palmen

Tunis Das Flugzeug landet in Frankfurt, aber die Passagiere, die nach Tunis und Bengasi weiterfliegen, werden gebeten, an Bord zu bleiben. Einer der Passagiere muß umsteigen nach Hongkong, ein anderer muß weiter nach Kalkutta, und mit Erlaubnis des Stewards darf ich kurz mit ihnen ins Flughafengebäude, wenn ich verspreche, rechtzeitig zurückzukommen. Die Treppe runter, eisigen deutschen Wind um die Ohren, ich laufe über den Beton, ein zu großer Spielplatz. Im Flughafen herrscht, steht, hängt, zeigt sich das überreichliche Bankett des Wohlstands. Ich stelle mir vor, wie ich reagieren würde, wenn ich aus einem unterentwickelten Land zum erstenmal nach Europa käme und hier zwischen Essern, Biertrinkern, endlosen Läden voller Radios, Kameras, Tonbandgeräten landete, in jedem Laden dieser wohlig beheizten, mit Grünpflanzen geschmückten Hallen adrette Twens aus dem Harem des Wirtschaftswunders.

Es wimmelt von amerikanischen Soldaten, so daß ich einen Augenblick an Politik denke, aber nicht lange, ich fühle mich als Gegenwartsmensch, wechsle fünf Gulden in vier Mark achtzig, um ein Gespräch mit Paris bezahlen zu können, behalte eine Handvoll des hellgelben deutschen Kupfergelds übrig, das ich aus irgendeinem abergläubischen Grund nicht auf die weitere Reise mitnehmen möchte, gehe zur Toilette, erfrische mein Gesicht mit einer Handvoll kaltem Wasser und gebe die Münzen dem Fräulein, das *danke sehr* sagt; am Ausgang geselle ich mich zu einigen Tunesiern, die auf den Aufruf des Flugzeugs warten und auf das blaue KLM-Schild in der Ferne deuten, das in der Sonne auf der Startbahn steht, dahinter verschwommene schwarze Tannenwälder und Autos, die sich langsam auf einer unsichtbaren Straße vorwärtsschieben.

Danach nur noch Wolken. Der Tragflügel vor dem Fenster hat etwas Unerklärliches, noch viel unerklärlicher als später die barbarische Gebirgslandschaft unter uns. Die Wolkenfelder sind so weiß, daß man am liebsten hinausspringen und auf ihnen herumlaufen würde, und man stellt sich vor, wie jemand dort draußen jodelt, und hält unermüdlich Ausschau nach einem einsamen Skifahrer oder einem verlassenen Dorf am Horizont dieser weiß beschneiten Landschaft, und über allem rotieren die beiden Propeller weiter, und ich blicke auf die unübersetzbare Stille des Tragflügels, ein erkennbares Objekt, von dem man in diesem Augenblick, beim Fliegen, unwiderruflich getrennt ist. Auf dem Tragflügel ein gelbes Quadrat mit dem Wort HOLD in schwarzen Lettern und einer Nummer.

Fliegen ist etwas Selbstverständliches geworden, aber ich werde nie aufhören, darüber zu staunen, nicht darüber, wie es möglich ist, oder daß es so schnell geht, sondern darüber, daß ich mich in einem Ding befinde, einem Gegenstand, den ich nur ganz sehen kann, wenn er am Boden ist. Das einzige, was du siehst, wenn du fliegst, ist der Tragflügel, nie das Flugzeug, und manchmal, nach einem langen Flug, sehe ich im Schlaf einen Flügel, ausgestreckt über einem lichtüberfluteten Wolkenfeld oder einem tief unter mir liegenden Meer, einen metallfarbenen, magischen Arm, und mich erfüllt die gleiche Begeisterung wie beim Flug, alle Anekdoten, Stewardessen, Passagiere verflüchtigen sich, und nur das Fliegen selbst bleibt übrig als etwas, das du *tust*, du bist es, der fliegt.

Korsika, Sardinien, unten hüten Jungen Schafe und Ziegen, ich kann sie nicht sehen, in Bergdörfern lehnen Männer an der Theke und bestellen einen Espresso, ich kann sie nicht sehen, Fischer fahren hinaus oder flicken ihre Netze, ich kann sie nicht sehen, ich fliege übers Meer, und gleich wird mich jemand auf einen Schatten hinweisen und sagen: Afrika, und dann sinken wir und werden mehr und mehr

Boden, und dann hören wir die bekannten Geräusche, den kurzen, leicht wollüstigen Ruck, in dem immer ein Angstseufzer enthalten ist, das Rasen, das Abbremsen, und da steht ein flaches, gelbliches Gebäude, bestückt mit Sträußen roter Fahnen wie in kommunistischen Ländern, rot, in der Mitte ein weißer Halbmond und in dessen Bogen ein weißer Stern, und später höre ich, daß die Fahnen dort hängen, weil König Hassan II. zu Besuch ist, und ich lese auf dem Flughafengebäude *Tunis, El Aiouna,* sehe die ersten Männer in Dschellabas, weißverschleierte Frauen, und ich gehe die Treppe hinunter, in die Sonne, die angenehm warm ist. Da ist etwas, was ich sehe, doch nicht wirklich wahrnehme, und einen Augenblick später weiß ich plötzlich, was es ist, und denke, ach ja, Palmen.

Dezember 1963

Fakha, Leffa, Attarine

Tunis Ich öffne die Läden zum Balkon und blicke auf die Avenue Habib Bourguiba hinaus. Links, in der Ferne, muß das Meer sein. Dort ist es ganz hell, und ein frischer Wind weht aus dieser Richtung, er tippt sanft an die dunkelgrünen Bäume, die, wie an den Ramblas in Barcelona, auf dem Mittelstreifen der Avenue dicht nebeneinander stehen. Ich gehe raus. Es ist warm, ich setze mich auf eine Terrasse, bestelle eine Tasse Kaffee und lasse eine halb europäische, halb nordafrikanische Welt an mir vorbeiziehen, Hunderte Akteure aus einem gigantischen Theaterstück, von denen die eine Hälfte schon, die andere Hälfte noch nicht kostümiert ist.

Im Lokalblatt lese ich, daß sich der junge Landarbeiter Salah Ben Abdallah Ben Amor, 20, in Bordj Ettoumi nach einem fürchterlichen Streit mit seinem Vater das Leben genommen hat. Außerdem wurde das Fahrrad von M. Habib, 44, gestohlen, und ein Ermittlungsverfahren eingeleitet. Ein kleiner Schuhputzer, der von all dem nichts weiß, will meine Schuhe vom Amsterdamer Schmutz befreien, das darf er, und gehorsam stelle ich meinen Fuß auf seine selbstgezimmerte Kiste. Jedesmal, wenn er den anderen Fuß will, klopft er laut und herrisch mit der Bürste auf das Holz. Eine wortlose Angelegenheit von nicht mal zwei Minuten. Danach nehme ich eine der zahllosen kleinen rotweißen Taxen, die nichts kosten, und fahre in einem Stübchen voll arabischer Musik zum Ministerium für Kultur und Information. Es liegt an einem leeren, großen Platz, der begierig auf Menschenmengen wartet, denn auf der anderen Seite befindet sich der Palast des Präsidenten Bourguiba, der wie Castro und Sukarno ein großer Redner ist und das Volk stundenlang unterhalten kann.

Dieser Platz hat etwas Besonderes. Der Boden ist aus Sand, keine Pflastersteine, kein einziger Schmuck. Hier muß es im Sommer unvorstellbar heiß sein. Nun wird jeder Passant von der Leere und der Farbe des Sandes gekennzeichnet sowie von der »Weggerücktheit« – anders kann ich es nicht nennen – der ihn umgebenden Gebäude. Ich gehe auf einen Soldaten mit weißem Helm zu, doch genau in dem Augenblick ertönt ein hoher, schriller Trompetenstoß, der Soldat nimmt Haltung an, und zwei beflaggte schwarze, große Mercedes-Wagen schießen aus dem Tor. Ich sehe ernste, zurückgelehnte Gesichter – danach hat der Soldat wieder Zeit für mich und zeigt mir den Weg.

Im Ministerium mache ich meine Aufwartung einem Mann mit blauer Uniform und roter Kappe, der mir träge zuhört, mir zu verstehen gibt, daß ich mich setzen soll, dann unglaublich langsam weggeht und erst viel später, genauso langsam, zurückkommt, die Hand hebt und sie leicht nach hinten streckt, eine mediterrane Geste, die bedeuten soll: Haben Sie Geduld, wir kümmern uns um Sie. So bleiben wir sitzen, wenige Meter voneinander entfernt, eine halbe Stunde, in der die Zeit langsam auf dem Gang hin und her rollt wie ein sehr großer Ball, den wir nicht sehen können. Dann kommt eine Frau und teilt mir mit, Monsieur Sadek sei nicht da, er sei beim Minister, und das wird sie mir an dem Tag nach zwei neuen Terminen noch zweimal sagen, so daß ich Monsieur Sadek nie begegnet bin, weil er immer beim Minister ist.

Draußen ist es inzwischen wärmer. Der Soldat lächelt mich an, ich lächle zurück und schlendere dann durch die Straßen. Mit dem Stadtplan bin ich noch nicht vertraut, und so ist es reiner Zufall, daß ich mich plötzlich in den Souks befinde, oder eher, in die Souks hineingefallen bin, denn sie sind ein Netz, ein Spinnengewebe, ein Netz aus engen Gassen, durch die kein Auto fahren kann, beinahe Tunnels mit

Höhlen in den Seiten, in denen Schuhmacher, Weber, Kupferschmiede, Parfümhersteller, Vogelhändler und Gewürzmischer ihrem Gewerbe nachgehen. Was an Tunis noch europäisch war, fällt ab, verschwindet, ich streife umher in dem, was ich nicht bin und zu dem ich nicht gehöre, eine plötzliche, heftige Empfindung stürmt auf mich ein, und ich gehe wie ein Verirrter und fast Unbekleideter umher zwischen den weiten Gewändern, den Schleiern, Turbanen, der unverständlichen Sprache, der einspinnenden Musik, den Düften und Gerüchen. Manchmal zupft mich jemand sanft am Ärmel, um mir einen Berberteppich, einen Messingtopf, eine Perlenkette zu zeigen. Ein alter Mann hält mir eine Schale entgegen mit kunstvoll drapierten, sehr kleinen toten Vögeln, ein anderer nimmt eine Handvoll ockerfarbenen Puder und läßt mich daran riechen, ich werde in einem mediterranen Französisch mit hartem arabischen Akzent angesprochen und gehe weiter, drehe mich in immer neuen überdeckten Tunnels im Kreis, die Stadt, die dahinter oder drum herum liegen muß, existiert nicht mehr, in diesem Labyrinth will ich bleiben, im Hämmern auf Kupfer, bei den langen Rufen, die eine Bedeutung haben, den Schüsseln voller Kuhfüße, den tiefen, dunklen Gewölben, in denen Männer zusammensitzen, Karten spielen und Pfefferminztee schlürfen, beim Geruch von Leder, Fleisch, süßen, runden Kuchen, Leinen, im Souk der Früchte, el Fakha, der Wolle, el Leffa, der Schuhe, Balghajia, der Parfums, Attarine, der Goldschmiede, der Sklaven – doch so wie ich hineingekommen bin, falle ich heraus, ein Tor, Tageslicht, eine richtige Straße, Taxen, ich blicke mich um, und es ist, als ob alles hinter mir schmilzt und verschwindet, gar nicht existiert hat.

1963

Die große Moschee

Kairouan Es ist noch früh, als wir aus Tunis hinausfahren. An der Stadtgrenze stehen Wegweiser, nach Sfax, Sousse, Kairouan und nach Kairo: 3068 Kilometer. Rechts liegen Berge, manche sind hoch, sie werden uns eine Weile begleiten, doch die Straße bleibt flach. Wenige Autos, ab und zu ein verlorener Mann auf einem Fahrrad oder einem Esel, die Landschaft erinnert noch an Spanien, Palmen, Kakteen, braune Erde, die später, hinter Grombalia, rot wird – rote Wintererde, die sich sehr weit erstreckt und auf der Menschen arbeiten, in der Ferne kleine, sich bewegende Figuren, die knien oder stehen. Grombalia, Enfidaville, danach kommen die steinfarbenen Dörfer, winzige Hütten, vor denen Menschen in weiten Gewändern sitzen. Das Land ist still, das weiß man, ohne auszusteigen, still beim Ansehen und still beim Hören, eine Landschaft ohne Versuchungen, ohne Zierde – sie liegt da, achtunggebietend alt, und duldet die Straße, die selbst auch nichts anderes ist als Straße, keine Tankstellen, außer in den Ortschaften, keine Reklame, keine Motels – eine Asphaltspur durch eine tausendjährige Landschaft, die Esel und ihre Reiter sind dieselben geblieben, sie sind mehr der Landschaft verbunden als mir, dem Beobachter.

Später, ich weiß nicht mehr, wo, gibt es plötzlich einen großen, merkwürdig beleuchteten See. Es ist, als käme das Licht aus dem Wasser, nicht aus der Luft, und in der Nähe grast eine Herde Schafe, fast unsichtbar auf dem schaffarbenen Boden. Die Straße macht jetzt eine Kurve und wird die Straße eines bösen Traums. Kilometerlang an beiden Seiten harte, meergrüne Aloen, die mit ihren gefährlichen, spitzen Gummimessern auf uns zeigen, es nimmt kein Ende, und meergrün ist auch nicht das richtige Wort, aschgrün wäre besser, wenn es das gäbe, ein Tunnel aus scharfen Dornen, nirgends unterbrochen, so daß es scheint, sie kämen immer näher und schlössen uns ein.

Als wir danach die Landschaft wieder sehen, ist sie sehr trocken. Manchmal, wie um dem Fremden eine Freude zu bereiten, sind alle Ingredienzen, die seiner Meinung nach zum Nahen Osten gehören, zusammengefügt, ein *oued* mit flachem Wasser, den er durchqueren muß, Palmen, Kamele, steiniger Boden, ein Schild mit einem seltsamen Namen, Bir Djedid, Dar Beal Ouar, El Alem, und während alles langsam ins Bewußtsein sickert, fahren wir weiter, Cinerama von allen Seiten auf den Fenstern, nach Kairouan, der Stadt der großen Moschee, viertwichtigste Stadt des Islam.

Das Hineinfahren in die Stadt Kairouan habe ich auf die Liste der unvergeßlichen Ereignisse geschrieben. Vielleicht bin ich auch falsch hineingefahren, aber ich folgte den Ehrenpforten aus Sperrholz für den marokkanischen König, der einen Tag vor mir da war, farbige, beflaggte Bogen, jedoch ohne Menschenmenge, die kam erst später, ohne Ankündigung, aber dafür in überwältigendem Ausmaß. Die Souks von Tunis waren eine Überraschung, sie überfielen mich geradezu, waren jedoch zugleich etwas in sich Geschlossenes, eine Enklave in einer modernen, fast europäischen Stadt. Hier war der Schock vollständig, übergangslos fuhren wir in eine Menschenmenge, so grellbunt, wie ich es noch nie sah, als hätte die Zeit mich und mein lächerliches Auto in ein arabisches Mittelalter zurückgeworfen, in dem bei den Fleischern Kamelköpfe an der Wand hängen, kein Europäer weit und breit, ein wirres Durcheinander von Dschellabas und Burnussen vor den Fenstern des niedrigen Autos, Gesichter in allen Farben, eine Sandstraße, auf der wir zwischen den Teetrinkern und Verkäufern von Kupferwaren unsichtbar werden.

Ich war weit genug in Marokko, um etwas aus dieser Welt wiederzuerkennen, doch nach der antiken Stille der

Landschaft brach es wie ein tosender Wasserfall über uns herein, und wir fuhren noch langsamer als im Eselstempo hindurch. Ein begeisterter Teppichweber rannte vor uns her bis zum Laden seines Onkels, aber wir waren zu aufgewühlt, konnten nicht aussteigen inmitten der gegerbten Gesichter, der Soldatengesichter, der Mandel- und der Adlergesichter – eine Kamelherde, geführt von großen, stolzen weißen Mönchen, verläßt das gezinnte Tor, durch das wir jetzt hineinfahren, und nach langem Hin und Her treibt uns der Zufall zu dem gesuchten Gebäude, umschlossen von den hohen, dicken Mauern der Kasbah: zur großen Moschee von Kairouan, mehr als zehn Jahrhunderte alt, ein Bollwerk mit schneeweißen Mauern, und wenn man durch das Tor gegangen ist, steht man auf einem der schönsten Plätze dieser Welt – er besitzt eine Strenge, die nicht abstößt, sondern umarmt.

Nur zögernd gehen wir umher – wie auf Eis, von dem wir nicht wissen, ob es uns tragen wird. Ringsum Säulengänge, und niemand zu sehen. Der Hof ist groß, nackt, leer, schmucklos, ein klarer Gedanke, der viele andere Gedanken vertreibt. Als wäre es eigentlich nicht erlaubt, nähern wir uns dem östlichen Säulengang, an den der eigentliche Gebetsraum grenzt. Eine Tür ist geöffnet, und als wir hineinschauen, ist es, als blicke man aufs Meer oder in die Wüste. Wiederum ohne jegliche Ablenkung steht da ein unbeschreiblich heller Wald von Säulen, der kühle Luft verströmt. Der Fußboden ist mit Bastmatten bedeckt. Wir wagen uns nicht hinein, sehen immer noch keine Menschenseele. Dann kommt ein sehr alter, in weiße Wolltücher gehüllter Mann winkend auf uns zu. Er geht barfuß. Wir ziehen die Schuhe aus und folgen ihm – immer noch zaghaft – hinein in die Vollkommenheit.

Die Matten sind sehr kalt. Wortlos durchquert der Mann den steinernen Wald und bleibt vor einer Wandnische aus Porphyr stehen. Er sagt *mihrab* (Gebetsnische) und weist mit der Hand nach Osten, und plötzlich sehe ich die Moschee voller liegender gebeugter Männer, zum *mihrab* gerichtet, gen Osten, nach Mekka – und er zeigt auf eine hohe, schwarze Treppe aus Zedernholz, die zur Predigtkanzel führt, sagt *les prières*, *vendredi*, und dann schiebt er uns plötzlich zur *minbar*, der Treppe, und zur Nische und sagt flüsternd, jedoch sehr eindringlich: *touche, madame, touche, monsieur, touche, touche*, und folgsam und vorsichtig legen wir kurz die Hand auf die von ihm angewiesenen Stellen und gehen dann wieder mit ihm hinaus.

Noch ein letzter Blick auf diese Klarheit, und ich habe das Gefühl, als müßte ich mir etwas ganz Besonderes ausdenken, um es zu benennen, doch mir fällt nichts anderes ein als: Etwas, was von Menschen gemacht wurde, sieht nicht so aus, als sei es von Menschen gemacht, sondern als sei es entstanden oder immer so gewesen. Und dann, als hielte ich es nicht länger aus, wende ich mich ab und gehe über das sonnenüberflutete Rechteck des stillen Platzes wieder zum Tor hinaus.

In der schmalen, weißen Straße warten zwei kleine Jungs auf mich. Sie ergreifen meine Hände und drücken etwas hinein, Zettel. Ich falte sie auseinander, während sie ernst abwarten. Ihre Adressen und Namen stehen darauf, und sie möchten, daß ich ihnen Briefmarken schicke, wenn ich wieder in den Niederlanden bin, dem fernsten Land der Welt. Die Zettelchen liegen jetzt neben mir, in arabischen Kinderhandschriften steht da: *Kakri Salem, rue Slimena 13, Kairouan,* und *Mohamed Abada, grande Mosquée, Kairouan.* Ich stecke die Zettelchen in meine Brieftasche und gebe ihnen die Hand. Sie fragen: In drei Wochen? Und ich verspreche es: in drei Wochen. Bis zum Ende der Straße schauen sie mir nach, ernste, dunkle Gesichter vor dem Schnee der Moschee.

1963

Oder nicht mal das

Tunesien Wo fängt die Straße nach Sbeitla an? Fragt man einen Mann im langen Gewand, holt er jemanden mit einer Aktentasche hinzu, der wiederum holt jemand mit einem Regenschirm, und der holt dann jemanden aus einer Autowerkstatt, aber keiner von ihnen weiß es. Immer wieder fahren wir in die angegebenen Richtungen, doch ein Schild nach Sbeitla sehen wir nicht. Hinter den Mauern liegt immer noch Kairouan, die viertwichtigste Stadt des Islam, und will nicht weichen. Ein Mann auf einem Traktor weiß es schließlich genau, da, diese Straße, das ist die Straße nach Sbeitla. Für ihn ist das schon seit Jahrhunderten so, und die zögernd vorgebrachten Bedenken der Umstehenden werden mit einer kräftigen arabischen Geste auf den Asphalt geworfen. Es war nicht die Straße nach Sbeitla, doch bis wir das merkten, dauerte es eine Weile, denn erst dreißig Kilometer weiter trafen wir wieder jemanden, einen Hirtenjungen, der in einer hellblauen Jacke an der Straße stand. Er wiederholte den Ortsnamen zweimal, als koste er dessen Geschmack auf seiner Zunge, blickte in die daherkommende Leere, drehte sich um und zeigte unerbittlich in die Richtung, aus der wir gekommen waren, Kairouan. Sein mittelalterliches Bauerngesicht verfolgte beifällig, wie wir das Auto wendeten, dann fragte er, ob er mitfahren dürfe, sein Bruder würde weiter auf die Ziegen aufpassen. Wir ließen ihn einsteigen, und er saß den ganzen Weg zurück wie eine Statue auf dem Rücksitz, ohne ein Wort zu sagen.

Inzwischen ist es zwei Uhr nachmittags. Es ist warm, und ich habe Hunger. Wir halten vor einem flachen, dunklen arabischen Lokal und essen etwas Orangefarbenes, das in großen Schüsseln gebracht wird. Die Gaststätte ist gut besucht – eine große Gruppe von Jungen und Mädchen, offenbar nicht aus Kairouan, sondern aus Tunis, hat sich niedergelassen und benimmt sich so, wie sich Menschen aus der großen Welt ihrer Meinung nach in der Provinz benehmen. Sie sind europäisch gekleidet, die Mädchen rauchen, und einige alte Männer in Dschellabas werfen ihnen verächtliche Blicke zu. Das Essen ist scharf, schmeckt aber sehr gut. Wir sind die einzigen Europäer, niemand beachtet uns, warum auch.

Jetzt bringt uns jemand auf die richtige Straße nach Sbeitla, aber nach etwa einem Kilometer stehen wir vor einem Schild mit der Aufschrift »route barrée«. Gut, barrée, doch was tun, wenn es nur eine Straße gibt? Wir fahren also weiter, die Straße wird immer sandiger, und schon ist es geschehen, der Traum des Wüstentouristen: die kleinen Räder drehen durch im Sand, und wir stecken fest. In der biblischen Landschaft um uns herrscht eine unglaubliche Stille. Nirgends ist etwas zu sehen. Wir versuchen, den Sand vor den Rädern wegzuschieben, Zeitungen, Zweige, kleine Steine darunter zu legen, doch bei jedem neuen Versuch sinken die Räder tiefer ein, und nach einer Weile wird jeder weitere Versuch in der völlig leeren Landschaft lächerlich.

Dann nähert sich aus Richtung Kairouan ein kleiner Lastwagen, dessen Fahrer schon aus der Ferne sieht, was geschehen ist, und vor dem sandigen Streifen anhält. Ich winke, und zwei Männer und ein kleiner Junge, der auch plötzlich da ist, kommen und fangen an, uns auszubuddeln. Anschließend heben wir alle zusammen mit kurzen Schreien das Auto immer wieder ein Stückchen hoch und schaffen es so auf eine Seite der Sandpiste, wo der Boden hart und trocken ist. Ein alter Stationcar fährt an uns vorbei, über die Ebene ohne Straße.

Wir überlegen, seiner Spur zu folgen, aber die Männer

aus dem Lastwagen raten uns ab und bedeuten uns, hinter ihnen herzufahren. Zum drittenmal an diesem Tag fahren wir nach Kairouan, doch kurz vor den gezinnten Mauern biegen wir links ab in die Straße, die wir vorher schon gefahren sind bis zu der Stelle, wo wir den Hirtenjungen getroffen haben. Sein Bruder steht immer noch zwischen den steinfarbenen Ziegen, wir biegen in einen Weg aus weißem Schotter ein, er ist gewellt wie ein Waschbrett, und das Auto rattert und rumpelt, Steine springen nach allen Seiten weg, es dauert fast eine Stunde, dann sind wir zum anderen Ende unserer Sandpiste gelangt, wo die Asphaltstraße wieder anfängt. Der Lastwagen hält, wir steigen alle aus, lachen, ich spendiere den Männern kleine holländische Zigarren, die sie sorgfältig wegstecken, wir geben einander die Hand und fahren los.

Nur der kleine Junge bleibt zurück, so klein, daß er es kaum mit der Landschaft aufnehmen kann, die sich neben, vor und hinter ihm in einer unendlichen Fläche erstreckt, leer und gefährlich, trockener Boden, staubfarbene Stechpflanzen, Steine. Ich frage mich, wo er hingehen, was er tun wird, doch selbst diese Fragen bedeuten hier nichts. Es gibt keine Zeit, und die Landschaft hat nichts anderes zu tun, als da zu sein, und er hat nichts anderes zu tun, als sich darin zu bewegen und so die Landschaft selbst zu sein – als wir uns umblicken, sehen wir ihn laufen, unterwegs zu einer unsichtbaren niedrigen Hütte, wo wir vielleicht eine Geschichte werden, oder nicht mal das.

1963

Eine Nacht in Tunesien

Tozeur Sbeitla, Gafsa und dahinter die Oasen, Tozeur und Nefta, zu denen wir nun fahren, Namen, die ich vor einer Woche noch nie gehört hatte. Der Mann von der Autowerkstatt in Gafsa inspizierte unseren Austin Cooper lange und sagte, daß es jetzt schnell dunkel werde und hinter Metlaoui siebzig Kilometer Piste käme. Wir fahren los, in die Ebene, und das Dunkel zieht wie eine riesige Armee über den Himmel, läßt immer einen Fleck über dem Horizont oder den Horizont selbst frei, wo sich das Rot, das Gelb, oder eigentlich eher eine Farbe ohne Namen, sammelt. Noch immer sehe ich die Landschaft vor mir, sie ist von blauen Bergen in der Ferne umklammert, es ist die Hammada, die Steinwüste, zunächst noch ein paar niedrige Hütten oder Höhlen, in einer brennt ein Feuer, vor dem ein Mann sitzt, allein, dann nichts mehr, nur noch Erde, oder ich könnte jetzt genausogut sagen: *die* Erde mit dem Feuer am Ende, in das wir hineinfahren, bis auch das vom Dunkel verzehrt wird und verschwindet, und dann ist auch die Erde unsichtbar geworden, es gibt nur noch die Piste, eine Spur, hart, gewellt, voller Löcher, die durch die Scheinwerfer des Autos größer und bizarrer werden – wir können nicht schneller als zwanzig fahren und kurven von einer Seite zur anderen, um die noch einigermaßen ebenen Stellen zu finden, kein Gegenverkehr, niemand hinter uns.

Eigentlich würde ich gern anhalten und aussteigen, um die Geräusche zu hören, von denen ich weiß, daß es sie nicht gibt, ich tue es nicht, aus Angst, denke ich, das Auto muß durchfahren, bald, in einer oder zwei Stunden werden wir die Oase erreichen, wenn wir jetzt aussteigen, kommen wir hier nie mehr weg. Aber ist da überhaupt eine Oase? Gibt es dort noch menschliche Behausungen?

»Im Süden Tunesiens«, steht im Reiseführer, »auf der Schwelle zur Sahara, liegen einige Oasen, die das Bled el Djerid (Land der Dattelpalmen) bewässern. Zwischen der nirgends unterbrochenen Unbarmherzigkeit der Wüstenlandschaft liegen dort Nefta, Tozeur und El Hamma wie Inseln des Überflusses ...«

Wir sind uns nicht sicher, ob das, was wir jetzt sehen, ein Licht ist, obwohl es ein Licht ist, obwohl es Mauern, Bäume, niedrige Steinhäuser, Umrisse von Menschen sind im Scheinwerferlicht des Autos. Wir fahren ein paar sandige Straßen entlang, sehen das Schild »Hotel Splendid« und halten vor einem Haus am Rand eines Gartens. Vor der Tür steht ein großer, weiß gespritzter Landrover mit arabischen Schriftzeichen und einem Schweizer Nummernschild. Ein Mann in arabischen Gewändern mit langem, blondem Bart schaut zu uns hin, aber wir sind zu müde, um etwas zu sagen. Draußen ist es fast kalt.

Ein Junge bringt das Gepäck in unser Zimmer, ein düsterer Raum aus Stein, mit einem Bett und einem ungestrichenen Holzschrank. Dicke, weiße Kamelhaardecken liegen auf dem Bett. Das Wasser, mit dem wir uns waschen, ist eiskalt, und unten im Speisesaal ist es nicht wärmer. In einer Ecke sitzen zwei Araber, in einer anderen die Schweizer, die offenbar schon lange in der Sahara sind, und ein alter Franzose, der einen Fes trägt und sich in eine rostbraune Decke gehüllt hat. In der Mitte des großen Raums steht ein kleiner Petroleumofen auf dem Steinboden. Niemand sagt etwas. Der Junge bringt geräuschlos das Essen, in unseren Ecken hören wir das Gemurmel der anderen, es ist wie in einem Kloster. Nach dem Essen mache ich einen Spaziergang, allein.

Das erste, was ich höre, ist das hohe, unaufhörliche Jaulen vieler Hunde in der Ferne. In welche Richtung ich mich auch drehe, das Geräusch ist überall, es legt sich wie ein Ring um die Stille, in der ich gehe. Im Park vor dem Hotel brennt ein Feuer. Funken und brennende Holzstücke fliegen umher, doch so lange ich auch warte, ich sehe niemanden. Es riecht nach Gewürzen. Kein Mensch ist auf der Straße. Ich gelange zu einem großen Gebäude, dem Grand Hôtel de l'Oasis. Es ist geschlossen. Davor steht ein silbernes, gepanzertes Auto von der Banque Nationale Agricole. Das Kläffen hört nicht auf, es sagt eine Katastrophe voraus, es hängt am Abend, am weißesten Licht des Mondes, das ich je gesehen habe, weißes Licht, das ins Licht der Avenue Chabbi Abiel Kacem Linien zeichnet, das mit den Schatten der Eukalyptusbäume Schritt hält, unter denen ich jetzt wie der Dorftrottel mit seinem Notizblock weitergehe. Was ist es, die Müdigkeit, die Entfernung, die Stille, das Kläffen? Ich stehe da mit meinem Büchlein, um es aufzuschreiben, nur was aufschreiben? Das, was mir in Erinnerung geblieben ist: ein fast ekstatisches Gefühl, weil ich in diesem Augenblick vor dieser Kulisse hier stehe.

Und gleich danach, wie um dieses Gefühl wegzuwischen, geschieht etwas ganz in meiner Nähe, und in derselben Sekunde ist mir klar, was geschieht: gar nichts. Nur zwei Männer kommen vorbei, noch stiller als die Stille, der eine in gestreiften Gewändern sitzt auf einem Esel, doch die Hufe des Esels machen kein Geräusch, der andere geht barfuß, ein graues Gewand mit Füßen, und selbst zu dritt machen sie kein Geräusch. Es ist ein langsamer Seufzer, der um eine Straßenecke biegt und sich offenbart, etwas so Altes, daß ich ergriffen bin, Männer, die von nirgendwoher kommen, es sei denn aus dem Gekläffe. Ich drehe mich um, wende mich von ihrer verschwindenden Erscheinung ab. Mondlicht fällt auf das zerfließende Grün, ich gehe über immer schmalere Sandwege, da ist wirklich niemand, bis ich wieder zum Licht zurücklaufe, und auch da nur ein alter Mann, der an alle Türen faßt – eins – und eine Frau, die sich ein schwarzes Tuch übergeworfen hat, das den Kopf und alles bedeckt und bis auf den Boden reicht, wie sieht sie in Gottesnamen? – zwei – und auf Bastmatten sitzende, den Haschischgeruch nach draußen fächelnde Männer in langen Gewändern, die im Schein einer Kerze Karten spielen – drei – der Fremde geht vorbei und sieht es, mehr nicht, und – vier – ein beleuchteter Bus, jedoch ohne Insassen, der aus der schwarzen, inexistenten Welt angefahren kommt, der Bus der Société National El Gouatel.

Ich kehre langsam um, gehe an den Backsteinmauern mit den klaren geometrischen Figuren entlang, alle Türen sind zu, nur beim Hotel ist noch ein niedriger Raum offen, wo Männer um einen Esel herum liegen, ich sehe Körbe mit Gewürzen, Büschel getrockneter Pfefferschoten an den Wänden und ein farbiges Porträt von Habib Bourguiba. Und dann bin ich wieder am Hotel und schlage mit der Hand an die Tür, das Geräusch hallt durch den steinernen Gang, ich höre, wie jemand aufsteht und »qui« ruft, und plötzlich weiß ich nicht, was ich antworten soll. Nooteboom klingt zu komisch, paßt nicht zu dem Gekläffe, dem Garten mit dem Feuer, zu meinen Füßen im Sand der kalten Straße, dem Mond, und mir fällt nichts Besseres ein als »moi«.

Die Tür wird entriegelt, ich sehe eine Matratze auf dem Boden mit einer bunten Decke, von der er aufgestanden ist, und er möchte die Tür wieder schließen, aber ich nehme ihn mit hinaus zu dem Kläffen, dem Jaulen, und er lacht und sagt, das ist immer so, jede Nacht, das sind die Hunde, die die Oase bewachen, und er schließt die Tür und sperrt damit das Kläffen aus, ich gehe nach oben.

1963

Nefta, die letzte Oase

Nefta Bei Tageslicht ist Tozeur sandfarben. Ich gehe bis zum Rand der Oase und sehe ein Schild: Nefta 25 Kilometer. Als wir hinausfahren, sehen wir zu beiden Straßenseiten Männer mit grünen Wägelchen, sie wässern die kleinen Palmen, die dort geschützt unter großen toten Palmblättern im Sand stehen. *Coopération le Palmier* steht auf den Wasserwägelchen, die daneben stehenden Männer schauen ernst auf unser Auto. Schon zwei Minuten später ist von ihnen nichts mehr zu sehen.

Die Straße ist gerade, eine schwarze Linie zwischen zwei unendlichen Sandlandschaften. Rechts, in der Ferne, sehe ich hohe, schwarze, sich langsam bewegende Gegenstände – eine Kamelherde. Links der Schott el Djerid, eine glitzernde Platte, gleich einer Luftspiegelung, Wasser in der Wüste, jedoch salzig, ein kilometerlanges Salzmeer, auf das die unsichtbare, hinter zinkfarbenen Wolken versteckte Sonne dennoch ein hartes, reflektierendes Licht wirft, so daß uns immer, wenn wir hineinblicken, die Augen schmerzen. Wir denken, daß ein kleines Boot darauf fährt, Unsinn natürlich: Als wir aussteigen, ist es auch verschwunden, es gibt nun mal kein Boot auf einem Binnenmeer ohne Fische in einer Landschaft ohne Menschen. Wir fahren, der schwarze Streifen läuft uns entgegen. Einmal erblicken wir ein Schild nach links mit einem Ortsnamen, aber wie weit wir auch schauen, es ist nichts zu entdecken, und die Spur verliert sich im Wüstensand.

Nefta. Afrikanischer als Tozeur. Wir fahren durch die Stadt, durch, was ist es, das Mittelalter? Ich sehe einen Aussätzigen mit einem Stock, drei Männer, die in lasterhafter Haltung vor einer Mauer liegen, und eine Frau, die den Kopf an die Mauer lehnt, nicht den Rest des Körpers, es sieht aus, als hätte sich der Kopf an dieser Lehmmauer festgesaugt.

Wir parken das Auto irgendwo und hören lautes, fanatisches Trommeln. In dem Augenblick kommen zwei Männer im Burnus um die Ecke, die mit langen Stöcken auf breite, straff gespannte Trommeln schlagen. Ein dritter hinter ihnen hat ein Horn, eine Flöte in der Hand, ich weiß es nicht, denn er spielt nicht darauf. Ihnen folgt eine Horde Kinder, diesen Rattenfängern, bis sie an einer anderen Ecke stehenbleiben, sich dem Publikum zuwenden und irgendwas rufen. Was? Wir werden es nie wissen.

Wir gehen zurück und erreichen die eigentliche Oase – ein Garten, in dem Wasser murmelt und plätschert und barfüßige Männer durch die flachen Becken waten, als ob draußen nicht alles trocken und leer wäre. Drei Kinder folgen uns. Ihr Vater, der an der Straße Schuppen von einem Palmenstamm abhackt, ruft, sie sollen zurückkommen, aber sie laufen weiter hinter uns her, und als der Vater aus dem Blickfeld verschwunden ist, zupft uns das älteste – ein hübsches, etwa achtjähriges Mädchen – am Ärmel und sagt *Madame, Monsieur* und zeigt mit dem Finger auf die Bäume, das Wasser und sagt: *l'oasis*. Ja, die Oase, sagen wir, doch die Kinder lassen uns noch nicht weitergehen. Das Mädchen zeigt auf ein niedriges Lehmhaus und sagt *»notre maison«*, und dann kommt noch alles andere, der Himmel, die Straße, die Datteln, das Kamel, und wir nicken, die Kinder nicken ernst zurück, und so gehen wir durch diesen unerwarteten, beinahe pathetischen Überfluß. Eine Oase, ein Garten in der Wüste, die schon länger als tausend Jahre existiert und hinter der die Welt aufhört, weil dann nur noch Wüste ist, keine Straße mehr Richtung Süden, nur noch ein Pfad zur algerischen Grenze, Bir el Asli, Bordj Chouchet el Yhoudi, auf der Karte gelb eingezeichnet, und hinter Nefta ist es auch tatsächlich gelb.

Wir bleiben eine Weile stehen, weiter wollen wir nicht. Hinter uns liegt das afrikanische Dorf, vor uns nichts als einige Männer mit Ziegen vor ihren Zelten. Ich hebe Steine auf, werfe sie weg und empfinde dasselbe wie vor ein paar Jahren in M'Hammid in Marokko, dem letzten Grenzposten vor Mauretanien: das Gefühl, am Meeresufer zu stehen; da hineinzulaufen wäre genauso verrückt, wie ins Wasser zu gehen, ein Meer, das erst viel weiter, im wirklichen Afrika, wieder endet, und dort, auf der anderen Seite der Wüste, in Timbuktu, sehen die Häuser ungefähr so aus wie hier, erzählt mir später jemand. Dazwischen zogen die Karawanen hin und her, durch das völlige Nichts, Dezimeter gelb auf der Karte, in der Mitte die drei Wörter *Sif es Soumane*, und dann gehen wir zurück und versuchen, diese Vision, die nicht beschrieben werden will, mitzunehmen – die verführerische Leere, die an diesem Ort, und nur hier, eine dünne Schicht Leben auf sich duldet, die uns an das Altertum erinnert, und wir, *dumme* Fremde, wissen kaum etwas von ihrer lautstarken Religion und noch weniger von ihrer Sprache, wir sind Außenstehende und Zuschauer, fast so verschleiert wie die Frauen, so unsichtbar für sie wie sie für uns. Christus könnte um die Ecke kommen und etwas sagen oder austeilen oder jemanden heilen, und wir würden ihn nicht erkennen, das hier ist uns ferner als alles andere, und sei es nur, weil wir *wirklich* da sind – aber dann kommen wir in eine Straße, wo die Schule gerade aus ist, Dutzende Kinder in blauen französischen Schuluniformen, sie rufen Worte auf französisch, weg sind die literarischen Anwandlungen, für den Fünfjahresplan zur Seite gelegt, und wir fahren über einen Platz mit einer Gedenksäule, auf der 1964-1934 steht (weil die Araber von rechts nach links lesen), und mit der zurücklaufenden Zeit im europäischen Rücken fahren wir zurück nach Tozeur, nach Gafsa, nach Tunis, eine Handvoll frischgepflückter Orangen hinten im Auto, Ahssent!

1963

Abend in der Stadt

Tunis Seltsam, wir waren nur ein paar Tage in der Stadt Tunis – fuhren dann durchs Land bis in den Süden, und nun, da wir in der Abenddämmerung wieder in die Stadt hineinfahren, ist es fast so, als kämen wir wieder nach Hause.

Wir essen, danach schlendere ich allein durch die Avenue Bourguiba und gehe ins Café de Paris, das Amsterdamer Café Americain. Zwei Mitglieder der Gefolgschaft von König Hassan II. sitzen in unbeschreiblich weißen Dschellabas an einem Tisch, ansonsten sind alle europäisch gekleidet, ein großes Pariser Café, Treffpunkt derer, die aussehen wie die intellektuelle Elite. Ein Junge kommt mit den Zeitungen *France-Soir* und *Le Monde* vorbei, und mir geht durch den Kopf, daß die meisten einen Teil ihrer Ausbildung in Paris absolviert haben, und ich frage mich, ob sie vielleicht Heimweh haben, weniger nach den Franzosen als vielmehr nach der Metropole mit ihren Theatern, dem Zentrum der politischen Aktivität, das Paris für viele junge Menschen aus den afrikanischen und lateinamerikanischen Ländern ist. Ich versuche ein wenig in *Jeune Afrique* zu lesen, ein gut gemachtes, scharfzüngiges und intelligentes Blatt, das hier in Tunis verlegt wird und dessen Einfluß viel weiter reicht als bis an die Grenzen dieses eigentlich doch relativ kleinen Landes – aber ich bin zu müde und gehe lieber spazieren.

Es ist spät, ein paar kleine, weißgrüne Taxen sausen noch vorbei, doch sonst ist es still unter den starren Bäumen auf dem Mittelstreifen. Am Montag spricht Monsieur Jacques Setbon um 18.45 Uhr im Rahmen der Vortragsreihe *Vulgarisation du Jazz* über den Bossa Nova, aber dann werde ich schon wieder in Amsterdam sein, einer anderen Hauptstadt, in der in diesem Augenblick keine Meeresbrise durch Palmen streicht und wo ich nicht, wie hier, in einer Bar zu meinem Pernod ein in Öl getauchtes Stück Fenchel serviert bekomme. Ich höre eine Weile einer italienischen Bestell-Litanei zu, gehe wieder und schlendere bis zum Eingang der Souks, dann kehre ich um. Die Welt hinter dem Tor ist ein Irrgarten, in dem man sich nachts bestimmt verläuft. Morgen sitzen dort wieder die Kaufleute, die Schuhmacher, Kupferschmiede, Gewürzhändler und Parfümhersteller, aber ich muß jetzt zurück ins Hotel.

Vor dem Schaufenster des amerikanischen Kulturinstituts steht ein alter Araber und betrachtet die Fotos von Kennedy, der uns ernst und ziemlich entschlossen anblickt. Er ist noch ahnungslos, hat für ein Foto nur mal eben hochgeschaut, klick, und blickt in die Augen eines Arabers und eines Reisenden aus den Niederlanden, die ihn betrachten: ein ermordeter Präsident. Unter dem Foto liegen Zeitungen, die seinen Tod melden: amerikanische, französische, tunesische, russische. In einer mit Glasscheiben versehenen Säule auf dem Trottoir sind andere Bücher ausgestellt, die den Tunesiern Einblick in die amerikanische Gesellschaft geben sollen: »Mädchen und ihr erster Job«, »Die Sklavenbefreiung« (mit einem Porträt von Abraham Lincoln), »Zehn Jahre amerikanische Raumfahrzeuge«, »Das Verfassungsgericht«.

Der Araber ist verschwunden, ich stehe etwas verloren an der Ecke der Avenue de France und lese all die Titel, die in ähnlichen Schaukästen auch in Lima, Reikjavik, Saigon, Jerusalem zu finden sind, missionarische Vitrinen für eine Denk- und Lebensart, die im Kontext von Palmen, Nacht, unbekannten Gerüchen, in Dschellabas gehüllten späten Passanten absurder anmutet als auf dem Amsterdamer Museumsplein – ein Gramm, ein Windstoß eines langsamen, endlosen ideologischen Kampfes, den ich jetzt hinter mir lasse, während ich meinen unter den weißen Lichtern mal wachsenden, mal schrumpfenden Schatten bis zum Hotel begleite.

1963

Sheherazade

Tunis Die Umgebung ist leicht zu erkennen: ein Theater. Aber es ist das Nationaltheater, in dem eine Laiengruppe am Nachmittag ein Märchen aufführt – erst später habe ich kapiert, daß es Sheherazade war, denn der arabische Titel lautete anders. In dem halbvollen Saal mit den roten Plüschstühlen erlischt langsam das Licht, ein langgezogener leiser Schrei des Entzückens geht durchs Publikum, und mit Recht, denn noch bevor der Vorhang ganz aufgegangen ist, erscheint ein gewaltiger Schwarzer im Sonnenuntergangsrot, flankiert von einem wie ein Schurke aussehenden Schurken in schwarzer Brokatjacke und mit einer sehr hohen blauen Zipfelmütze auf dem Kopf. Die beiden führen eine aufgeregte Konversation, die ich natürlich nicht verstehe, doch aus den Reaktionen der vollzähligen Familie in der Loge neben mir wird deutlich, daß es um wichtige Dinge geht. Oft wird auf eine Tür gezeigt, hinter der sich etwas Zwielichtiges, Peinliches oder Tragisches abspielen muß, aber die beiden Männer verschwinden wieder, ohne daß es geklärt wird, der Vorhang fällt, und das bekannte Geschiebe dahinter beginnt. Kulissen werden hin und her gerückt, manchmal bauscht sich der Vorhang, dann hebt er sich wieder, und wir befinden uns in einem Palast. In der Mitte der Bühne steht ein Springbrunnen, jedoch ohne Fontäne, aus marmoriertem Holz, der Sultan, Kalif, Cid, was er auch sein mag, jedenfalls der Herrscher, erscheint leise in Babyrosa und stellt sich hinter eine lachlustige Dame in einer violetten Tüllhose, die auf einem silberseidenen Diwan sitzt. Links und rechts davon stehen Kandelaber mit brennenden Kerzen, der mollige Arm der sehr hübschen Dame ruht auf einem runden weißen Seidenkissen, auf das ich meinen Arm auch gern legen würde. Die Konversation wird von viel Gelächter sowohl auf als vor der Bühne unterbrochen, und ich sitze in irgendeiner Form dabei, bin aber auf jeden Fall dabei, und habe vorläufig nicht die Absicht zu gehen. Das Publikum schwätzt oder murmelt, abhängig davon, wie sich die für mich unsichtbare Erzählung entwickelt, und dann klatscht die Sultanin (wenn sie es ist) durch eine glückliche Eingebung in die schneeweißen Hände, woraufhin eine Sklavin, eine Tänzerin, ein Flötenspieler und ein Tambour erscheinen, die sich auf den Boden setzen, und während die Sultanin wie ein gezuckerter violetter Traum von ihrem östlichen Diwan aus zuschaut, beginnt die blonde Tänzerin ihren vom Sultan mit Wohlgefallen betrachteten Körper herumzuwirbeln, schneller, langsamer, schneller, von hohem Gesang begleitet, der immer wieder zu seinem Ausgangspunkt zurückkehrt, noch heftiger erneut anhebt und, von Applaus und Trommelwirbeln begleitet, in der Pause verstummt.

Ich trete auf den Balkon und blicke über die Avenue Bourguiba. Ein schwarzer Junge steht neben mir und lutscht ein Eis, das Eskimo heißt. Über den Bäumen der noch immer leuchtende Himmel. Unten auf der Straße der Verkehr der Rushhour. Ein schwarzweißer Polizeiwagen versucht, sich mit einer kläglichen Sirene durchzuschlängeln. In der Ecke des Balkons stehen noch die Flaggensträuße vom Besuch des marokkanischen Königs. Unten wird ein Blinder in gelben Sandalen und einem braun und grau gestreiften Mantel am Haus der *Société National d'Investissement* entlanggeführt.

Es klingelt zur zweiten Hälfte. Das Bühnenbild zeigt nun eine prachtvolle antike Darstellung, wahrscheinlich ein vergrößertes Miniaturgemälde. Kleine Wellen plätschern munter durch eine arkadische Landschaft, in der Hirsche mit dünnen erhobenen Vorderläufen den Tanz der Jagd aufführen, verfolgt von schwarzen Araberhengsten, auf denen mit kostbaren Steinen geschmückte Edelleute sitzen, auf der Linken einen Falken wie einen Stein mit Klauen. Ein Diener mit grüner Mütze trägt einen toten Hirsch wie einen Pelzkragen um die Schultern, das Schilf neigt sich in einem Wind, den wir nicht spüren, und vor dieser Kulisse sprechen und bewegen sich die von ihren Kerzenlichtschatten begleiteten Märchenfiguren in der Erzählung, die ich nicht sehe und die sich langsam weiterdreht zu einem dem ganzen Publikum bekannten Ende voller Glück, das zugleich mit uns allen hinausströmt, in die Stadt, wo die Lichter schon brennen und die tausendste Nacht angebrochen ist.

1963

Wind und Regen

Tunis Mit einem kleinen, niedrigen Taxi fahren wir zum Flughafen El Aouina, so, wie wir auch nach Tunis gekommen sind. Der Chauffeur holt aus seinem Wägelchen raus, was er kann, denn durch ein dummes Versehen des Hotels sind wir eine gute halbe Stunde zu spät, und eine DC-8 wartet nicht. In der Eile habe ich auch noch meine Jacke vergessen, die mir der Manager des KLM-Büros in Tunis drei Tage später in meine Amsterdamer Wohnung liefern läßt, so wie ich auch bei der Ankunft am Flughafen meinen Regenschirm zurückbekomme, den ich in der vorigen Maschine hatte stehen lassen und der mutterseelenallein eine Reise nach Bengasi unternommen hatte, über die er jedoch nichts erzählen will.

Das riesige Flugzeug steht am Ende der Startbahn bereit, etwa zwei Kilometer vom Hauptgebäude entfernt, ein kleiner schneller Bus fährt uns hin, wir sind die letzten – und fast unmittelbar danach das herrliche Dröhnen, zum letzten Mal schiebt sich die in der Sonne auf dem Rücken liegende Landschaft langsam an uns vorbei, adieu, Tunis, nach zwei Stunden und zwanzig Minuten setzen wir unsere Füße in ein Land von Kälte und Regen. Ein Sprung, und es geschieht, das Land fällt von uns ab, wie ein großes Segelschiff taumeln wir durch das mediterrane Blau des Himmels. Es ist mein erster Flug in einer DC-8, und ich frage, ob ich später eine Weile im Cockpit sitzen darf, was mir erlaubt wird. Rechts oben steht schon, schrecklich weiß, der Mond, und später, als wir in den Norden fliegen, steht auf der anderen Seite die Sonne, die auf der Erde noch nicht untergegangen ist, hier aber genauso rot wie bald unten hinter einem kupfergepanzerten Horizont schwarzer, böser Wolken versinkt. So fliegen wir zwischen Nacht und

Tag, es geht sehr schnell, und wenn im ständig größer werdenden Heer der Wolken unter mir Löcher sind, sehe ich die weißen, verschneiten Berge Korsikas. Ein neuer, dünner Strom weißer Wolken jagt über die dunklere Schicht hinweg, und darüber wiederum fliegen, im letzten Sonnenlicht, zwei goldene Düsenjäger; ich bilde mir ein, daß es goldene Männer sind, die dort über der wilden, prächtigen Wolkenlandschaft, die sich stets verändert, dahinjagen.

Hinter mir sitzen zwei hartgesottene Amerikaner mit Tropengesichtern, die bereits in Lagos eingestiegen sind. Für sie ist es eine Busfahrt – bis zum Amsterdamer Beton spielen sie ununterbrochen Karten, große, schwarze Zigarren im Gesicht; sie sehen nicht, wie sich rechts die Nacht langsam an die Fenster klebt, während links das Licht immer irrer wird, da ist alles Gold, was glänzt, Gold am Auspuff des Jets, Gold am Rand des nun meerwasserfarbenen Tragflügels, ein goldener Nebel kommt auf, in dem ich seltsame, nie gesehene Tiere und geheimnisvolle Menschen vermute. Wir fliegen nun in einer Höhe von 28 000 Fuß, und eine Stimme teilt uns mit, daß es in Amsterdam sehr kalt ist. Der Steward bringt mich zum Cockpit. Wenn Harry Mulisch in Interviews gefragt wird, was er hätte sein wollen, wenn er kein Schriftsteller geworden wäre, sagt er jedesmal: »Pilot in einer DC-8«, und ich verstehe jetzt, warum. Plötzlich ist der beleuchtete, fast saalartige Raum des kilometerhoch über der Erde dahinrasenden Riesenflugzeugs auf eine kleine, nach vorn schmal zulaufende Kabine reduziert, in der vier Männer sitzen, die es steuern. Der Laie sieht nichts, besser gesagt, er sieht eine unvorstellbare Anzahl Lämpchen, Knöpfe und Zeiger, hört kryptische Kommandos, liest unverständliche Aufschriften und sitzt mit großen Augen da wie ein Kind, das sich verlaufen hat. Der Mann mit den goldenen Streifen sitzt an einem richtigen Steuer hinter einer richtigen Frontscheibe, durch die ich nun die eisige

Pfeilspitze des Gipfels vom Mont Blanc sehe und später ein schwarzes Loch, den Genfer See, über dem ein beleuchteter Hubschrauber fliegt. Hinter uns hängen auf normalen Holzbügeln ihre blauen Jacken, in Kürze zwingen sie das gewaltige Schiff nach unten, stehen auf, ziehen die Jacken an und gehen nach Hause. Drinnen muß man sich schon anschnallen, ich gehe zurück zu meinem Platz, wir landen sanft, fast ohne Rucken, die Amerikaner pokern immer noch, wir fahren langsam über das Rollfeld zum Flughafengebäude, ich sehe, wie der Wind über den Beton jagt und höre den Regen ans Flugzeug schlagen, das vor zweieinhalb Stunden noch in der Sonne stand, in Afrika.

1963

Mondland Mali

Es ist die Nacht des 19. November 1968. Auf dem noch schwarzen Niger fährt die *Général Soumaré,* ein umgebautes westdeutsches Vergnügungsschiff, das während der Regenzeit in Mali als Passagierschiff zwischen der Hauptstadt Bamako und den Städten Mopti, Timbuktu, Koulikoro und Gao eingesetzt wird, eine Reise, die Wochen dauert. Obwohl es Nacht ist, sind alle Passagiere wach. Sie stehen an der Reling oder sitzen an den kleinen Fenstern ihrer Kabinen und lauschen den Transistorradios oder, besser gesagt, dem Schweigen der Transistorradios. Während das Leben im übrigen Teil der Welt weitergeht, Präsidenten sich in ihren Betten umdrehen und die ersten Morgenzeitungen in Europa von den Druckerpressen rollen, vollzieht sich in Mali, einem Land, von dem kaum einer weiß, wo es liegt, einer heißen, brennenden, bettelarmen afrikanischen Republik, größer als Frankreich und Deutschland zusammen, aber hauptsächlich aus Sand bestehend, ein langsamer, schweigender Umbruch. Denn die stillen Männer an Bord der *Général Soumaré* sind keine normalen Passagiere, und die gespannt Wartenden an der Anlegestelle von Koulikoro, sechzig Kilometer von der Hauptstadt entfernt, keine normalen Abholer. Dies ist die letzte Nacht, in der Modibo Keita Präsident von Mali ist, und er weiß es, sein Gefolge an Bord weiß es, die wartenden Militärs am Kai wissen es, und die vierzehn Offiziere, die unter ständiger Lebensgefahr auf ihre Chance gewartet haben, wissen es ebenfalls. Noch einen Augenblick, dann wird mit der fledermausartigen Geschwindigkeit, die den Tropen eigen ist, die Nacht weggezogen, die Welt sichtbar werden. Und die sieht so aus: trocken, ohne viel Mitleid mit Mensch und Tier, braun wie das Wasser des Flusses, eine schlammfarbene Schlange, die faul in der kahlen Savanne liegt. Doch bevor der Tag anbricht, knackt etwas in den Transistorradios. Die Männer auf dem Schiff hören es, die am Anleger und alle im Land, die bereits wach sind. Das Geklimper eines Saiteninstruments, eine Melodie, die jeder erkennt, und dann eine Stimme, die ebenfalls jeder erkennt, die Stimme des blinden Sängers Banzoumana, jahrelang verboten, weil er sang, daß eines Tages alle Mächtigen umkommen würden. Über sein Instrument sind in Mali die wunderlichsten Geschichten im Umlauf. Es kann fliegen, und wenn Banzoumana schläft, spielt es allein. Jetzt ist ein Zeichen gegeben worden, und alle wissen es.

Eine Ära ist vorbei. Wie Guinea ging auch Mali seinen eigenen Weg. Es kehrte sich von der Französischen Gemeinschaft ab und damit von dem sich auf Frankreich stützenden Zentralafrikanischen Franc, und es entfremdete sich seinen traditionellen Handelspartnern. Es entschied sich für einen glühenden, doktrinären Sozialismus und gegen den Weg seiner Nachbarn. Modibo Keita, einst einer der vergötterten Gründerväter der afrikanischen Unabhängigkeit, Präsident der unmöglichen Föderation Senegal-Mali, die bereits 1960 an Blutarmut verschied, zunächst einfacher Lehrer und im Eilzugtempo, mit einem Umweg über das Gefängnis, Vizepräsident der französischen Nationalversammlung, französischer Staatssekretär und schließlich auf dem höchsten Stuhl eines der ärmsten Länder der Welt gelandet, ist am Ende seiner Reise angelangt. Die Ehrenwache am Kai erweist ihm den präsidialen Salut. Die Bevölkerung jubelt. Der Präsident grüßt zurück und begibt sich zu seinem Wagen. Die Fahne wird gegrüßt, Hände werden geschüttelt. Zehn Kilometer weiter stößt der lange schwarze Wagen mit dem rot-gelb-grünen Wimpel auf einen russischen Panzer. Ein kleiner Leutnant in Fallschirmjägeruniform geht auf den Präsidenten zu, faßt ihn am Arm und führt ihn zu einem Lastwagen. Am Nachmittag verkündet Leutnant Moussa Traoré über die dreißigtausend Radioapparate im Land, daß das Regime gestürzt sei. Mali, noch keine zehn Jahre unabhängig, ein Land mit vier Millionen Bewohnern, 4500 Personenwagen, etwa 250 Mark Bruttoeinkommen pro Kopf und Jahr, 7 Zahnärzten, 108 Ärzten und 4640 Telefonen, ist in diesem Moment mit 120 Milliarden Mali-Francs verschuldet – mit 32 bei Rußland, 26 bei Frankreich, 23 bei China, 7 bei Ägypten, 6 bei Ghana. Ein Mali-Franc entspricht 0,01 französischen Francs. Das Land balanciert am Rande des Bankrotts, der Handel ist so gut wie tot, die Geschäfte am großen Markt sind leer. Immer weiter nach links getrieben von der Chinafraktion in seiner Partei, der Union Soudanaise, durch den Mangel an Rohstoffen, technischem Know-how, eine unmäßig aufgeblähte, lähmende Bürokratie sowie das Abschrecken nahezu jeder Auslandsinvestition in einen dramatischen Teufelskreis von Unvermögen, neuen Anleihen und immer unpopuläreren Maßnahmen verstrickt, beschließt Keita 1967 gegen die Hardliner der Chinafraktion, wieder wirtschaftliche Annäherung an Frankreich zu suchen. Doch selbst die fünfzigprozentige Abwertung, die dazu gehört, kann das Schiff nicht mehr retten. Schwer angeschlagen durch dogmatische Verblendung, Betrug und eine ungeheure Unzufriedenheit in Stadt und Land (es gibt keine Hirse mehr, keinen Tee, kein Benzin, keinen Zement, kein Geld), sinkt es immer weiter. Zu diesem Zeitpunkt ist das Parlament längst aufgelöst, Oppositionsführer sind unter nie geklärten Umständen ermordet worden, und sogar China hat oder gibt kein Geld mehr, um den Staat über Wasser zu halten. Die Armee besteht aus dreitausend Mann. Sie hat russische Waffen, russische Panzer, russische Ausbilder. Die Offiziere haben eine französische Ausbildung genossen, ironischerweise vervollständigt durch Felderfahrungen in Algerien und Indochina. Die höheren Offiziere sind von vorbildlicher Treue, weniger zum Präsidenten als vielmehr gegenüber der eigenen Position. Die nach ihnen kommende Generation ist gefährlicher, doch Keita kann auf eine gute Berufsarmee nicht verzichten, weil er von Zeit zu Zeit Schwierigkeiten mit den wilden, unabhängigen und angriffslustigen Tuareg aus dem Norden und Osten hat. Herren über eigene Saharagebiete, haben sie vor den Schwarzen in dem in ihren Augen kaum existierenden Staat mit den unsichtbaren Grenzen wenig Respekt und müssen von Zeit zu Zeit in ihre Schranken verwiesen werden. Trotzdem wird es die Armee sein, die die Macht des Präsidenten bricht, und die jungen Leutnants spielen ihr Spiel gut. Aus dem Volk hervorgegangen, in verschiedenen Garnisonen überall in dem endlosen, weiträumigen Land dienend, werden sie sich der allgegenwärtigen Unzufriedenheit, der Passivität, der Leere der Mägen, kombiniert mit der Hohlheit der Phrasen, bewußt. Sie beginnen ein schleppendes Pokerspiel mit allen Möglichkeiten, ein sicherer Tod bei eventuellem Scheitern. Sie sind nicht gegen den Sozialismus, wie sich später herausstellen wird, wollen aber ihr Land aus den Händen des Klüngels retten, der es nicht mehr regieren kann. Jetzt, zwei Jahre später, sitzt Modibo Keita irgendwo in der Sahara gefangen, und Mali wird von den Leutnants regiert, die den Staatsstreich durchgeführt haben. Einer starb danach, dreizehn blieben übrig, und damit ist Mali das einzige Land der Erde, das von dreizehn Leutnants regiert wird. Überall sind ihre Fotos zu sehen: dreizehn sehr ernste schwarze dreißigjährige Gesichter, dreizehn Männer in grüngefleckter Fallschirmjägeruniform, die es auf sich genommen haben, eines der verlorensten Länder Afrikas aus dem Dreck zu ziehen.

Sehr weit entfernt ist Dakar nicht, aber wenn man einen schlechten Flug erwischt, überfüllt, mit Zwischenlandungen in Paris, Bordeaux, Las Palmas, kommt man als übermüdeter Sack weißer Bohnen an – trotz der Tatsache, daß man in zehn Kilometern Höhe und für zehn Mark per Kopfhörer einer Schlagzeugkomposition von Peter Schat[1] lauschen darf. Den Flughafen Dakar kannte ich von anderen Jahreszeiten her, dampfend heiß, doch jetzt wehte sogar so etwas wie eine kühle Meeresbrise. Die Ankunft war chaotisch. Für afrikanische Flughäfen muß man eine vatikanische Abgeklärtheit besitzen – Aufregung ist völlig sinnlos, und nach dem ganzen Durcheinander ist man schließlich doch draußen, und alle lieben dich immer noch.

Noch benommen vom Flug steht man in einem hohen gelben Raum, umringt von einer begierigen Menge, die Geld wechseln, Koffer tragen, eine Unterkunft besorgen will, und einem ziemlich strengen Beamtenkordon, der Pässe akribisch studiert und Fragen stellt. Und dann öffnet sich die Tür Afrikas, und ich fahre am Meer entlang zum Hotel, etwa fünfzehn Kilometer außerhalb von Dakar. Es ist berühmt in Afrika und, wie alle anderen Hotels in Dakar, immer ausgebucht. So auch jetzt. Aber das Zimmer ist doch schon vor einem Monat reserviert worden? Nein, nein. Doch, bitte sehr, hier ist das Papier. Papier, haha! In meinem Buch steht nichts. Lange, sehr schöne schwarze Hände wandern durch die Seiten, können mich aber nicht finden. Es wird telefoniert, geredet, zum Schluß geschrien, draußen rauschen die Palmen und dahinter das Meer, und mich zieht es ins Bett. Eine Stunde später darf ich. In einer richtigen Hütte, zwanzig Meter vom Ozean entfernt, der tost wie ein aufsteigender Düsenjäger. Ein Diener in imposanter weißer Pluderhose und weißen Schlappen geht mir auf dem dunklen Weg voran. Die Luft ist salzig und feucht, irgendwo knarrt ein Frosch, alles riecht schwer und würzig, und ich fühle, ich bin in Afrika. Am Himmel stehen so viele Sterne, daß man meinen könnte, die Lichter der Fischerboote weit draußen auf dem Meer gehörten auch dazu, Sterne, die auf dem Wasser schwimmen. Mich kommt für einen Moment kosmischer Hochmut an, ich verspüre eine metaphysische Beziehung zum verschwenderisch ausgestatteten Firmament, gemildert durch klischeemäßige Vorstellungen wie: »Heute morgen noch in Amsterdam, und jetzt schon in ... et cetera«, und gehe daher schlafen, ein Supermarkt-Stanley des 20. Jahrhunderts in einer Hütte mit Dusche.

Der nächste Morgen bietet altertümliche Szenen. Sprenger halten das Gras beperlt und damit weich für die weißen Füße, eine bildschöne Schwarze kommt vorbei, ein mürrisches weißes Kind auf der Hüfte, ein sehr langer Schwarzer führt einen eindeutig weißen Hund Gassi, die Welt ist geregelt. Als ich es später jemandem beschreibe, dessen soziales Denken eher von Zahlen denn von Gefühlen gesteuert wird, zuckt der mit den Achseln und sagt: »Was willst du? In allen Hotels der Erde gibt es Bedienstete. In Spanien sind sie weiß und in Afrika eben schwarz.«

An diesem Vormittag versuche ich, beim IFAN (Institut Fondamental de l'Afrique Noire) einen Professor aufzusuchen, der mir Empfehlungsschreiben für Mali geben kann, aber er ist nicht da. »Vielleicht heute nachmittag.«

Die Stadt ist voll und hektisch. Viel Gerufe und Gehupe im fröhlichen Morgenlicht, ein Markt voller Fische und Farben, und dann auf einmal ein neuer Freund. Strahlend kommt er auf mich zu in seiner gepflegten europäischen Kleidung und ruft: »Ha! Bernard!«, schüttelt mir die Hand, klopft mir auf die Schultern und kann einfach nicht glauben, daß ich nicht Bernard bin. Nicht? Aber du wohnst doch im Hotel N'Gor? Ja, schon. Aber dann haben wir gestern miteinander gesprochen? Nein. Doch er hat mich bereits beim Arm gefaßt und führt mich über den Markt. Ja, er ist Student. Natürlich, Senghor ist ein großer Mann, aber trotzdem werden die Studenten streiken, wenn Pompidou kommt. Der Präsident ist viel zu dick befreundet mit den Franzosen. Währenddessen jagt er mit befehlenden Gebärden alle möglichen Jungen weg, die mir etwas verkaufen wollen, deutet auf ein pseudo-antikes Instrument mit kleinen Brettern, die alle einen anderen Ton von sich geben, eine Art Gamelan, sagt, dem hätten die Europäer das Klavier abgeguckt, und nennt mich weiterhin herzlich Bernard; sein tänzelnder Schritt und der umwerfende Augenaufschlag bleiben im Einklang mit dem Rest des sonnigen Geschehens, und dann kommen wir zu einem Café, wo er findet, ich müsse Kaffee trinken, und ausrechnet, wir seien bis jetzt für ungefähr fünf Gulden spazierengegangen. Altholländischer kolonialer Handelsgeist vermag den Betrag auf zwei CFA-Francs zu reduzieren, mit denen er grollend abzieht, auf der Suche nach dem nächsten Bernard.

Ich schlendere noch ein wenig umher, kaufe Gedichte des vor kurzem ums Leben gekommenen David Diop (»Lausche dem Schrei von hundert Völkern, die ihre Fesseln sprengen / lausche meinem Blut so vieler Jahre der Verbannung / Dem Blut, das Wilde in einem Sarg aus Worten trocknen lassen / Finde das Feuer wieder, das den Nebel durchbricht / Lausche Genossen des jahrhundertealten Brandes / nach dem schwarzen Ruf Afrikas an die Amerikas / Es ist das Zeichen der Morgenröte / das Bruderzeichen, das den Traum der Menschen nähren wird«).

Und von Leopold Senghor (»Totem / ich muß ihn in meinen fernsten Adern verbergen / den Ahnen mit seiner Haut aus Sturm, durchschossen von Wetterleuchten und Donner / meinen Tier-Wächter, ich muß ihn verbergen, damit ich die Mauer des Skandals nicht durchbreche / er ist mein treues Blut, das Treue fordert / und meinen nackten Stolz beschützt / vor der Geringschätzung glücklicherer Rassen«).

Eine halbe Stunde später sitze ich zwischen anderen Totems; Totem Gitane, Totem Rafael Quinquina, Totem Pernod, Totem weiße Leiber im Bikini, Totem Krebs und Totem Auster, alle zusammen auf einer terrassenartigen Enklave, die man auf Pfählen hoch über dem Ozean erbaut hat. In der Ferne, auf einem paradiesischen Hügel, winkt der Palast des Dichter-Präsidenten, die Sonne knallt vom Himmel herunter, am Strand liegen die schwarzen Körper, ich knacke eine Garnele und lese in *Le Soleil*, daß sich ein junger Mann in der Avenue Lamine Guèye aus dem vierten Stock gestürzt hat, daß die Armee in China ihre Macht ausweitet, daß der Catchweltmeister Power Mike im Stadion Demba Diop zu einem Kampf antreten wird und daß der Botschafter von Guinea Dakar unverzüglich zu verlassen hat.

Wer jetzt noch auf der Straße unterwegs ist, geht langsamer. Später am Nachmittag spaziere ich noch einmal zum IFAN und treffe meinen Mann an. Zum erstenmal mache ich Bekanntschaft mit dem merkwürdigen, spinnwebartigen Mißtrauen, das ich danach noch so oft in Mali antreffen werde. Empfehlungsschreiben? Informationen? Aber wer schickt Sie denn? Erst als sich herausstellt, daß ich einen Artikel von ihm in *Présence Africaine* gelesen habe, daß ein Sekretär von Chaban-Delmas[2] mir seinen Namen genannt hat, fahren wir gemeinsam zu einer Caféterrasse am Meer. Heute sehe ich in meinem Notizbuch, daß eine Frau mit einem turmhohen silbernen Kopftuch vorbeigekommen sein muß, daß ein brauner Geier über dem Strand schwebte, ein Räuber, wie bei uns die Möwen, und daß ein wildvioletter Stofflappen auf ein paar schwarzen Felsbrokken lag, aber eigentlich erinnere ich mich nur noch an das Ende des Gesprächs, als er sich an seinem Auto zu mir drehte und sagte: »Soyez discret«, und, nachdem er eingestiegen war, aus dem Fenster hinzufügte: »Und nennen Sie meinen Namen nicht.« Aber Holland, so weit, und wer liest das schon? »Ja, aber trotzdem.« Er hat mir dann eine Liste mit Namen gegeben, Minister, Leutnants, Schriftsteller, prophezeit aber, daß niemand mit mir wird sprechen wollen. »Mein Land befindet sich gerade im Übergang. Jeder achtet auf jeden. Und jeder kennt jeden. In Ländern wie dem unseren ist die Elite nur klein. Alle sind irgendwie miteinander verwandt.« Er erzählt mir von der im Vergleich zu Europa viel angeseheneren Position des Intellektuellen in Afrika. »Die afrikanische Masse empfindet große Bewunderung für und Vertrauen in die Bildung, die sie selbst nicht genossen hat.« Er ist Moslem, »so wie Sie vielleicht Katholik sind«, sagt aber, daß trotz mehrerer hundert Jahre Islam der Animismus bis dicht unter der Oberfläche nach wie vor große Macht hat. »Sie dürfen nicht vergessen, im Gegensatz zum Islam kennt der Animismus keine Sünde. Das ist ein Begriff, der uns eigentlich fremd ist.« Senghor ist, obwohl er ihn bewundert, für ihn ein »weißer Neger«, und das Buch seines Landsmanns Ouologuem, *Das Gebot der Gewalt*, ein in aller Welt übersetzter Roman, eine gewalttätige Privatmythologisierung malischer Zustände, tut er ab als »europäisches Buch«. »Alles, was Sie darin an Erotik finden, ist erlogen. Es ist europäische Erotik. Für den afrikanischen Mann existiert die Frau nicht. Damit werden alle Ihre Vorstellungen von Erotik ungültig, nicht wahr?«

Eine weitere kosmische Nacht in meiner Hütte, und dann zum Flughafen, wo die Hölle ausgebrochen ist. Vor dem Schalter der Air Afrique haben sich Gladiatoren in den Kampf geworfen. Jeder will als erster einchecken, und dadurch dauert alles viel länger. Es ist der absolute Hexenkessel, es wird geschubst, gerammt, reiche Senegalesen lassen Träger für sich schreien und drängeln, die Abflugzeit rückt näher, und der arme Bleichschnabel aus Holland ist noch keinen Schritt weiter. Leichte Panik. Es gibt nur eine Maschine nach Bamako pro Woche, also: die Instinkte gegürtet und mitgeschubst. Eine halbe Stunde später entsteige ich mitsamt Ticket dem schwitzenden, schreienden Haufen. Ein dicker amerikanischer Schwarzer kommt auf mich zu und fragt: »Würden Sie dem Mann bitte erklären, daß ich ihn nicht gebeten habe, meinen Koffer einchecken zu lassen. Er will Geld, und ich habe dieses Scheißgeld nicht mehr.« Der Träger, noch schwitzend vom Mich-beiseite-Schieben, steht in seinem langen braunen Boubou da wie das Standbild des Bittstellers und lispelt von Zeit zu Zeit »Dollar, Dollar«, was den Intentionen der Dichter der Négritude wohl nicht entsprechen dürfte. Tatsache ist, daß viele Afrikaner eine ausgesprochene Abneigung gegen amerikanische Schwarze haben, ein Fall von beiderseits durcheinandergebrachter Optik. Der Amerikaner, ob schwarz oder nicht, der sich eine Gesellschaftsreise nach Afrika leisten kann, muß außerhalb der Großstädte mit einem für ihn unvorstellbaren Mangel an Komfort zurechtkommen. Der Schwarze in einer solchen Reisegesellschaft, der zwischen seinem Abstammungstraum und einem schwer zu unterdrückenden bürgerlichen Überlegenheitsgefühl in bezug auf die für ihn »primitiven« Rassegenossen hin und her schwankt, macht auf die Afrikaner häufig einen – gewollt oder nicht gewollt – arroganten Eindruck. Er findet es schwierig, sich in Gesellschaft von Weißen und des Französischen nicht mächtig von Schwarzen bedienen zu lassen, wird aber amerikanisch-grätig, wenn es zu lang dauert. Selbst mit wieder ganz anderen Komplexen beladen, schnalle ich mich auf dem letzten verbliebenen Sitz der Caravelle an und ertappe mich bei der Frage, ob uns ein weißer oder ein schwarzer Pilot fliegen wird. Was ist das? Flugneurose oder doch eine in der Kniekehle verborgene rassistische Angst? Doch Schwarz ist die Farbe des Piloten, in Afrika abzustürzen ist besser, als in den Moorkolonien zu verrecken, und nach einem mehrstündigen Flug über eine völlig ausgedörrte, steinige Landschaft landen wir in Bamako. Das ist doch mal was anderes. Heiß. Der Boden trocken und staubig. Und die merkwürdige Stille eines Flugplatzes, auf dem lediglich eine Maschine steht. Man dreht sich um, und da steht es, das Ding, in dem man gerade geflogen ist, ein prähistorischer Koloß, und darunter ein paar Menschen. Die meisten fliegen weiter nach Ouagadougou, der Hauptstadt von Obervolta.

Zu mir gehört bereits ein kleiner, gedrungener Mann mit einem Lumumbaspitzbart. Das ist eine Kunst. Der eine beherrscht sie und der andere nicht. Es passiert in Südamerika, in Spanien, in Marokko, in ganz Afrika. Jemand, der sich zu einem gesellt, der einen adoptiert. Er schaut außerordentlich grimmig, sagt kein Wort und wird ein großer Freund. Ich hatte in diesem immerhin totalitär regierten Land eine strenge Kontrolle erwartet, doch der Blick auf dem Staatsporträt von Leutnant Moussa Traoré ist eher melancholisch als streng, und die ganze Ausfüll- und Gesundheitszeremonie geht mit sanfter Ergebenheit vonstatten. Zehn Minuten später sitzen wir in einem grün und grau angemalten alten Peugeot. Gestern war ich noch in einem Land, das ich auch schon Afrika nannte. Doch das hatte etwas Verlockendes, Leichtes, Gefälliges. Hier ist Schluß mit allem Unsinn. Mali ist riesig, eine ergreifende, massive, fruchtlose Unendlichkeit, trocken und verlassen. Eine Landschaft, die unvorstellbare Kraft und zugleich eine beispiellose Melancholie zum Ausdruck bringt. Ein Mondland, aber mit Menschen. So, das reicht, denke ich, als ich das denke, doch wie alle extremen Landschaften nistet sich auch diese in mir ein, um nie wieder zu verschwinden.

Vor dem Hotel gibt mir der Fahrer seine Karte. Yanussa Sagou, Chauffeur, Transporteur, Oulofobougou, Rue 106 x 137, Bamako, République du Mali. Ein Entrinnen ist nicht mehr möglich. Zu Fuß gehen wird schwierig. Er kommt heute nachmittag um drei Uhr wieder. Das Hotel ist zu schön, um wahr zu sein. Ein schmutzfarbener kolonialer Kasten an einer Straße mit irrsinnig hohen Bäumen. Die Eingangshalle ist eine Art Atrium, wo sich alles mögliche abspielt. Bedienstete mit langen grünen Pluderhosen und einem unbestimmten, trägen Lächeln ziehen durch die Kulisse, die in Nationaltracht gewandete Schwarze an der

Rezeption ist ebenfalls viel zu schön, und in den Sesseln sitzt die Art von Volk, die in schlechten Filmen immer auf einen Haufen geworfen wird, wenn wieder einmal eine internationale Linienmaschine in einer unerreichbaren Wüste notlanden muß. Das reicht von dubiosen, mafiosen Maskenhändlern, ehrenamtlichen Entwicklungshelfern, die für einen Tag aus dem Busch in die Stadt gekommen sind, schallend lachenden genialen Schwarzen, die gerade wieder eine neue Ladung frisch angefertigter Masken mit ein wenig Salzsäure in der Erde vergraben haben, bereit zum Export im nächsten Jahr, bis hin zu einem Angehörigen einer finnischen Handelsmission, drei steinalten Australierinnen sowie einem Leutnant in Fallschirmjägeruniform mit aufgerollten Ärmeln, einem streng blickenden Angehörigen der neuen Elite. Die große Welt! Mein Zimmer ist ein hoher grauer Raum. An der Wand eine deutsche Reklame, »Adel verpflichtet«, an der Decke ein Riesenpropeller und in der Außenwand, in einem grob herausgehauenen Loch, eine Klimaanlage, die mit einem donnernden Knall loslegt und auch weiterhin so viel Lärm macht, daß ich sie abschalte. Auf dem Bett eine knallharte Strohrolle und ansonsten nur die Erinnerungen an die heißen Nächte längst zu Staub zerfallener Kolonisten.

Ich kaufe einen Stadtplan, entwische Yanussas wachsamem Blick und gehe dorthin, wo sich meiner Meinung nach der Markt befinden muß, entlang der Bahnlinie, die aus Dakar kommt und hier in Bamako steckengeblieben ist, vorbei am Leprainstitut, vorbei an einem aschgrauen Mann, der wie tot im Straßenstaub liegt. Es wird langsam heiß. Und dann passiert es. Ich kann es nicht anders nennen: Ich stehe auf dem Markt und stürze kopfüber in eine andere Zeit, eine andere Wirtschaft, ein anderes *Verhalten*, ich falle aus meiner Welt und nicht in die ihre, werde zu einer Art schrecklichem *outcast*, einem wahren Fremden. Das erste, was mir dazu einfällt, ist, daß es alttestamentarisch ist, was immer das bedeuten mag. Wahrscheinlich meine ich damit nur »uralt« im Sinne von altertümlich, etwas, das hätte untergegangen sein müssen, etwas, das schon lange nicht mehr existiert. Nirgendwo, in keinem einzigen anderen Land, habe ich dieses Empfinden gehabt, immer gibt es irgendwelche Vorbehaltsklauseln, Verweise. Hier nicht. Eine tausendköpfige Menge, die sich über Kilometer erstreckt, sich glücklich in sich selbst bewegt, alle möglichen Stämme und Kleider, jeder ganz mit etwas beschäftigt, Gruppen von Männern in weiten Umhängen mit Turbanen, heulende Schafe, Erzväter, Frauen mit Kindern auf dem Rücken, getrocknete Fische, Hirse, Schilf, merkwürdige Steine, schlammfarbene Soßen, Früchte, Herzen, Därme, Gewürze. Mir schwindelt buchstäblich, aber ich kann nicht mehr aufhören, immer weiter gehe ich hinein. Niemand versucht einen, wie in Dakar, mit Dingen zu verfolgen, die man überhaupt nicht haben will, wenn mich nicht ab und an jemand anlachte, würde ich glauben, unsichtbar zu sein. Jetzt verstehe ich den französischen Ausdruck »un bain de foule«, ich nehme ein Bad in der Menge, tauche ein in eine Lebensart, deren letzte Schatten bereits vor Jahrhunderten aus meiner Welt verschwunden sind – noch während ich hier bin, packt mich das Heimweh. Noch nie im Leben habe ich so viele schöne Menschen gesehen – die Frauen gehen wie balinesische Tänzerinnen, niemand trägt europäische Kleidung, ein schwebendes, schwingendes, schreiendes Farbenmeer. An einem kleinen Wagen trinke ich ein Stork (la bière adaptée au climat) und merke, daß ich mir einen Hut kaufen muß, der arme weiße Kopf ist dem allen nicht gewachsen, doch der einzige, den ich bekommen kann, ist ein schwerer, in einer hohen Spitze auslaufender, aus Zweigen geflochtener vietnamesischer Hut. Solchermaßen unbeschreiblich vermummt, wandert 006 zurück ins Grand Hôtel und schluckt seine tägliche Chinintablette gegen Malaria.

Nun beginnen Tage voller Sinn und Unsinn. Verschiedene Szenarien laufen durcheinander. Das erste Szenarium ist das des Journalisten, der zuviel wollte, der die sich aus den so unterschiedlichen Bevölkerungsgruppen und ihrer Geschichte ergebenden Komplikationen verstehen wollte, der in Paris eine Reihe von Abhandlungen über die mythischen Kaiserreiche gekauft hatte, die es zur Zeit unseres Mittelalters in Mali bereits gab und von denen kaum materielle, dafür aber viele orale Erinnerungen übriggeblieben sind, der hier jedoch an einem Zuviel an mitgebrachter Spezialdokumentation und einem Zuwenig an historischer Sichtbarkeit scheitert. Unter den dreiundzwanzig (!) verschiedenen »Bevölkerungen« sind die Bambara, die Peul, die Senufo, die Tuareg, die Mauren, die Sarakole, die Songhai und die Malinke die wichtigsten. Sie sind in hierarchische Kasten unterteilt. Sie erkennen die Herkunft anderer an deren Namen, wissen, selbst in diesem Jahrhundert noch, ob sie aus einer Familie von Kämpfern, Aristokraten, Sängern, Schmieden, freigelassenen Sklaven oder Händlern stammen. All diese Nuancen entgehen dem oberflächlichen Besucher, und ich frage mich, was schlimmer ist: es einfach nicht zu wissen oder sich quälend bewußt zu sein, daß einem ein wesentlicher Teil einer Gesellschaft völlig entgeht.

Für junge afrikanische Intellektuelle ist dies ein schwieriger Streitpunkt. Einerseits stolz auf ihre Geschichte, die aus Vielfalt, inneren Auseinandersetzungen und jahrhundertealten Traditionen besteht, wollen sie diese bewahren, abgrenzen gegen die ihnen aufgezwungene europäische Geschichte, die für sie soviel weniger real ist, bestenfalls ein ebenso tribalistischer und gefräßiger Interessenkampf, der nur deshalb gelernt werden muß, weil Europa hier noch immer viel zu sagen hat. Andererseits soll nun gerade dieser Aspekt ihrer Geschichte ausgemerzt werden, soweit er noch immer alltägliche Realität ist: Denn wie will man einen modernen Staat schaffen, der schon gleich zu Beginn an antiquierten Gegensätzen und Traumata scheitern könnte? In einer Schrift der Regierung von Mali heißt es dazu: »Mit dem Ziel, die Sitten und Bräuche des Landes zu vereinen und zu demokratisieren sowie die sozialen Strukturen der modernen Entwicklung anzupassen, hat eine kürzlich getroffene Maßnahme der Regierung dem Unterschied zwischen Rassen und Kasten innerhalb der Landesgrenzen ein Ende gemacht.« So einfach wird es wohl nicht sein. Wenn ich mit Yanussa auf den Straßen oder dem Markt herumgehe, zeigt er mir untrüglich, wer von wo kommt, jetzt oder schon vor längerer Zeit, und als ich mit einem in Bamako lebenden Schriftsteller das Telefonbuch durchgehe, dreht sich alles nur um Kaste und Rasse. Das wird zwar anekdotisch gebracht, als nicht mehr existierend und ohne wirkliche Konsequenzen, doch bei seinem eigenen Namen merkt er an, daß dieser (Diabété) »Barde« bedeute, daß im Grunde damit überall und für jedermann eine soziale Schicht erkennbar sei und daß alle »Barden« einander bis in den Tod beizustehen hätten, daß das natürlich nicht mehr so sei, aber dennoch ... und so weiter. Das Ntu-Editorial (Ntu ist Bantu und bedeutet Mensch oder Menschheit) drückt es noch deutlicher aus: »Wir wollen mit der europäischen Methode brechen, die die Afrikaner in Neger, Bantu, Niloten, Hamiten usw. einteilen will. Diese Unterscheidungen sind für uns sinnlos, weil sie nicht auf einer Tiefenanalyse der afrikanischen Philosophie beruhen. Ihre imperialistische Klassifikation interessiert uns nicht, es geht um unsere gemeinsame Haltung gegenüber dem Leben, der Kultur, den Traditionen ...«

Unterdessen graben die afrikanischen und europäischen Schatzsucher in aller Ruhe weiter. Wer sich im Afrika-Institut in Leiden einen Überblick über die unvorstellbare Menge und Vielfalt an historischen, ethnologischen, soziologischen Studien verschafft, dem beginnt es schon bald zu schwindeln, und dieses Schwindeln führt bei mir zu einem Knockout der Bewunderung, wenn man sich klarmacht, daß jede dieser Studien eine Arbeit von Jahren ist, jedes kleine Spezialgebiet oft eine restlose Identifizierung mit dem Thema bedeutet, was wiederum endloses und geduldiges Forschen vor Ort, oft unter äußerst schweren Bedingungen, bedeutet, ein Graben und Freilegen in dieser unermeßlichen Schatzkammer der Sprache, Philosophie und Tradition, die Afrika ist. Ich greife auf gut Glück irgend etwas aus den Themen zweier willkürlich gewählter Ausgaben der *Cahiers d'études Africaines* heraus, die bei Mouton in Den Haag erscheinen: »Psychose und sozialer Wandel bei den Tallensi im nördlichen Ghana; Der nordafrikanische Staat Tahert und seine Beziehungen zum westlichen Sudan am Ende des 8. und während des 9. Jahrhunderts; Einheit und Dualismus des Begriffs des ›Bösen‹ bei den östlichen Bantu; Der feudale Charakter des politischen Systems der Mossi; Bericht der ethno-linguistischen Mission im Kamerun; Psychopathologische Studie der Wanderbewegungen im Senegal.« Mit anderen Worten: Man kann sich arm kaufen und blind lesen, und mir als Laien bleibt davon: Nun, da ich hier bin und mich umsehe, habe ich das Gefühl, das ich als Kind hatte, als ich zum erstenmal auf Eis ging, auf den frisch zugefrorenen Loosdrechtse Plassen, eine geheimnisvolle Welt unter den Füßen, voll von Pflanzen, Tieren, Geheimnissen, nicht zu deuten, aber sehr präsent.

Das zweite Szenarium ist noch viel aberwitziger. Wer in Mali fotografieren will, benötigt eine Genehmigung. Und wer berufshalber fotografieren will, benötigt noch viel mehr Genehmigungen. Die haben wir nicht, und sich ohne Genehmigung an die Arbeit zu machen ist riskant, da man für gewöhnlich sofort verhaftet wird und es Insidern zufolge höllisch schwer ist, den Zuwiderhandelnden wieder aus seiner Zelle zu kriegen. Bewaffnet mit großartigen Instruktionen, eröffnen wir den Reigen durch die Ämter. Vergiß es! Tagelang prallen wir gegen eine Mauer höflicher Bürokratie, unsinniger Bestimmungen, verirren uns in einem Labyrinth glutheißer Warteräume. Die Bestimmung, so erklären uns immer wieder andere geschliffene Herren an immer wieder anderen Schreibtischen, ist eine Hinterlassenschaft des vorigen Regimes, als jegliche Freiheit eingeschränkt war. Aber dieses Regime ist doch schon seit zwei Jahren verschwunden! Ja, aber die Bestimmung gibt es noch. Alle sind sich darüber einig, daß sie unsinnig ist und in diametralem Gegensatz zu allen Regierungserklärungen steht, wonach man den Tourismus fördern wolle. Wir steigen immer höher, rauchen Dunhills mit kleinen, Deutsch sprechenden Schwarzen in europäischen Anzügen und Sobranies mit großen, Französisch sprechenden Schwarzen in wildbestickten Boubous, bekommen auf diese Weise eine Menge Freunde, nicht aber das gewünschte Papier. Abends, bei einem Whisky in der staubigen Bar des Grand Hotel, wird uns erläutert: Der eine will die Genehmigung nicht vor dem anderen erteilen, jeder ist auf der Hut, jeder möchte gedeckt sein, »diese Bürokratie ist unser Fluch, darum geht nichts und klappt nichts«, und dann kommen die Geschichten von einem italienischen Journalisten, der etwas Häßliches geschrieben habe, und andere europäische Kommentatoren hätten sich auch nicht eben schmeichelnd ausgedrückt. Ich weiß gar nicht mehr, wie das alles ein Ende fand, jedenfalls kam eines Tages irgend jemand von irgendwoher aus dem Ausland zurück, der seine goldene Unterschrift unter das Papier setzte, und jetzt können wir mit dem dritten Szenarium beginnen, dem von Yanussa. Der wiederum hält das ganze Getue um diese Genehmigung für Blödsinn. Wenn wir ihn die Sache hätten regeln lassen, sagt er, wäre alles längst in Ordnung. Auch von dem Besuch eines fern der Stadt gelegenen Naturparks hält er nichts. Er habe schon so oft »toubabs« (Weiße) dorthin gebracht, und dann hockten die den ganzen Tag herum und warteten, bis ein Elefant vorbeikäme, und wenn der nicht käme, denn es gebe fast keine, seien sie böse. Warum wir nicht in den Zoo gingen? Da sind die Elefanten einfach zu Hause. Also fahren wir in den Zoo, der zwischen der Stadt und dem Präsidentenhügel liegt. Unterwegs, nach den letzten alten Kolonialhäusern, sehen wir in hellen Farben gemalte Schilder, die Flugreisen nach Budapest, Ost-Berlin und Moskau anpreisen, ein leiser Wink für den Präsidenten, der hier täglich in einer schnellen DS, umgeben von einer klassischen Eskorte ernst blickender Motorradfahrer, vorbeifährt. Weil die Stadt so klein ist, habe ich ihn schon ein paarmal gesehen, einen langen, athletischen Mann mit traurigen Augen. Zusammen mit drei Tuareg sind wir die einzigen Besucher des Zoos, der aus ein paar verwahrlosten Käfigen mit wenigen Tieren besteht. Die Tuareg sind nicht so Yanussas Fall, und sie sehen tatsächlich furchterregend aus, groß und geschmeidig und mit wettergegerbten Adlerköpfen unter den Turbanen. Sie kommen in die Stadt, um bearbeitete Lederwaren zu verkaufen und Waffen zu kaufen, und haben sich jetzt einen freien Nachmittag gegönnt, um die Tiere ein bißchen zu ärgern. »Rassisten sind das«, sagt Yanussa, »ils sont très, très méchants, und sie treffen nie daneben.« Und so trotten wir weiter, die Hitze wie einen Rucksack mit uns schleppend, vorbei an *mali,* dem Nilpferd, *sulawula,* dem roten Affen, *srugu,* der Tüpfelhyäne, und *bakorongourou,* der Wildkatze. Sie haben etwas Trauriges, diese Tiere, zu Hause und doch gefangen, leicht bösartig und trübselig sitzen sie an den verrosteten Gitterstäben im harten, trockenen Gras, das sich im Käfig fortsetzt. Ich möchte die Namen der Bäume wissen und frage, indem ich auf sie zeige. »Ein französischer Baum«, sagt Yanussa. Und der da? »Auch ein französischer Baum.« Als Naturforscher werden wir es nicht weit bringen. Dann fahren wir wieder zurück in die Stadt, zur kleinen Moschee in seinem Wohnviertel, wo gegen sieben das Gebet beginnen soll. Er parkt das Auto direkt vor dem Gebäude, und so sehen wir, wie ein kleiner Lieferwagen, ein Peugeot, alle paar Minuten zurückkommt und immer wieder neue alte Männer abliefert. Es ist der Besitzer eines Kinos, ein gottesfürchtiger Mann, der täglich freiwillig die Ältesten abholt. Manche gehen hinein, andere setzen sich draußen in den Sand, in ihre weiten Gewänder gehüllt, sie grüßen sich mit langsamen Gebärden, dann erscheint plötzlich ein langer, magerer Mann in einer grellblauen Dschellaba und beginnt zu singen. Das Licht ist aschfarben geworden, die Stimme bohrt sich hart in den Abend, die alten Männer begeben sich mit krabbenartigen Bewegungen durch den Sand in die Moschee, durch den Eingang sehe ich sie beten und sich verneigen. Ich frage, ob wir nicht stören, aber Yanussa sagt: »Sogar wenn sich eine Schlange vor ihn setzt, sieht ein echter Muselman während des Gebets nicht auf.« Das sitzt. »Und warum bleiben manche draußen im Sand und beten?« »Weil ihre Kleidung nicht in Ordnung ist.«

Als wir wegfahren, sagt er plötzlich: »Chruschtschow hat in Moskau zu unseren Studenten gesagt, daß es keinen Himmel gibt.« Ich frage ihn, wie er darüber denkt, doch als einzige Antwort zuckt er mit den Achseln und sagt kryptisch: »Nous, les noirs, on se trompe trop vite.« Ich frage ihn, was er von den Chinesen hält, von denen es hier eine Menge gibt. Als Antwort fährt er uns am sehr geschlossenen Tor der chinesischen Botschaft vorbei, grell lackiert, ein Tor aus einer Opernkulisse. Es ist niemand zu sehen. »Wir finden die Chinesen so häßlich«, sagt er. »In der Schule schimpfen die Kinder sich gegenseitig Chinese. Aber sie arbeiten hart. In Mopti haben sie in sechs Wochen ein Hotel gebaut. Und nach sechs Uhr abends sieht man sie nirgends. Sie sind immer unter sich. Wir respektieren sie. Sie tun viel für uns. Die Patres auch. Die Russen nicht. Die Russen sind Ausbeuter. Die schauen auf uns herab.«

»Und die anderen?« »Les autres? C'est bon. C'est le tourisme, c'est le commerce. Avant, sous Modibo, ce n'était pas bon. Pas de commerce, pas de touristes, pas de travail.« Und, während er mit seinem kerzengeraden afrikanischen Finger zwischen meine Augen zeigt: »Et pas de travail, pas d'argent.« Und kein Geld, keine Frauen oder, besser gesagt, kein Geld, keine Heirat. Denn ins Bett gehen kann man mit einer Frau zwar, aber man bekommt sie nicht aus ihrem Elternhaus oder darf nicht zu ihr ziehen, wenn man nicht erst eine Mitgift bezahlt hat. Die Regierung hat diese jetzt offiziell auf 100 000 Francs festgesetzt = etwa 600 Mark, aber, sagt Yanussa trübe, es können auch durchaus 300 000 werden. Ich frage ihn, ob er verheiratet ist. Nein, er ist geschieden. Und als sie ging, mußte er noch einmal zahlen. Jetzt wohnt er bei seiner Familie. Für eine neue Frau hat er kein Geld. »Ein Mädchen vom Land kann ich zwar nehmen, aber man weiß ja, wie das läuft, man bringt sie in die Stadt, man bringt ihr alles bei, bis sie kultiviert ist, und dann kommt ein schöner, großer Typ, und weg ist sie.« An seinem Ton merke ich, daß ihm das wahrscheinlich selbst so ergangen ist. Ist er jetzt allein? Nein, eine Freundin hat er schon. Was machen sie, wenn ein Kind kommt? Oder nimmt sie die Pille? Die Pille? Nein, das ist nichts für uns. Warum nicht? Darum nicht. Ce n'est pas pour les noirs. Aus. Er ist der Meinung, ich müsse jetzt die letzten Reste des Sonnenuntergangs über dem Niger sehen, fährt aus der Stadt, über die große Brücke, stellt das Auto ab, und gemeinsam spazieren wir durch den Sand am Fluß entlang. Das große Sonnenrad versinkt in der leeren Ebene, der Fluß ist flach und still, wir setzen uns auf das umgekehrte Gerippe eines Bootes zwischen plappernden Perlhühnern. Ein Stück weiter sind Fischer mit Netzen beschäftigt, drei Frauen, hieratische Tanzkörper wie Scherenschnitte gegen das Sonnenlicht, waschen sich im schwärzer werdenden Wasser, Jungen zimmern an einem Boot und unterhalten sich leise auf Manding, ein Mann in weiten Tüchern kniet mit dem Rücken zum letzten Sonnenhauch nieder und verrichtet sein Gebet beim Schilf, eine Gruppe schwarzer Vögel zieht vorbei und verschwindet in der selbst im Dunst verschwindenden Ebene.

Wir fahren in die Stadt zurück. Überall herrscht großer, süßer Frieden. Auf dem weiten Sandplatz rund um die Moschee hocken Männer, in ihre Umhänge gewickelt, und essen im Schein kleiner Feuer und Fackeln. Ich frage, was das für Menschen sind, und Yanussa sagt: »Sie haben keine Familie, bei der sie essen können.« Es sind große Kreise, meist jüngere Männer, es wird Musik gemacht, leise gesungen, sie essen geröstete Fleischstücke oder orangefarbenen Reis aus Schalen. »Sie kommen von außerhalb und arbeiten hier in der Stadt.« Wo schlafen sie? »Überall.« Am Bahnhof das gleiche Bild. Menschen sitzen und liegen in der Halle und auf den Bahnsteigen. Ein alter Schwarzer scheißt, das Gesicht zur Mauer gewandt. Von hier aus fährt der Zug nicht weiter nach Afrika hinein, end of the line, und heute gibt es überhaupt keinen Zug, und vielleicht kommt nie mehr einer. Die Uhr ist zerbrochen und ist auf einer imaginären Zeit stehengeblieben. Ich kaufe ein Päckchen Liberté und kehre ins Hotel zurück.

Der Speisesaal ist so gut wie verlassen, das Essen ist anderswo besser. Während ich auf meiner *capitaine,* einem großen Flußfisch, herumkaue, überkommt mich eine gelassene Traurigkeit. Häßlicher geht's wirklich nicht. Die Decke ist grau, darauf sind Hütten in einem unwirklich fahlen Nachtlicht gemalt, als schiene ein Neonmond auf eine aschgraue Erde. Die Vorhänge waren einmal gelb, die orangefarbenen Tischtücher sind verschossen, an den schmutzigen Wänden hie und da eine staubige Maske, sinnlose Kühler auf jedem Tisch, zwei Kronleuchter, in denen kaum noch eine Birne brennt, und die noch brennenden tun dies in verschiedener Stärke, die Stühle sind grün, und neben mir scheint eine grell orangefarbene Lampe an die Wand. Irgendwo hinter einer Säule höre ich eine kauende Stimme sagen, »At the embassy they take American money«, und so wütet der maßlose Abend weiter.

Ein paar Stunden später bin ich mit einem jungen Schriftsteller verabredet. Ich werde von aggressiven Hunden empfangen, die sich erst nach Minuten beruhigen. Am Telefon hat er mir bereits ganz nachdrücklich gesagt, er wolle nicht über Politik sprechen, auf gar keinen Fall. Als ich komme, ist er nicht da. Seine weiße Frau spricht geringschätzig über die anderen Franzosen. »Die glauben, es ist immer noch wie vor fünfzehn Jahren.« Wir trinken Whisky und sitzen auf der halbdunklen Veranda im raschelnden, sich bewegenden, immer kühler werdenden Abend. Ich erzähle ihr, daß ich in Paris einige Bücher ihres Mannes gekauft hätte, Aufzeichnungen klassischer malischer Geschichten, daß ich aber vieles davon nicht verstünde. Eine Stunde später kommt er, eine lange, leicht schwankende Gestalt mit zögerndem Augenaufschlag. Was ich wolle? Wenn ich etwas über Politik wissen wolle, habe er nichts mitzuteilen, und wenn ich, abgesehen von offiziellen Sprechern, Leute fände, die etwas sagen würden, seien dies Leute, die kein Risiko eingingen und daher »keine Rolle spielten«.

Erst später bekomme ich aus ihm heraus, daß man ihn vor kurzem aus einem bedeutenden Regierungsamt entlassen hat, und am darauffolgenden Morgen höre ich, daß in dieser Nacht verschiedene Gewerkschaftsführer verhaftet worden sind. Er versucht, mir etwas über das labyrinthische Mosaik der Kasten und Sklaven begreiflich zu machen, die jeweils eigene Regeln und Riten haben. Inzwischen gibt es natürlich keine Sklaven mehr, doch am Namen ist noch zu hören, von welcher der *vier* Kategorien von Sklaven jemand abstammt, genauso wie man seinem Namen, Diabété, anhören kann, daß er ein Nyamakala ist, aber kein Noumou (Schmied) oder Laobé (Holzbearbeiter), sondern ein Dialé, ein Barde, Sänger, Dichter, Schriftsteller. Sie rangieren unmittelbar nach dem Adel, der selbst wieder in drei Hauptkasten unterteilt ist, kurzum, eine Welt aus Zeichen und Bedeutungen, gegen die das englische Klassensystem verblaßt, komplizierter als der Gotha oder ein Katalog mit Klubkrawatten. Er ist besessen von der mündlichen Erzähltradition seines Landes und zieht in seiner Freizeit aus, um alte Geschichten auf Band aufzunehmen – als Dialé hat er Zugang zu allen anderen Dialés, und überall gibt es alte Männer, die die manchmal aus dem 12. oder 13. Jahrhundert stammenden Gesänge noch kennen. Er läßt mich ein Band hören. Ein Saiteninstrument spielt in eintönigen, sich aber ständig verschiebenden Kreisen. Dann setzt eine hohe Altmännerstimme ein und singt das Epos vom mythischen Kaiser Sun Jata. Wir lauschen schweigend, doch wie unterschiedlich! Ich höre nur Musik, sonst bin ich von einer schrecklichen Taubheit umfangen, ich werde zum Papua in einer Oper von Alban Berg, hoffnungslose Dummheit überkommt mich, dies ist mir verschlossen, jedes Wort, jeder Klang bedeutet etwas, und dahinter noch etwas, und ich bin nur einer, der auf einer Terrasse sitzt und Töne hört. Er beginnt leise zu übersetzen: »A di benye labo a kala do / er nimmt die Pfeile aus dem Köcher – K'a la birilan basilan lu kima / er bedeckt sich mit Kleidern voll Fetisch – K'a n'i lo were da la / er ist aufs Land hinausgezogen – K'a dun wèrè kono wara nofè / er ist auf den Löwen zugegangen – K'a bun bènyè la wara ba / er hat seinen Pfeil auf den Löwen abgeschossen«, doch er will immer mehr erzählen, mehr erklären, schreibt Dinge auf, und je mehr ich verstehe, um so mehr verstehe ich, was ich nicht weiß, bis wir es aufgeben und in der raunenden Nacht nur noch der Stimme lauschen, die nach zwei, drei Generationen nichts mehr bedeuten wird, dann erst richtig alt, als konservierter Mythos auf einem Regal eines von der UNESCO bezahlten Museums beigesetzt, eine afrikanische Erinnerung an große Zeiten, heilige Helden, Geschichte, bis das Weltdorf den absoluten Ausgleichstreffer erzielt und was, wo auch immer, dem Volk gehört hat, zum teuren Spielzeug für eine taube Nachwelt wird.

Wir nehmen sentimental Abschied voneinander, und ich gehe durch dunkle Alleen auf gut Glück in die Stadt, die übrigens aus kaum etwas anderem als Alleen besteht, ein tropisches Baarn mit ein paar verfallenen Ministerien, anderthalb Hotels, in Nebenalleen versteckten Botschaften in heruntergekommenen Kolonialhäusern und *einer* höheren Schule, vor der jetzt ein Wagen mit bewaffneten Soldaten steht. Ich nehme ein Taxi und frage, ob ich irgendwo Tänze sehen kann. Ja, hinter der großen Moschee üben die Schüler, die einen Platz im Nationalballett anstreben. Als ich durch das Tor auf den Innenhof gehe, höre ich bereits die Trommeln. Abgesehen von zwei Jungen gibt es keine Zuschauer. An einer langen Schnur, die irgendwo aus einem dunklen Gebäude kommt, brennt *eine* Birne. In diesem unbestimmten Licht sehe ich die Tanzenden. Ich weiß nicht, wie lange ich da gesessen habe, in der Nacht verborgen, von keinem bemerkt. Immer heftiger wurden die Rhythmen, die Tänzer, Jungen und Mädchen, schlugen mit ihren nackten Füßen auf den Boden, als wollten sie die Erde wegtreten, ich erinnere mich an eine keuchende Drohung, irgendeine gewaltige animalische Kraft, als wären sie alle zusammen ein großer, wütender, schwitzender, stampfender Körper, immer weiter aufgewirbelt, anschwellend und schrumpfend, mal zwei feindselige Schlangen, mal ein schwarzer, düsterer, uneinnehmbarer Block, nicht die Abstraktion eines Balletts, sondern tanzendes Dasein, nur noch Tanz sein, jede Bewegung weiter und schneller gedehnt, als ich sie je einen Körper habe ausführen sehen, gleichzeitig ein donnernder Schlag in mein Gesicht und eine, mein Gott, was für ein Wort, erhabene Übung in Heimweh, ohne zu wissen, wonach, es sei denn nach fernen, verlorenen Möglichkeiten der Einheit mit dem eigenen Körper, oder daß dieser Körper einmal vollständig, ohne Vorbehalte oder Frustrationen, ausdrücken würde, was man *ist,* und nach vielleicht einer Stunde entferne ich mich daraus als jemand, der weiß, wie man eine Sauce dijonnaise zubereitet und wo man in London den besten Fisch ißt, der die Cellosuiten von Bach lieber von Rostropowitsch gespielt hört als von Starker, die früheren Romane von Vestdijk besser findet als die späteren, der schon zweimal in Venedig gewesen ist, lieber das *Handelsblad* liest als *Het Parool* und der sich jetzt mit einemmal vorkommt wie der armselige Diener aus besseren Zeiten. Zur Strafe werde ich die ganze Nacht in meinem lauen Zimmer vom Tanzen träumen, und nicht freundlich. Der Markt, der Zoo, die Soldaten, die Tänzer, alles drängt sich in meinem Traum, verwirrt wache ich auf, trete auf den Balkon und sehe auf der totenstillen Straße unter den sanft fächelnden Tamarinden die offenen Autos mit Soldaten vorbeifahren.

Am darauffolgenden Morgen werde ich von Bernard d'Arras, dem Direktor der UTA, abgeholt, einem hochgewachsenen adligen Franzosen, der seit zwanzig Jahren in Afrika lebt und nie mehr von hier weg will. Ich frage ihn, ob es nicht eine große Veränderung war, vom Kolonialherren zum gewöhnlichen weißen Mitbürger, doch er hat keine Probleme damit gehabt. Man muß sich anpassen können, sagt er und gibt mir eine Kostprobe davon, als er sich wie ein venezianischer Höfling durch kleine Kränze mit Maschinengewehren behängter Soldaten windet, die das Innenministerium bewachen. Ziel: Leutnant Filifing Cissoko, Angehöriger des CMLN, des Militärischen Komitees der Nationalen Befreiung, einer der dreizehn, die Modibo Keita zu Fall gebracht haben und jetzt das Land regieren. Wir wissen, daß das Komitee um neun Uhr zusammentritt, haben ausgerechnet, um wieviel Uhr der Leutnant dazu aus seinem Ministerium aufbrechen muß, und das haben wir so gut gemacht, daß wir plötzlich, auf einem wackligen Holzflur, einem Riesen in Fallschirmjägeruniform mit kühlen Augen gegenüberstehen. Wir versperren ihm den Weg, und das paßt ihm nicht. D'Arras, der genauso groß ist, improvisiert etwas, das irgendwo zwischen einer Verbeugung und einem militärischen Gruß liegt, sagt alle naslang *»mon lieutenant«*, doch mon lieutenant casts a cool eye und läßt uns mit heulenden Sirenen in der Obhut seines Adjutanten zurück, der uns einen Termin für den folgenden Tag gibt. Da ist das Auge noch genauso kühl, die Stimme noch genauso knapp, die Unterhaltung korrekt und militärisch. Dies ist ein Mann der »Kein-Blödsinn«-Generation. Er betrachtet die Tansania-Ausgabe der Zeitschrift *Avenue,* und ich betrachte ihn. Auf seinem Schreibtisch eine fünfundvierzig Zentimeter hohe aluminiumfarbige Lenin-Figur, auf einem Brett in Höhe meiner Knie, vielleicht von einem nervösen Bewerber vergessen, ein revolutionäres Buch von Kim Il Sung. Nein, ich kann den Präsidenten nicht sehen. Der Präsident hat in den nächsten drei Monaten keine Zeit. Ich bekomme aber seine Reden, und damit meine ich: *alle* Reden, auch die, die er anläßlich der Entgegennahme des Beglaubigungsschreibens des schwedischen Botschafters gehalten hat. Der Tenor: sich außenpolitisch nach Möglichkeit offenhalten, möglichst wenig Bindungen. Die Phrasierung ist die eines geschickten Berufsdiplomaten und riecht nach Eminence grise. Und was das Inland betrifft: Ordnung, Aufbau, *ein* Volk, *ein* Glaube, *ein* Ziel, die Freiheit, die Prioritäten nach eigenem Gutdünken festzulegen, angefangen bei der Neuorganisation der Beamtenschaft, die, versunken in »Faulheit, Chaos und Bequemlichkeit«, keine gute Basis für eine »gesunde und dynamische Wirtschaft« darstellen kann. Ende der Unterredung. Er geht zu einer Sitzung des Dreizehner-Komitees und ich zu einem alten Pater aus Brabant, der schon seit über fünfzig Jahren in Mali tätig ist.

Er ist ein drahtiger, kleiner Mann mit einem Ho-Chi-Minh-Bärtchen, sehr pfiffig, der fließend Bambara, Französisch und Brabanterisch spricht, letzteres auch nach all den Jahren noch astrein. Ich bekomme »holländischen Kaffee«, er kann mich kaum hören, doch das macht nichts, ich habe ihm nichts mitzuteilen, das ihn noch interessieren könnte. Sein Leben ist Mali, er erzählt von Bamako, »als hier noch nichts war«, von den französischen Kolonialrichtern, die »nicht einmal merkten, daß reiche Leute einfach ihr armes Personal schickten, wenn ein kriminelles Familienmitglied vor Gericht erscheinen mußte, weil kein einziger dieser Richter die Sprache der Bevölkerung beherrschte«, wie er in Mali in den undenkbaren zwanziger Jahren Salat sowie Fleisch- und Wurstwaren eingeführt hat, wie er mit Weygands Offizieren und Kanonen auf Büffeljagd ging und nie etwas erlegte, ein langes, merkwürdiges Leben in einem Land, das für Weiße nicht geschaffen ist. Sein Neffe, ein Priester aus dem von Kardinal Lavigerie begründeten Orden der Weißen Väter, kommt mit einem soeben eingetroffenen Exemplar von *Sjaloom* herein, das er mißmutig auf seinen Schreibtisch legt. »Wenn die wüßten«, lautet sein einziger Kommentar, und bevor ich ihn weiter dazu befragen kann, wird er zu einem Krankenbesuch gerufen, ein müder Mann, die Sandalen weiß von Staub. Ich sehe mich in diesem einsamen Zimmer voller niederländischer und englischer Bücher um und frage mich zum soundsovielten Mal, was einen dazu bringt, ein Leben der Armut und Einsamkeit in einem verlorenen Winkel Afrikas zu verbringen, in einem Land, in dem die sichtbaren Resultate immer verschwindend klein bleiben werden. Für den Pater ist das alles kein Problem. Er humpelt auf seinem bandagierten Fuß mit mir zur Tür, die auf den brennenden Innenhof hinausführt, und schreit mir ins Ohr: »Ich habe mein ganzes Leben lang in Mali gelebt, jetzt werde ich wohl auch in Mali sterben. Nach Holland zieht mich nichts mehr. Da kenne ich fast niemanden mehr.«

Dies ist der letzte Nachmittag in Bamako. Morgen fahren wir nach Mopti, danach nach Timbuktu. Yanussa kutschiert mich etwas ziellos durch die heißen Alleen, doch ich merke, daß ich nichts mehr aufnehme. Meine letzte Verabredung ist die mit dem Repräsentanten der EWG[3], einem kleinen, kahl werdenden Mann, der unter einer riesigen Karte von Mali sitzt. »Das Land kann sich nahrungsmäßig selbst versorgen«, erzählt er, »aber das ist auch alles. Es gibt Hinweise auf Erdöl- und Bauxitvorkommen, die Russen haben nach Gold gesucht, aber wegen der unglücklichen landumschlossenen Lage Malis lohnt sich der Abbau nicht. Der Europäische Entwicklungsfonds (dieses Jahr bekommt Mali von der EWG 73 Millionen Dollar, davon 10,4% von den Niederlanden) versucht, den Ertrag der bestehenden Kulturen – Baumwolle, Erdnüsse, Reis – zu steigern, eine größere Vielfalt der Kulturen zu erreichen und mehr Anbauflächen zu entwickeln.« Er zählt einige Projekte auf: Kampf gegen die Rinderpest, technische Unterstützung beim Bau eines Schlachthofs, Bewässerungsprojekte am Telésee, und überall auf der endlosen Karte deutet er auf kleine Punkte, wo Grüppchen von Europäern gemeinsam mit Maliern an diesen Projekten arbeiten, sagt, daß die erzielten Gewinne voll und ganz dem Land zugute kommen und nicht nach Europa zurückfließen. Ich frage ihn, was die Chinesen tun. Viel, sagt er kurz. Sie bauen eine Ziegelei in Mopti. Sie haben den Maliern beigebracht, Tee anzubauen. Die Schuhe für die Armee sind unter ihrer Anleitung aus heimischem Leder gefertigt worden, zum erstenmal. Sie betreiben große Reisprojekte, leben unter der Bevölkerung und verlangen materiell nichts zurück.

Später drückt jemand es deutlicher aus: »Ein Land wie

Mali ist wie ein Pokerchip, der verloren auf dem Spieltisch liegt – aber im Moment hat niemand Lust zum Spielen. Das Land hat weder für die Russen Bedeutung noch für die Amerikaner. Es muß eben sehen, wie es über die Runden kommt, und daher ist jede Hilfe wichtig. Der Export von Vieh und Flußfischen ist so gut wie das einzige, was etwas einbringt, Mali muß zwangsläufig ein bettelarmes Land bleiben, egal, wie gut die neue Regierung ist. Sie bemüht sich nach Kräften, aber im Grunde ist es hoffnungslos.« Als ich ins Hotel zurückkomme, liegt eine Nachricht von d'Arras für mich da: Air Mali hat den Flugplan für den nächsten Tag geändert, das Flugzeug geht fünf Stunden früher, er holt mich morgen früh um Viertel vor fünf ab. Als ich mich bei Yanussa beschwere, sagt der schadenfroh: »Tu vois? C'est l'Afrique.«

Am nächsten Morgen sehe ich es. Zwei Stunden nach der Abflugzeit sitzen der Pilot und seine Crew endlich im Warteraum und nehmen ein kleines Frühstück ein. Der Tag hat mit wehenden orangefarbenen Girlanden begonnen, auf dem Beton steht die Antonow 24, ein russisches Flugzeug, bereit, uns nach Mopti zu befördern. Sie wird proppenvoll. Vier steinalte oder vielleicht auch schon verstorbene Amerikaner, Tuareg mit drohenden Gewehren in Hüllen, Frauen mit tausend Tüchern sowie ein kleiner, dicker Franzose, der hier an einem Straßenbauprojekt arbeitet und erzählt, daß Air Mali (drei Flugzeuge) der Crew das Frühstück spendiert, weil sie sonst überhaupt nicht frühstücken und dann nicht in Form sind. Warum habe ich das Gefühl, daß ich erst jetzt auf eine richtige Reise gehe? Eine Minute fliegen wir, und schon ist die Erde wieder wüst und leer, und so bleibt es auch. Wo der Luftzufuhrregler sitzen sollte, ist nur ein Loch, eiskalte Luft bläst mir in den Nacken, aber die Stewardeß hat ein reizendes rundes Gesicht und reizende runde Brüste und trägt ein bodenlanges handgewebtes Kleid. Ein paar Stunden später, nach einem Zwischenstopp in Ségou, sind wir in Mopti, wo uns Herman Haan[4] erwartet, der im Lande der Dogon seine x-te Tellem-Expedition[5] durchführt und sich an Markttagen in Mopti mit Proviant eindeckt. Am selben Nachmittag noch fahren wir über Bandiagara nach Sanga, wo das Dogongebiet beginnt. Zunächst ist die Straße noch erträglich, später rüttelt die Piste uns im Landrover wie Puppen durcheinander. Die wenigen Menschen, denen wir begegnen, bestäuben wir mit trockenem rotem Staub, doch das scheint ihnen nichts auszumachen. Wir kommen müde im Camp an, es war ein langer Tag seit heute morgen um fünf.

Tische im Freien auf dem felsigen Boden, Steinzimmer, kein elektrisches Licht, Fliegengitter gegen die Moskitos, das alles zusammengefegt auf einer biblischen Hochebene. Ein langer Schwarzer mit stolzem, fast orientalischem Gesicht umarmt und begrüßt Haan, und zum erstenmal höre ich den rituellen Dogon-Gruß oder, besser gesagt, ich höre eine Art Wechselsprechgesang, dessen Bedeutung ich erst später begreife: Gegrüßt! Gegrüßt! Geht es dir gut? Ja, mir geht es gut. Und deiner Frau? Ja, ihr geht es gut. Und deinen Kindern? Und der ganzen Welt? Und den Tieren? Vielleicht kommt es ja gar nicht so sehr darauf an, was gesagt wird, als vielmehr auf die Tatsache, daß man sich immer, bei jeder Gelegenheit so grüßt, als sei es etwas ganz Besonderes, daß Menschen sich begegnen, als sei das Sprechen und das Wissen umeinander ein so großes Gut, daß es in Formeln eingefangen werden muß. Hunderte von Malen habe ich das in den paar Tagen gehört, bis mich der Neid packte, weil ich es nicht auch konnte. Poh! Poh! Ya poh? Ya poh! Oe Seoah? Seoah! Umana seoah? Seoah! Pégé seoah? Seoah! Und so weiter bis in alle Unendlichkeit, die dann doch irgendwann mit einem langen, zufriedenen »Aaaaaah!« endet.

Herman Haan geht mit uns durch das Dorf Ogol. Hier rief der Jäger Ogotemmêli 1946 den französischen Ethnologen Marcel Griaule, der bereits seit 1931 in dem Gebiet forschte, zu sich und breitete in dreiunddreißig aufeinanderfolgenden Tagen die gesamte Kosmogonie der Dogon vor ihm aus, dreiunddreißig Tage, die eine derart komplexe und verblüffende, über die Jahrhunderte hinweg mündlich überlieferte Denkwelt offenbarten, daß nach den Worten Griaules »alle Vorstellungen von der sogenannten primitiven afrikanischen Mentalität dadurch über den Haufen geworfen wurden«.

Wie dumm man ist, wenn man nichts weiß! Ich spaziere durch dieses Dorf: Lehmrote quadratische Häuser, darauf eigenartige Spitzdächer aus Schilf, die wie die Mützen von Heinzelmännern aussehen. Heilige Stätten, Opfersteine, Altäre, leere Orte, durch die man nicht gehen darf. Wir bleiben vor dem Haus des Hogon stehen, des Dorfpriesters. Er hat große Macht, die Gemeinschaft sorgt für ihn, einmal gewählt, verläßt er seinen Innenhof nie mehr. Halbnackt sitzt er vor der Mauer aus getrocknetem Blut, eine gegerbte blauschwarze Puppe, in der sich nur die Augen bewegen. Haan begrüßt ihn über die Mauer hinweg, über die wir uns beugen, mit den rituellen Grußworten. Der Hogon antwortet nicht und geht nach einer Weile ins Haus. Wir stehen noch ein bißchen herum, umringt von ein paar Kindern, die uns schweigend und mit großen Augen anschauen. Da kommt er plötzlich wieder zum Vorschein. Er hat einen weiten indigofarbenen Umhang angelegt und über die uralte Maske seines Kopfes eine knallrote Mütze gezogen, eine Art phrygischer Kappe. Fragen und Antworten flattern durch die Luft, und als wir endlich gehen, folgt die hohe, alte Männerstimme uns nach.

Es wird Abend, Haan verabschiedet sich in sein eine Stunde von hier entferntes, in den Felsen gelegenes Lager, wo die übrigen Mitglieder der Tellem-Expedition auf ihn warten, und wir verabreden, daß sein Führer Diankulo uns am nächsten Morgen um sechs zu einer Wanderung zu der Felswand abholt. In dieser Nacht lese ich im Schein der flackernden Petroleumlampe vom Gott Amma, der die Erde als weiblichen Körper erschuf – ein Ameisenhaufen ihr Geschlecht, ein Termitenhügel ihre Klitoris. Als er sie erschaffen hat, will er mit ihr schlafen, doch da läuft zum erstenmal etwas verkehrt im Universum, der Termitenhaufen richtet sich auf, zeigt seine Männlichkeit, die Klitoris ist ein Phallus, die Kopulation findet nicht statt. Doch Gott ist allmächtig. Er reißt den Termitenhügel heraus und nimmt die beschnittene Erde. Und geboren wird der Schakal, Symbol für die Schwierigkeiten Gottes. Eine zweite Vereinigung führt zu einem besseren Ergebnis. Die Erde = Frau ist jetzt beschnitten, die Klitoris = der Penis entfernt, das Wasser = der göttliche Samen dringt tief in die Erde ein, ein Zwillingspaar wird geboren, der Nommo, allgegenwärtig in der Dogon-Kunst. Die beiden Körper sind grün und geschmeidig, die Arme ohne Gelenke, oben sind sie Mensch, unten Schlange, und ihre Haut glitzert wie eine Wasserfläche. Es ist die perfekt geborene Zweiheit und hat acht Gliedmaßen. Daher ist ihre (seine) Zahl die Acht, die Zahl des Wortes. Der Nommo besitzt das Wesen Gottes, weil er aus seinem Samen gemacht ist, das heißt: Halt, Form und Grundstoff der Lebenskraft, Ursprung von Bewegung und Ausdauer. Und diese Kraft ist das Wasser. Das Zwillingspaar *ist* das Wasser, ist aus Wasser, befindet sich in jedem Wasser. In dieser Nacht schlafe ich spät ein in dem Bewußtsein, daß ich am nächsten Tag durch eine Welt gehen werde, von der ich nie mehr als eine armselige Ahnung haben kann.

Punkt sechs klopft Diankulo an die Tür. Das Licht draußen ist gräulich, zehn Minuten später befinden wir uns auf dem Weg über die felsige Hochebene. Es ist kalt. Hier und da ein Baobab, der Affenbrotbaum. Hinter mir im Dorf höre ich das dumpfe rhythmische Geräusch von Frauen, die Hirse stampfen. Schafe blöken, Hähne krähen. Schweigend gehe ich hinter Diankulo her, der ein ordentliches Tempo vorlegt. Eine halbe Stunde später gibt es kein anderes Geräusch mehr als das des Windes und ein fernes Gekicher, das, wie er sagt, von Affen stammen muß. Im Lager sind alle schon auf den Beinen, sechs Leute, Anthropologen, Biologen, Studenten, auf der Suche nach dem rätselhaften, im Nichts verschwundenen Volk der Tellem, die hier, an diesen steilen, unzugänglichen Felswänden, ihre geheimnisvollen Lehmtürme, ihre schweigenden Götterfiguren sowie Abertausende von Skeletten hinterlassen haben. Wir klettern zu dem Felsen, in dem die Expedition drei Monate verbringt. Hoch oben an der Wand ist mit einem Flaschenzug ihre »soft machine« befestigt, mit der sie sich zu einer höher gelegenen Totenhöhle mit Tausenden von Skeletten hinaufbefördern lassen, die ausgewählt und gemessen werden und von denen einige sogar mit in die Niederlande reisen dürfen, oh segensreiche Wissenschaft.

Eine Stunde später wandern wir ins Tal hinein, jetzt zu fünft, Herman Haan vorneweg wie ein römischer Zenturio, wir im Gänsemarsch dahinter. Einen Tag lang gehen wir über schmale Fußwege, denn hinter Sanga hört die Welt auf, Autos können hier nicht mehr fahren. Je tiefer wir vordringen, um so grüner werden Sträucher und Bäume, manchmal höre ich das Plätschern einer Quelle, und Diankulo erzählt mir, daß frühmorgens die Affen und anderes Wild sich dort zum Trinken versammeln. Ich sehe einen schwarzen Schmetterling, wie einen schwebenden, fröhlichen Tod, Vögel, nicht größer als mein kleiner Finger, unsichtbare Turteltauben gurren, und ihre süßen Rufe hallen von den Felswänden wider. Lange Zeit begegnen wir niemandem, dann plötzlich taucht ein alter Mann in weißem Umhang auf, der sich auf einen Erzväterstab stützt. Während wir aneinander vorbeigehen, beginnt die Begrüßung, und sie dauert noch an, als er schon hinter einer Biegung verschwunden ist. Die Reihe der Grußworte kann bis ins Endlose fortgesetzt werden, und ich male mir aus, was ich ihn noch hätte fragen wollen: »Und den Wolken?« Gut! »Und den Bäumen?« Gut! »Und dem Kosmos?« Gut!

Stunden später erreichen wir ein Dorf. Es klebt wie eine Klette an der hohen Felswald, die Landschaft ringsum ist mit fast pathetischer Präzision gezeichnet, orangefarbene Felsblöcke, Efeu, weiße Blüten, Bäume mit kleinen silbergeschliffenen Blättern, und dann, tief zu unseren Füßen, eine bleiche, staubige Ebene, die sich am Horizont verliert. Wir werden von den Dorfältesten im Gesprächshaus empfangen, einem niedrigen, offenen Raum mit einem sehr dikken Dach aus getrocknetem Schilf und Reisig, das auf vier von der Zeit glänzend polierten Baumstümpfen ruht.

Unterhalb von mir sitzt ein Mann und flicht Schilf, ein anderer webt eine schneeweiße Decke, und bis auf die Laute einiger Tiere und das leise Palaver zwischen Diankulo und den Dorfältesten ist nichts zu hören. Ein totenstiller Adler schwebt direkt über uns. Haan macht mich darauf aufmerksam, daß manche Häuser die Form eines Mutterleibs haben. Ich frage ihn, woher es kommt, daß trotz der trockenen Hitze die Savanne in der Ferne so verschwommen ist, und er sagt, daß es der rote Sand eines fernen Saharasturms ist. Erst jetzt sehe ich, wie übermütig senkrecht die Felswand mit ihrer brennenden Farbe im Land steht. Überall, ganz hoch oben entdecke ich die eigenartigen Tellem-Türme, und ich frage mich, wie sie je dort hinaufgekommen sind.

Die Totenhöhlen der Dogon liegen viel tiefer. Diankulo erzählt mir, daß, wenn jemand stirbt, die Jäger seinen Bogen zerbrechen und ihm glühende Holzkohle in den Mund stecken als Zeichen der Trauer. Das ist Kummer! Sofort nach dem Tod wird der Leichnam mit frisch geschöpftem Wasser gewaschen. Das Kopfhaar wird geschoren, der Tote wird in ein Baumwolltuch gewickelt, die Füße bleiben unbedeckt. Auf einer Bahre aus Zweigen wird der Leichnam auf den »Stein der Tapferen« gelegt. Die Überlebenden danken dem Toten: »Danke für die Hirse / Danke für das Wild / Danke für gestern / Danke für die guten Taten.« Danach wird der Tote in der Grabhöhle bestattet, seine Freunde aber rennen zurück zum Haus, dringen dort ein, Gewehre werden abgeschossen, Scheingefechte ausgetragen, und währenddessen singen die Frauen Klagelieder und schwenken leere Kalebassen, leere, denn der Tote wird niemals mehr trinken. Tagelang geht das so weiter. Erst viel später beginnt die *dama,* eine Zeremonie, die die noch im Dorf umherirrende Seele des Toten zu dessen Ahnen geleiten soll, denn auf dem Weg dorthin steht seine Seele, *nyama,* auf einer Stufe mit den *nyamas* aller Menschen oder Tiere, die er zu seinen Lebzeiten getötet hat, und ist daher verwundbar für ihre Rache. Auf dem Dach des Totenhauses finden Maskentänze statt, Masken mit Flügeln, Masken des Ahnenhauses, Löwenmasken, Reitermasken, alle gemeinsam verhelfen sie dem Toten auf den Weg, eine letzte Tat einer Gemeinschaft, in der die Menschen zusammen leben und daher auch nicht allein sterben.

Wir verabschieden uns und gehen weiter in den jetzt viel heißeren Nachmittag hinein. Ich habe das Gefühl, als sei der Friede ringsum ein greifbares Element, etwas, das ich überall berühren könnte. Es ist vollkommen still, nichts als unsere Schritte und unser leises Keuchen, da es nun wieder bergauf geht. Dies ist ein verzaubertes Tal, ein tatsächlich existierendes Shangri-La, und jetzt, soviel später, da ich zu Hause bin, Dogon-Musik höre, mir die Fotos ansehe, auf denen Menschen geworden sind, was ihre Masken darstellen, übermannt mich noch immer dasselbe Glücksgefühl, gemischt mit Sehnsucht, weil ich wohl nie mehr dorthin kommen werde. Und wenn ich dann doch dorthin führe, würde es noch genauso sein? Wie lange wird unsere Welt zulassen, daß ihre besteht? Das einzige, was der

»Ganzheit« ihrer Gesellschaft Abbruch tut, ist, daß sie von uns *gesehen* wird, und es wäre nicht das erste Mal, daß mit unserem Hinschauen der Verfall beginnt. Vielleicht ist dies das Heimweh: daß nichts je bleiben kann. Ich merke, daß ich nicht einmal darüber zu schreiben vermag: Wenn ich etwas über ihre »Gemeinschaft« sagen will, verirre ich mich in die verachtenswürdigste neuchristliche Terminologie und werde zum Proselyten der Radikal-Politischen Partei am Tag der Wahl. Wir haben kein Recht, über Gemeinschaft zu sprechen, weil wir keine Gemeinschaft kennen. Es ist unmöglich, dieselben Begriffe für eine Gesellschaft zu benutzen, in der sie etwas ganz anderes bedeuten. Wir leben allein, und sie leben zusammen, dort wird es nicht vorkommen, daß eine alte Frau drei Tage lang tot am Fenster sitzt, wenngleich es wohl Leute gibt, die einwenden werden, das komme daher, weil es dort keine Fenster gibt.

Es ist Abend, als wir ins Camp zurückkehren. Die letzten zwei Stunden sind mühselig. Kaum mehr imstande, die Felswand hinaufzukommen, müssen wir alle Viertelstunde trinken, und so groß die Flaschen des »Flag«-Biers von der Elfenbeinküste auch sind, sie können meinen Durst nicht löschen.

Mali, das sind im Grunde zu viele Länder. Nach der tropischen Kulisse von Bamako, dem verlorenen Paradies hinter Bandiagara taucht die Vision von Mopti auf – der breite schlammfarbene Fluß mit den Hunderten von ausgehöhlten Baumstämmen, den Ruderern, die sich vom bleichen weiten Land dahinter wie Hieroglyphen auf einem leeren Blatt Pergament abheben, der kilometerlange Markt mit einer Orgie an Waren und Trachten, Peul-Frauen mit goldenen Ohrringen, fast größer als das Gesicht, Hadschis, die neben einem Lastwagen ihr Gebet verrichten, Bauern mit schwarzen Kappen, rückwärts auf ihrem Esel sitzend, als lenke jemand anderes das Tier, der Imam, der wie eine Erscheinung aus seiner kathedralengroßen schlammfarbenen Moschee hervorwirbelt, Wasserträger mit vietnamesischen Hüten, schwarze Klumpen Fisch, Brocken von schuppigem, glitzerndem Salz, gelbliche und braune Fleischlappen, fliegenübersät, halbnackte Mädchen, die sich neben gondelartigen Schiffen waschen, und weiter, als ich am Fluß entlanggehe, Pyramiden von hoch aufgestapeltem rotem Tongeschirr, und auf einer verdorrten Weide Geier, die hackende, grausame Bewegungen über dem halbabgefressenen Kadaver einer Ziege machen, und nach alledem die Nächte im kahlen Berg des chinesischen Motels, wo um neun Uhr abends unerbittliche Ruhe einkehrt und man allein bleibt mit einer horizontal an der Wand gegenüber dem Bett angebrachten weißfauchenden Neonröhre, der letzten Manifestation Gottes.

Und nach dieser Vision die versandete Fata Morgana von Timbuktu. Während des Fluges über die Sahel kann man es bereits sehen – die DC-3 fliegt dafür niedrig genug, immer mehr Farbe wird der Landschaft entzogen, sogar entlang den Flußufern gibt es nichts Grünes mehr. Was wir jetzt in wenigen Stunden Flugzeit bewältigen, bedeutet eine tagelange Fahrt mit dem Landrover. Diese letzten Tage sind ein Spiel in der Sandkiste. Alles ist Sand, und alles hat die Farbe von Sand. Es gibt keine Straßen, nur lockere Strände ohne Meer. Der Platz der Unabhängigkeit wirkt selbst wie eine kleine Wüste, und die Schildwache vor dem Fort Scheik Sidi Bekaye, ein Maschinengewehr als Schmuck um den Hals, steht bis zu den Knöcheln im Sand. Sand ist im Brot, und Sand ist im Reis. Einst erschauerte ganz Europa und der gesamte Maghreb vor Begierde, wenn der Name Timbuktu fiel, zur Zeit von Kaiser Askia Mohammed Touré studierten hier fünfundzwanzigtausend Studenten, es war die Stadt der Weisen, die geistige Metropole des westlichen Sudan, doch wer jetzt auf das getrocknete Schlammdach der Moschee hinaufsteigt, sieht eine Stadt, die aus kaum mehr als Hütten besteht. Verschwunden die Universitäten, verschwunden der Markt mit dem Gold- und Salzhandel, verschwunden der aus Stein erbaute Palast. Vom Tag, an dem dieser Traum in Flammen aufging, wird in einer der ältesten Chroniken des Sudan erzählt, dem Tarikh el Fettach. Man schreibt den 20. Oktober 1593. »Als alle Ulemas (Schriftgelehrten) von Pascha Mahmud in der Moschee zusammengerufen waren, bezogen die marokkanischen Füsiliere Stellung auf allen Terrassen und an allen Ausgängen. Dann sind Dinge geschehen, die Gott so wollte, Dinge, über die man nicht spricht, weil das Herz es nicht ertrüge; jedenfalls war es der schwerste Schlag, der dem gesamten Islam je beigebracht wurde.« Mehr als siebzig Ulemas wurden in Ketten nach Marokko gebracht, kein einziger kehrte zurück außer Ahmed Baba, und die Stadt wurde, so sagt die Chronik, »zu einem Körper ohne Seele«. Die Marokkaner (zum größten Teil spanische Renegaten) hatten richtig erkannt: Indem sie die geistige Elite vernichteten, zerbrachen sie die Stadt, und so versandete, im wahrsten Sinne des Wortes, das Kaiserreich Songhai. Timbuktu wurde das fahle Dorf, das es heute ist, ein Brennglas für die Sonne, vier Landrover, achttausend Menschen, eine Kaserne, ein Militärgouverneur, ein Camp für Touristen, die hier etwas suchen, das es nicht mehr gibt.

Die Reise endet beinahe holländisch. Mit einem maurischen Führer von Orson-Welles-artigem Umfang mache ich, Gräfin von Trutenheim in einem Tragsessel, eine Flußfahrt in einer Piroge. Das Land diesseits der Stadt ist sumpfig und dadurch unbändig grün. Bläuliche mystische Seerosen und Nenuphars schwimmen auf dem glänzenden Wasser, ich denke an Frederik van Eeden[6], weiße, schwarze und graue Reiher stehen am Ufer im Schilf, die beiden Ruderer werfen ihre Stöcke hoch in die Luft, und in paradiesischer Stille schießt das Boot vorwärts. Immer breiter wird der Fluß, wir nähern uns einem Dorf mit bauchigrunden geflochtenen Hütten, Hunderte weißer Schafe kommen aus den Poldern, ich weiß nicht mehr, wo ich bin, die Sahara verflüchtigt sich in einer holländischen Landschaft, wir rudern zurück, die Sonne wird so groß, daß sie gleich die Erde zu verschlingen droht, an den Ufern rufen Kinder »Toubab, ça va?«, und ja, es geht, ich gehe, der Abend geht, die Zeit geht, es zieht sogar so etwas wie Nebel auf, Störche fliegen vorbei, und es ist, als schlügen sie Blätter aus Luft um, ein Bauer schwimmt mit seiner Herde vom einen zum anderen Ufer, und als wir wieder im Hafen sind, ist es dunkel.

Am folgenden Morgen stehen wir um sechs Uhr auf dem Rollfeld, doch die Maschine hat eine Verspätung von vierundzwanzig Stunden. Es wird ein langer Tag. Zusammen mit dem Führer fahren wir in die Wüste auf der Suche nach einer Karawane, die wir nicht finden können. Wir kommen zu einer Kameltränke, wo Ochsen an endlosen Ketten Wasser aus dem Boden schöpfen, doch die maurischen Hirten sind feindselig und wollen nicht mit uns sprechen, die Frauen ziehen sich den Schleier vors Gesicht. Im Camp gibt es jetzt keinen Tee oder Kaffee mehr, kein Bier, kein Mineralwasser, keinen Wein, alles sollte mit dem Flugzeug gekommen sein und ist jetzt in Bamako geblieben. In meinem steinernen Zimmer noch immer der Frosch in der Dusche, der Gecko über dem Bett, die Spinnen, die am Mückenfenster verbrennen. Einen langgedehnten Nachmittag lang liege ich auf dem Bett und denke an meine Reise und an den Mann, der vor meinem Abflug in Paris zu mir sagte: »Afrika? Das ist nie etwas gewesen, es ist jetzt nichts, und es wird auch nie etwas sein. Ich war auch mal begeistert, aber mittlerweile fahre ich seit zwanzig Jahren hin, und es ist hoffnungslos. Die ganze Geschichte dort ist eine Geschichte von Blut und Mord, und so wird es immer bleiben.« Ich kann seine Verzweiflung oder Verbitterung nicht nachvollziehen. Wenn Flugzeuge sich regelmäßig um vierundzwanzig Stunden verspäten, bricht bei europäischen und amerikanischen Reisenden die Pest aus. Verwöhnt in seiner Einsamkeit, asozial geworden in seiner Verwöhntheit, reist der Weiße durch Afrika und sieht *nichts*. Und die Touristen sehen nichts, die in immer größeren Mengen an ein paar wilden Tieren und für Geld tanzenden Masken vorbeigeschleppt werden. Und trotzdem ... Lévi-Strauss hat es deutlicher ausgedrückt: »Die Ethnologen sind dazu da, zu bezeugen, daß unsere Lebensweise nicht die einzig mögliche ist, daß es auch andere gibt, die Menschen in die Lage versetzt haben, glücklich zu leben. Die Ethnologen laden uns dazu ein, unsere Überheblichkeit ein wenig zu mäßigen, andere Lebensmuster zu respektieren. In den Gemeinschaften, die die Ethnologen untersuchen, gibt es Lehren, die es wert sind, angehört zu werden. Es sind Gemeinschaften, denen es gelungen ist, zwischen dem Menschen und seinem natürlichen Umfeld ein Gleichgewicht zu finden, eines, dessen Sinn und Geheimnis wir nicht mehr kennen.«

Am letzten Abend werde ich zu einer maurischen Hochzeit eingeladen. Und was bin ich schon mehr als ein Passant? Wer würde zwei zufällig in Zwolle des Weges vorbeikommende Schwarze zu seiner Hochzeit einladen? Gut. Die Stunden verstreichen, und die utopische Wehmut verschwindet mit der Musik. Ich denke an nichts mehr. Die goldenen und silbernen Frauen tanzen, stets die gleichen vogelartigen Bewegungen, die Musik zieht ihre eintönigen Bahnen, als ich, Stunden später, noch eine Weile auf der Terrasse des Camps sitze, höre ich immer noch das Trommeln, das gleiche, immer das gleiche. Der Mond liegt auf dem Rücken am Himmel, es wird wohl eine Karawane nach Timbuktu ziehen, ein Esel schreit, Hunde beginnen zu heulen, morgen sitzt auf diesem Stuhl jemand anders, morgen ist es wieder heiß. Alles scheint so zu sein, wie es sein muß.

1971

Anmerkungen

1 Peter Schat (geb. 1935), niederländischer Komponist.
2 Jacques Chaban-Delmas (geb. 1915), ehemaliger französischer Ministerpräsident.
3 Zum Zeitpunkt der Entstehung dieses Textes existierte die EWG noch, die Vorläuferin der EU.
4 Herman Haan (1914-1996), niederländischer Archäologe und Architekt.
5 Die Tellem sind ein Ureinwohnerstamm Malis.
6 Frederik van Eeden (1860-1932), niederländischer Schriftsteller.

Am Rande der Sahara

Als ich ungefähr sechs Jahre alt war, gab es vor unserem Haus in Rijswijk ein verwildertes Gelände, das ich das »Landje«[1] nannte. Es war voller Geheimnisse. Hohe Pflanzen, die mir heute nur bis zur Taille reichen, verliehen ihm den Charakter eines Urwalds, und immer noch sehe ich es vor mir: ein gefährliches Gebiet, das ich mit meinen Ängsten und Phantasien bevölkern konnte.

Inzwischen ist, denke ich, die Welt das »Landje« geworden. Die Ängste haben sich mit der Zeit gleichermaßen auf Zuhause und Anderswo verteilt, haben aber einen, sagen wir mal, mechanischen Charakter angenommen. Sie sind also nicht länger interessant, es sei denn als Verschwendung von Energie. Die Hirngespinste und Phantasien werden durch das Reisen angeregt, vor allem dort, wo sich das Sichtbare nicht ganz benennen läßt. Die Aversion, mitten im Unbenennbaren zu leben, hat mich veranlaßt, Sprachen zu lernen. Ich kann mir nicht vorstellen, mich in Spanien oder Peru zu bewegen, ohne mit den Leuten reden, die Zeitung lesen zu können. Selbst dann bleibt noch genug Rätselhaftes. Aber erst später, bei meinen Afrikareisen, und jetzt wieder, bei dieser zweiten Reise entlang dem nördlichen Rand der Sahara, bin ich mir der Erregung des Fremdseins bewußt.

Es ist die gleiche Erregung wie früher, als das »Landje« die Welt war: Dinge zu sehen, die man nicht begreift, Zeichen, die man nicht lesen kann, eine Sprache, die man nicht versteht, eine Religion, die man nicht wirklich kennt, eine Landschaft, die einen zurückweist, Lebensweisen, die man nicht teilen könnte. Heute empfinde ich das, merkwürdiges Wort, als Wohltat. Der Schock des völlig Unbekannten ist aus leiser Wollust gemacht. Wenn man nicht teilhaben kann, gibt es vieles, was man zu Hause lassen kann. Die eigenen Masken gelten hier nicht. In den Augen eines Berbers aus Goulimine könnte man genausogut aus Ohio kommen, und das bedeutet: Viele Nuancen, die man sich unter großen Mühen zugelegt hat, werden hinfällig. Damit wird das Reisen zu einer Art angenehmer Leere, einem Zustand der Schwerelosigkeit, in dem man zwar nicht alle Aktualität für sich selbst verliert, aber doch vieles erlassen bekommt – man treibt in fremdem Gebiet, sieht, schaut, sieht, hinterläßt hier und da einen Ritz in der unverletzlichen Oberfläche, verschwindet wieder und kehrt leerer zurück, freilich auch mit Worten.

Dieses Gefühl hat mir früher Spanien vermittelt. Durch das Erlernen der Sprache und ein gewisses Talent für Mimikry hat sich meine Freude an Spanien jedoch in etwas anderes verwandelt: In diesem Land kann ich mich aufführen wie ein Spanier, in das Entzücken eintauchen, vorübergehend ein anderer zu sein, jemand, der auf einer Caféterrasse in Córdoba die örtliche Zeitung liest; auch eine Art Verschwinden, und genau darum geht es ja. So liest man den *Nice-Matin* in Cannes und verflüchtigt sich im Asphalt der Croisette, oder den *Corriere della Sera* und bleibt dreihundert oder sechstausend Jahre auf dem Großen Platz von Catania sitzen.

Marokko ist anders. Es ist eine Steigerung, eine Stufe höher, man wird zwar zum ausländischen Idioten ernannt, doch durch die Gesetze der Gegenseitigkeit komme ich selbst auch nicht weiter und erreiche damit einen Grad an Unsichtbarkeit, in dem das Gesehene selbst wieder verschwindet, denn was ich sehe, das wenige, das ich zu sehen vermag, ist etwas anderes als das, was ich sehe, genausowenig wie das, was ich höre, Mitteilungen sind, es ist nur Sprache, die ich nicht verstehe, obwohl sie genau dafür da ist: um zu verstehen und verstanden zu werden.

Man ist da, und man ist nicht da, und so bin ich – zum

zweitenmal – durch Marokko gereist. Eine solche Reise beginnt noch an einem Ort, für den all das eben Gesagte nicht gilt, in einem Hotel aus den Reiseprospekten, das von sich im Hintergrund haltenden schweigenden, effizienten Schweizern betrieben wird, wo die europäischen Körper sich in der heißen Novembersonne aalen, sich in das uneigentlich blaue Wasser des Swimmingpools fallen lassen und als Wesen eines hochmütigen, in sich geschlossenen Luxusclans die Ersparnisse verprassen, bedient von wieselflinken Marokkanern, die, weil es so zweckmäßiger ist, nicht ihre verhüllende Kleidung tragen und wie die fixen mageren spanischen und italienischen Kellner aussehen, die der Hocheuropäer schon früher in seinem eigenen Restaurant zu dulden gelernt hat. Die Kellner wiederum fühlen sich durch diesen atemberaubenden internationalen Kontakt unendlich erhaben über das Dorf, den Stamm, den Kreis, aus dem sie kommen, sie haben den ersten Schritt in das Schattentheater des Fortschritts getan, der Wurm steckt im Apfel, und jedes Land hat das Recht auf seinen eigenen verfaulten Apfel.

Goulimine. Von der Fahrt nach Goulimine, tief im Süden gelegen, sind mir die Jungen mit den Eichhörnchen noch am lebhaftesten in Erinnerung. Plötzlich, in den Hügeln, an einer Straßenbiegung, stehen sie da, ihre Jungenleiber wie etwas völlig Natürliches in die Landschaft geschmiegt, wie etwas, das dort *auch* wächst. Sie halten einen sich bewegenden Gegenstand in die Höhe. Als ich stoppe, sehe ich, daß es ein Eichhörnchen ist, das sie gefangen haben und nun verkaufen wollen. Wie ein arabisches Schriftzeichen aus Pelz hängt das Tier an einem Strick um den Hals in der Luft, den langen Schwanz so dicht wie möglich angezogen, die Augen hin und her flitzend vor Angst. Später, im Atlasgebirge, werde ich Zeuge, wie ein schwer ramponierter deutscher Volkswagen bei ein paar dieser Jungen stoppt. Ein blondes Mädchen steigt aus und geht auf sie zu. Als sie sieht, was sie verkaufen wollen, steht sie einen Moment lang still und beginnt sich dann an die steinerne Bergwand zu übergeben. Die Jungen lachen, weil sie nicht wissen, was sie tun sollen.

Goulimine, Stadt der Blauen Männer. Als ich mich ihr endlich nähere, verspüre ich so etwas wie Aufregung. Warum? Es wird wohl so sein wie Timbuktu, Zagora, Orte, wohin die Männer aus der Wüste kommen, bevor sie wieder in ihr verschwinden. Etwas also, was ich bereits kenne. Ich denke, ein solcher Ort definiert sich durch das Extreme der Landschaft ringsum, durch das ganz Besondere seiner Lebensweise, genauso wie er schon im wörtlichen Sinne ausgesondert ist aus dem ihn umgebenden Nichts. Aber auch hier hat der Tourismus zugeschlagen. Sich an der Ausnahme, dem anderen zu erfreuen, ist nicht länger ein Privileg von Schriftstellern. Zwischen das unvorstellbar Andere und Echte schiebt sich jetzt das vorstellbar Unechte und Schlaffe, amerikanisches Genörgel, Hausiererei mit popeligen Schundobjekten.

Doch der Kamelmarkt selbst ist nicht für uns. Es scheint, als hätten sogar die Wolken den Platz gemieden. Offen, staubig und eigentlich leer liegt er da, bedeckt mit Mist und einzelnen Steinen. Um ihn herum stehen ein paar mißglückte Eukalyptusbäumchen, ein rührender Versuch, der an der heißen Zwei-Uhr-Nachmittags-Sonne abprallt. Brüllende Kamele mit zusammengebundenen Vorder- und Hinterbeinen wechseln den Besitzer, Männer in Dschellabas machen mit Fußtritten und scharfen Wendungen giftige Proberitte auf drahtigen Eseln. Zwei wundervolle schwarze Geheimnisse, gelbe Plastikschuhe unter ihrer Finsternis, bezipfelmützt und verschleiert, sitzen im Staub vor einer Mauer und führen unter all ihren Tüchern ein Gespräch. In einer Ecke wird Getreide verkauft, *wheat furnished by the people of the USA, not to be sold.*

Hinter Goulimine kommt nichts mehr, die rote Straße auf der Karte durchquert ein vollkommen weißes Gebiet nach Tan-Tan, aber Tan-Tan ist noch nichts. Angezogen von der Leere auf der Karte, fahre ich diese Straße ein Stück entlang, verlasse sie dann, in die getrocknete Erde hinein, am weißglänzenden Skelett einer Ziege vorbei, und halte an, als eine große Kamelgruppe vollkommen still vorüberzieht. Ich nehme mir vor, einmal so weiterzufahren, von Tan-Tan nach Tarfaya und dann nach Aaiún, in die Spanische Sahara und nach Mauretanien, aber jetzt drehe ich um und fahre zurück nach Norden.

Taroudant. Es ist bereits dunkel, als ich Taroudant erreiche. Meterdicke düstere, abweisende Mauern, in denen die Stadt geborgen liegt. Nicht wie in Avignon, wo die Stadt aus ihren Mauern geplatzt ist und auf der anderen Seite einfach weitergeht – wodurch die Mauern etwas Überflüssiges und damit Lächerliches erhalten; nein, sie wird eindeutig umgrenzt von ihnen, ein Raum für Menschen, ausgespart aus der übrigen Welt, eine feste Burg. Das Hotel ist ein kleiner orientalischer Palast ohne große Zugeständnisse an westlichen Geschmack, mich überkommt ein orientalisches, leicht weihevolles Gefühl, ich gehe etwas langsamer und gleichfalls ein wenig schlurfend und trinke im Mondlicht neben dem gekachelten Teich ein Glas Tee unter den Hibiskussträuchern. Irgendwo aus den Bäumen ruft eine Eule, von der mir jemand erzählt, sie sei weiß, ein wehmütiger Ruf, als müsse sie ihren Eulenkummer an den Mond loswerden.

Am Morgen darauf wird lauter geschrien. Bereits um fünf Uhr setzt das Krähen von Allahs Hahn ein, so durchdringend, daß ich aus dem Schlaf hochschrecke, ein nicht enden wollender Aufruf zum Gebet, eine Stimme, die gemartert und zugleich routiniert klingt mit ihren endlosen schreienden Wendungen. Man kommt nicht darum herum, der Tag hat begonnen, und Allah wünscht, angebetet zu werden. Als der Muezzin nach einer halben Stunde endlich verstummt, versinke ich wieder in undeutlichen Träumen ohne Zeit und Ort.

Der Morgen ist kalt und neblig. Ich gehe hinaus in die Bibel. Was es an Sonne gibt, setzt die ockerfarbene Stadtmauer in Brand, und an ihr gehen die Jungen mit ihren Schafen, mit Reisigbündeln beladene Esel, Berber aus der Umgebung mit Waren für den Markt vorbei. Die Vögel murmeln in den Mandarinenbäumen, skandiert vom Hammer des Kupferschmieds. Männer lassen prüfend Getreide durch die Hand rieseln, Pferde werden beschlagen, eine Frau leckt schnell an frischem Tongeschirr, Kräuter werden wieder und wieder gewogen mit einem Gewicht, leicht wie eine Feder, der Schlangenbeschwörer hat so früh schon sein Publikum, beim Schlachter stehen die Kamelfüße ordentlich in Reih und Glied, *balek! balek!* schreit der Eseltreiber mit seiner Last von großen Brocken glitzerndem Salz, ich sehe die Welt, wie sie nicht mehr ist, Fleisch duftet aus hohen, spitz zulaufenden Tontöpfen in glühender Holzkohle, Frauen in langen schwarzen Gewändern und mit phantastischem Schmuck trennen die Spreu vom Weizen.

Was macht mich hier so glücklich? Vielleicht ist es die Stille, es gibt nur Geräusche von Menschen und Tieren. In einer Ecke des Marktes parken sämtliche Esel. In wenigen Jahren werden es Mopeds sein, noch später Autos. Aber jetzt noch nicht. Vielleicht ist es auch die Sichtbarkeit von allem: wie Dinge hergestellt werden. Schmiede, Gerber, Bäcker, alles schart sich um diesen Markt, Schreiber und Geschichtenerzähler, Bettler und Schlachter, der gesamte Kosmos auf einem Haufen, eine Welt, die in sich geschlossen ist, sich selbst bedient und versorgt, eine Welt im Lot, wie es scheint. Nur mit den Augen und der Stimme schlägt der Geschichtenerzähler einen Bombentrichter der Fiktion mitten in die Menge. Seine Zuhörer sind für die Welt verloren. In ihrer Aufmerksamkeit steckt eine schreckliche Unschuld. Die Stimme des Erzählers plätschert, stockt, jagt, schreit, verebbt wieder, und sie folgen ihr, von nichts abgelenkt. Das nenne ich Schreiben! Ich würde gern in dieser Menge versinken oder vielleicht auch nur dazugehören. Weiter als bis zu einem Glas Krauseminztee komme ich aber nicht. Als ich durch den endlosen Irrgarten der Kasbah zum Stadttor zurückspaziere, höre ich hinter mir noch immer die Trommeln und die hohe mäandernde Flöte des Schlangenbeschwörers.

Taourirt. »Rückkehr an einen Ort, an dem wir früher geweilt haben, ist sehr gut möglich, Rückkehr zu einem Augenblick dagegen, den wir früher erlebt haben, leider nicht.« Das ist der letzte Satz des Buches *Het mysterie Tijd (Das Mysterium Zeit)* von Dr. P. J. Zwart. 1960 reiste ich durch Marokko. In Marrakesch fuhr ich mit dem Bus, damals ein äußerst unbequemes Beförderungsmittel, durch den Hohen Atlas über Ouarzazate zum letzten Grenzposten vor Mauretanien, der Oase M'Hamid in der Sahara, wo das Flüßchen Dra unter dem Sand verschwindet und der Sand selbst und ein paar Kamele und sehr wenige Berber sich auf den langen Marsch nach Timbuktu begeben. Es war eine großartige Fahrt durch hohes, wildes Gebirge – heiß, was vor allem unangenehm war, weil der Mann neben mir den ganzen Tag einen Kalbskopf auf dem Schoß hielt, und geheimnisvoll durch die eigenartigen hohen, assyrisch anmutenden roten und ockerfarbenen Forts entlang der Straße, die *ksar* genannt werden.

Damals war ich noch unbelastet von jeglichem Wissen über die Berber, ich schaute nur. Nun, da ich mehr von ihnen weiß, weiß ich wie gewöhnlich weniger – ein geheimnisvolles Volk, dessen Ursprung unbekannt ist, Stämme mit Namen wie Tachelheit und Tamazirt, eine Schrift, Tifinar, geschrieben in einem geheimnisvollen Alphabet, das wahrscheinlich nur Borges lesen kann, und hundert Theorien, woher diese Imasirenen gekommen, wer sie gewesen sind: Gab es sie bereits, als Dido, die Prinzessin von Tyros, nach Nordafrika kam und Karthago gründete? Oder waren es die Gätuler, die Hannibal zu Purpur und Elefanten verhalfen? Oder die Äthiopier, von denen Skylax von Karthago berichtet? Oder die Lixiten von Hamon? Oder waren es, wie Malek Ibn Marahbet sagt, »himyaritische, moderitische, koptische, amalekitische Stämme, die gemeinsam aus Syrien nach Nordafrika wanderten«?

Alt, alt ist das Wort, das sich am stärksten aufdrängt, die Sprache, die Namen, die ungeklärte Geschichte, die Forts, die Wüste, der steinige Boden, die Täler, eine Welt, noch umschlossen von den Eihäuten der Antike und somit von einer fast verbotenen Anziehungskraft, jahrhundertealte, versteinerte Talmudweisheit in den *mellahs*, kabbalistische Rätsel, Geschichten, ausschließlich mündlich aus der Bibel überliefert, Fossilien, bestehend aus Sprache, Fossilien aus Gesten, der Stab des Hirten, der Pflug des Bauern, die Stimme des Erzählers, das Feuer des Schmieds, die Gültigkeit der Parabeln.

Ich stehe vor der Kasbah von Taourirt. Dort stand ich schon einmal vor dreizehn Jahren. Damals führte mich ein alter Mann hinein, zeigte mir die Synagoge, eine Lehmhöhle, in der Gold blinkte, zeigte mir an einem Mittag mit bestialischer Sonne einen verborgenen Garten, in dem sich im Wasser leise Schilf bewegte und aberwitzige Frösche quakten. Mit einem Griff riß er Rosen von einem Strauch und zerdrückte die Blütenblätter in meiner Hand. Und als wir aus dem Garten herauskamen, sah ich eine Frau in einem hellfarbenen langen Gewand, schwarzglänzende Augen und eine auf ihre Stirn herabhängende Rose. Jetzt ist nichts mehr da, nur die Erinnerung.

Ich streife durch die verwirrenden Gassen aus Sand, vorbei an endlosen Lehmwänden, die ineinanderfließen, verschwinden, wieder von vorn beginnen, finde den Garten aber nicht mehr. Die Juden sind fort, die Synagoge gibt es nicht mehr, oder man will sie mir nicht zeigen, und wenn ich die Frau gesehen habe, habe ich sie nicht wiedererkannt. Dafür habe ich den Tod gesehen. Irgendwo in einer dunklen Ecke, wo es feucht und klamm ist, liegt eine Stimme aus schmutzigem Staub, denn das ist das einzige, was ich in dieser Dunkelheit sehen kann, ein Mensch, von dem nichts mehr übrig ist als ein Bündel Kleider, es scheint, als könne es kein Kilo wiegen, doch die Stimme klagt und murmelt und weint leise, jemand, etwas, das da im Sterben liegt, etwas Altes und schon fast Verschwundenes, ein unsichtbarer Mund ohne Körper, eine Seele, von Menschen in eine Ecke gelegt. Ich gehe auf sie zu, die Stimme geht über in Gewisper und Geröchel, aber ich sehe noch immer keinen Kopf, und dann kommt eine Frau, die mir bedeutet wegzugehen, diese Schande darf ein Fremder nicht sehen.

Tinerhir. Taourirt, Tizi'n'Taddeght, Inassine, El-Kelaâ-des-Mgouna, El Goumt, Boumalne, Imiter, so heißen die Orte bis Tinerhir. Die Welt ist wüst und leer, und ich hoffe, daß es so bleibt. In diesen Landschaften gibt es keine Wollust, keine Verlockung, nichts Angenehmes, außer daß ich es angenehm finde, eine Art Exerzitium. Wem begegnet man? Einem Schakal, einem Armeefahrzeug, drei Frauen, gebeugt unter bizarren Schilfbündeln, die sie von nirgendwo geholt haben können – aber sie gehen auch nirgendwohin, also hat alles seine Richtigkeit. Ferner Lastwagen, derentwegen man die schmale Straße in den Schotter hinein verlassen muß, manchmal Gruppen von Männern auf Eseln oder Pferden, und dann plötzlich, in einer Wegbiegung, ein Ziegenhirt – dessen Ziegen allerdings nicht auf der Weide grasen, denn die gibt es nicht, sondern oben und seitlich im Geäst harter, dorniger Bäume. Ich bleibe stehen, und wir betrachten uns gegenseitig. Was für ein Anblick:

er mit einem Stock und einem Hund und all seinen Ziegen auf dem Baum, ich auf der leeren Straße in der ansonsten als Mond verkleideten Welt. Langsam kommt er auf mich zu, lacht aus einem Mund mit wenigen Zähnen und sagt etwas, das ich nicht verstehe. Wir rauchen eine Zigarette zusammen, er klopft an mein Auto und sagt »France?«, ich sage »nein, Holland«. Und, o Gott, ungeheure Begierde zuckt über sein Gesicht, als hätte ich gesagt »aus dem Paradies«, und er sagt »moi, Hollande, travail?«. Er, mit seinem Stab, seinen Ziegen, seinen langen wettergegerbten Beinen, die im Boden stehen, als wären sie selbst aus Stein. Ich empfinde große Scham und weiß nicht, was ich sagen soll, aber das macht nichts, er versteht mich ohnehin nicht, und so lasse ich ihn allein und fahre weiter, ein rasch entschwindender Abgesandter aus einer begehrenswerten Welt.

Tinerhir. Von der Terrasse des verfallenen Palastes des früheren Paschas von Marrakesch sehe ich, wie sich das Ende des Tages ringförmig um das Ende des Marktes schließt. Unten, auf dem großen, offenen, staubigen Platz, stehen die weißen Zelte. Überall Feuer. Männer in langen weißen und braunen Dschellabas stehen in großen Kreisen um Geschichtenerzähler herum, auf den freien Flächen zwischen den Kreisen Pferde und Esel, und am Rande dieses Kosmos die großen Lastwagen, welche die Berber gleich wieder in ihre verlorenen, fernen Dörfer hoch oben im versteinerten Atlas bringen werden, über dem sich der Mond jetzt wie ein Spiegel erhebt. Ich gehe hinunter. In der Oase ist es still. Trommeln in der Ferne und hier Gemurmel von Wasser, Palmengeraschel. Die Romantik ist fast unerträglich, weißes Mondlicht auf den ockerfarbenen Lehmruinen, und dann auf einem Friedhof, umgepflügter Acker des Todes, nur Scherben, die aus der Erde ragen und je einen namenlosen Toten benennen. Ich komme mir vor wie Novalis, wie ich da in der hereinbrechenden Nacht und dem Mondlicht herumgeistere. Es wird kalt, man hat das Gefühl, als schöben die Berge ihre eigene kalte, steinerne Luft vor sich her, hinein in die wollüstige, samtene, dunkle, volle, linde Oase.

Auf dem Markt sitzen die Männer an ihren Feuern, rauchen und reden. Der Schmied, in seinem dunklen Loch hokkend, schaut wie ein böser Geist mit sprühenden Augen. Die Funken fliegen ihm um die Ohren, die Engel von Jan Hanlo[2] schwirren auf dem Sandweg hin und her und rufen, halb verlegen, halb herausfordernd, »bonsoir«, die Petroleumlampen in den kleinen Läden werden höher gedreht, ein Mann hebt zwei Kamelfüße hoch, prüft sie im schwachen Licht und legt sie wieder hin, ein enthäuteter Rinderkopf wird in zwei Teile gespalten, die Augen, dunkel und ernst, sitzen noch drin und schauen fast so traurig wie die des Königs, obwohl der nicht traurig ist, sondern rachsüchtig und hart.

Es wird früh Nacht. Im Hotel sind fast keine Gäste. Ich bekomme eine *tajine,* ein Gericht in einem Tontopf, Reis mit einer Taube und ein paar gekochten Pflaumen. Es ist neun Uhr, der Diener will nach Hause, eine halbe Stunde später ist alles kühl und verlassen und totenstill, von meinem Zimmer aus sehe ich zwei gelbe Lichter einsam durch das Tal ziehen – außerhalb der Oase, weiß ich, beginnt das kahle Nichts, ich sehe den Schemen und seinen Schatten, es scheint, als schneite das Licht über der Ebene des Dra, selbst ebenfalls ein Mond.

Marrakesch. Ein grauenvolles Detail aus dem wunderbaren kleinen Buch von Elias Canetti über Marrakesch ist die Beschreibung seines Besuchs auf dem Friedhof des *mellah.* Er wird buchstäblich in die Ecke gedrückt und verfolgt von einer bösartigen Menge aus Krüppeln, Blinden, Irren – eine apokalyptische Schar mit ausgestreckten Händen, ein Bettlervolk wie bei Hieronymus Bosch.

Zehn Jahre später sind sie immer noch da, aber sie verhalten sich mucksmäuschenstill. Sie sitzen wie eine geschlagene Sammlung am Eingang und betteln nicht. Der Friedhof selbst ist eine weite Schlachtordnung weißer Sarkophage, ein großes weißes steinernes Feld, umschlossen von einer Mauer, und an seinem Ende die großen schwelgenden Bonbonnieren der Reichen.

Als ich etwa in der Mitte bin, kommt mir ein Mann schreiend entgegen. Ich verstehe ihn nicht, begreife aber: Er will, daß ich weggehe. Das will nun ich nicht, denn seit ich Canetti gelesen habe, will ich diesen Friedhof unbedingt sehen. Der Mann schreit und droht, und so beginne ich eben auch zu schreien, zwei ungefährliche Irre, die sich zur heißen Mittagsstunde gegenüberstehen, quakende Enten auf dem Teich des Todes. Das dauert so lange, bis sein Sohn kommt, sagt, daß der Vater verrückt sei, ihn schimpft und wegführt. Dann bin ich allein, bis der Sohn wieder zurückkehrt und sagt, er und sein Vater seien praktisch die einzigen, die sich noch um die Gräber kümmerten, seit so viele Juden weggezogen seien.

Ich lese die Namen, er zeigt auf die Gräber der großen Rabbiner, hohe gemeißelte Ungetüme, bereit, gen Himmel zu fahren. Es ist sehr still. Winkend lotst er mich mit zu einem niedrigen Gebäude, wo ein kleiner, merkwürdiger Mann in rituellem Gewand, halb blind, mich betastet und etwas fragt. Ob ich Kinder hätte, sagt mein Führer. »Nein.« Ein enttäuschter Blick tritt in die leeren Augen. Er will mir seine Hand auf den Kopf legen, Kerzen werden angezündet, ich muß mich bücken, plötzlich läuft er über von Zauberformeln, sie sprudeln aus ihm heraus und über mich hinweg, endlich nehme ich wieder teil an einem Ritus, welcher Art er auch sein mag. Ich werfe etwas Geld in einen emporgehobenen Kupfertopf, werde noch ein paarmal betätschelt und gehe, solchermaßen gesegnet, wieder in das *mellah* hinein.

Marrakesch ist keine Stadt, es ist ein unabhängiger Planet, von einem göttlichen Zufall wie eine rote Hure, so hat es ein Freund einmal ausgedrückt, an die ersten Hügel des Atlas geworfen, der in der Ferne mit seinen hohen verschneiten Gipfeln leuchtet. Es ist eine Stadt, über die man in einem Buch lesen kann, für das man Jahre braucht. Am besten taucht man einfach in sie ein, läßt sich durch alle Falltüren ihrer wilden, verwirrenden Geschichte fallen und an der Hand zu den Gräbern der Dynastien mitziehen, Saadier, Almoraviden, Alouiten, sieht ein, daß man von der Geschichte Marokkos nichts weiß, und vergißt dann alle diesbezüglichen Schuldgefühle in dem ewig dauernden Trubel des Djema El Fna, indem man sich zu den Menschen unter die Karbidlampen des großen Platzes setzt, wo man für wenige Dinar zusammen mit dem Volk essen und Nabelschau betreiben kann, bis man Ordnung in das Innere seines Schädels gebracht hat. Das Leben und der Tod, das sind Brüder, sagt der weißpantofflige Wächter der Medersa ben Yussef und streichelt mit seinen langen braunen Händen über den Marmor der heraldischen Adler auf einer Art Taufbecken, angefertigt von – und preziös spricht er die einzelnen Namen des Namens aus – Abdel Malek Ben El Mansur Abi Amir im 10. Jahrhundert. Wir gehen zusammen durch die Medersa, werden aus einem düsteren Gang plötzlich auf einen Innenhof gestoßen, auf den das Licht vom Himmel regnet. Alles ist Verzierung, Überfülle, Zierschrift, Ornament. Ich frage ihn, was die Buchstaben bedeuten, die mäandernd über die rosa Steine kriechen, und er sagt, was da stehe, stamme aus dem Koran und sei eine Passage über den Tod, und während er meine Hand hält und seine großen schwarzen Augen mit großer Intensität auf mich richtet, sagt er es, leichthin, aber doch: »Das Leben und der Tod, das sind Brüder. C'est juste, le Koran, non?«

»Oui, c'est juste.« Und er überläßt mich wieder dem steinernen Gespinst.

1973

Anmerkungen

1 Auf deutsch »Ländchen« oder auch »Brachfeld«.
2 Jan Hanlo (1912-1969), niederländischer Dichter.

Empty Quarter

Unter dem Boden schlummert der Berg;
Und über dem Sand, der mich auffrißt,
Hängt tot wie die Sonne der Fluß
Mit seinem verführenden Flügel.
Überall war ich, ein Hund zum Verscheuchen
In der Verkehrung der Welt,
Meine Spur im Sandsturm verloren
Wie ein Wort, dessen Buchstaben fehlen,
Wie ein Name, den keiner trägt.

1982

Qui'amiyat Dikakah

Harrend am Himmel, als rüttelnder Falke,
Blickte ich auf dich hinab,
Auf den Frost deiner Schuppen und Späne,
Deinen Boden aus Steinen und Hunger,
Deine Grenzen aus Nichts.
Zerborsten, zersprungen, zerteilt:
In deiner Wüstenhaut, deinem Flußbett
Aus Kies, deinem Sand ohne Vieh,
Bist du für immer geborgen
Im tiefsten Tresor meiner Augen,
Und bei mir wirst du bleiben und warten,
Bis ich viel eher vergeh.

1982

Ein Tod aus Feuer und Wasser

Nein, nach Indien dürfte man eigentlich nicht nur für zwei Wochen fahren. Auf einen Kontinent mit endlosen Entfernungen, mit mehr als einer Milliarde Menschen, mit einem Bürgerkrieg im Norden, mit dem Gegensatz zwischen Muslimen und Hindus, den Gesetzen des Korans und der Kasten, der sich einem fortwährend entziehenden Bedeutung von Dharma, Karma, Atman und Moksha, der grausamen Ehe von Armut und Reichtum. Egal, wieviel man gelesen hat – wenn man dort ist, wird die schiere Masse des Sichtbaren einen erdrücken. Wie lange es wohl dauern mag, bis man Ordnung in dem zu sehen begänne, was als Chaos auf einen zukommt?

Ich bin auf die New Delhi Bookfair eingeladen worden, weil eines meiner Bücher auf Hindi erschienen ist. Im Verlauf dieser Woche werde ich es bekommen, und es wird aussehen wie etwas, das schon fast nichts mehr mit mir zu tun hat. Die schönen, an einer geraden Linie hängenden Zeichen können unmöglich die Worte sein, die ich geschrieben habe. Aber sie sind es, als ich in einer ehrwürdigen Akademie auf englisch daraus lese, decken sich die Zeichen mit den niederländischen Worten, in denen ich die Geschichte einmal erzählt habe. Alles stimmt, kurzfristig habe ich mit diesem merkwürdigen blauen Buch mein Kommen legitimiert, ansonsten darf ich mich zwischen all den anderen Schriftstellern und Büchern umsehen. Der niederländische Stand befindet sich genau gegenüber dem Stand der Pakistani, die nicht gekommen sind, der freie Raum wird von anderen Muslimen zum Beten genutzt, etwas, was man auf der Frankfurter Buchmesse nicht so leicht erleben wird.

Man hat mich im wahrscheinlich teuersten Hotel Delhis untergebracht. Kein Grund zur Klage, allerdings trägt es zur

Verfremdung bei, so daß jeder Schritt, den man aus dieser stillen, bewachten Enklave heraustut, den Anstrich eines heiteren oder moralischen Exerzitiums erhält. Beim Kommen und Gehen wird man von Männern in bordeauxroter Uniform und goldenem, federbuschgeschmücktem Turban mit einem Salut gegrüßt, der die Grenze zwischen der Welt drinnen und der draußen exakt markiert. Jenseits des Grußes herrscht, was in diesen ersten Tagen noch wie totales Chaos aussieht, und es gibt keine bessere Methode, sich ihm auszuliefern, als zu Fuß zu gehen oder ein Dreiradtaxi zu nehmen und jede Form von Angst von sich zu schieben. Verkehr bedeutet hier seinem Wesen nach: vorzustoßen, und zwar so weit wie möglich. Millimeterkunst, Auspuffgaskunst. Man sitzt auf einer unglaublich schmalen Bank, dem Fahrer direkt im Genick, der nur ein Ziel hat: jede Lücke zu finden, in die das Spermatozoon, das er, ich und sein Tuktuk zusammen bilden, hineinschießen kann. Was rechts und links von uns ist, existiert nicht, in dem Körper vor mir befindet sich ein geheimnisvoller Radar, mit dessen Hilfe wir im letzten Augenblick dem tödlichen Treffer entgehen werden. Durch die Hitze und die qualmenden Gase entsteht bei mir so etwas wie Ekstase. Kommunikation mit dem Fahrer ist unmöglich aufgrund der Sprache und seiner totalen Konzentration. Durch die physische Nähe seines Körpers ist man auch seinem Dasein, der Welt näher, zu der er gehört und man selbst nicht. Delhi ist groß, Stunden habe ich so verbracht, auch nachts, gespenstische Fahrten durch dann viel verlassenere Straßen, wenn diese Männer sich ein Tuch oder eine Decke gegen die Kälte umgeschlagen haben. Seinem Dasein näher? Ist das nicht Unsinn? Ja, natürlich ist das Unsinn. Und doch. Nicht abgeschirmt durch Glasscheiben und Abstand, sondern aufgenommen in Gestank und Tumult, mit wechselnden Visionen von Glanz und Elend, werden einem die ersten exemplarischen Lektionen erteilt. Moghul-Grabmale und offene Kloaken, Minarette und Hütten, alles ruft und schreit einem etwas zu, Staatsmacht und Verfall, Luxus und Niedergang, während man sich krampfhaft an den dünnen Metallstangen festhält, wird man durch all dies hindurchkatapultiert. Die Elendsviertel und das majestätische, von Lutyens entworfene Ziergitter vor dem Rashtrapati Bhavan, dem Amtssitz des Präsidenten, das wahnsinnige Verkehrschaos und die eisige Ordnung der Nuklearlabore, der Vater mit dem in ein weißes Tuch gewickelten toten Kind, dem ich auf dem schmutzigen Bürgersteig begegne, und die bronzene Devi mit ihrer kodierten Fingerhaltung und den euklidischen Brüsten im Nationalmuseum, das alles ist Teil des Landes, das vor fünfzig Jahren mit einer Rede Nehrus unabhängig wurde: »We made a tryst with destiny …« So sieht »destiny« also ein halbes Jahrhundert später aus: nicht ein Land, sondern drei. Demokratie und Nuklearmacht, unterentwickelt und mächtig oder, wie James Cameron vor fünfundzwanzig Jahren in *An Indian Summer* schrieb: »The government pursued a constitutional policy of equality and social justice, which at the present rate would take about forty million years to achieve. (…) A third nuclear station was going up at Kalapaka in Madras, and the official Planning Commission agreed that nearly 300 million people still lived below the barest subsistence minimum. (…) The Defence budget made enormous claims on revenue, and education was actually moving *backwards*: 70 % of all Indians were still illiterate. (…) After twenty years of central planning the Health Minister admitted that there was no possible means of fixing a date when 600 000 villages would get fresh drinking-water.«

Das war vor einem Vierteljahrhundert, geschrieben von jemandem, der das Land kannte und liebte. Und heute? Geplagt von Terrorismus in Kaschmir, ständig am Rande eines Krieges mit Pakistan, erstickt in einer alles überwuchernden Bürokratie, Opfer blutiger, von Fanatikern geschürter Glaubenszwiste, aber nach wie vor funktionierend und all diese vehementen Zentrifugalkräfte in einem unendlich trägen, schweren Körper irgendwie zusammenhaltend, der sich im Tempo eines Landes durch die Geschichte bewegt, das bereits eine vieltausendjährige Geschichte hinter sich hat und unbeeinflußt bleibt vom Kommentar des flüchtigen Außenstehenden.

Was habe ich gemacht? Ich habe jeden Tag die *Times of India* gelesen und versucht, mich in die byzantinische Komplexität der indischen Politik zu vertiefen, und ansonsten habe ich mich – Fliege in einem Kosmos – wehrlos ergeben, jemand mit zu wenig Augen, um alles aufzunehmen. Die Moguln sind längst aus Indien verschwunden, doch ihre Macht strahlt unvermindert aus ihren Palästen, Forts, Grabmalen. Im Roten Fort habe ich Zeit genug, darüber nachzudenken. Den Verkehr Delhis als Basso continuo im Hintergrund, irgendwo ein Blasorchester, das übt, schrill und schneidend, doch um einen herum ein Reservat der Stille, in dem die weit auseinander liegenden Gebäude die für immer versunkene Vergangenheit gleichzeitig wachrufen und versiegeln. Hier war es also, denkt man, hier, in der Diwan-i-Khas, stand der Pfauenthron, man muß nur die Augen schließen, um zwischen den strengen Pilastern Stimmen zu hören. Was würde man sehen, wenn man wirklich schauen dürfte? Alle äußeren Zeichen der Macht, den edelsteinbesetzten Thron, die Würdenträger in ihren wehenden Gewändern, die vergoldeten Schwerter. Von hier aus regierte Shah Jahan sein Kaiserreich, in der Diwan-i-Am hielt er seine tägliche Audienz. Das Gold, die Düfte, die Kleider der Frauen, die flehentlichen Bitten, die geflüsterten Gespräche und die geschrienen Befehle, das Wiehern der prächtigen Vollblüter, diese ganze Welt, bewahrt in den Miniaturen, der Liebeslyrik und den epischen Erzählungen, ist hier erstarrt, geblieben sind nur die Kulissen, die Moti Masjid, der Khas Mahal, eine strenge, beherrschte Wollust und Verzierungswut, Wölbungen, Filigran, Lichteinfall, Kunst, die sich kaum beschreiben läßt, die aus Maß besteht und Kalligraphie. Ein größerer Gegensatz zur Hindukunst mit ihren orgiastisch tanzenden Frauengestalten, vielarmigen Göttern, ihrer erotischen Spannung, den göttlichen Kopulationen ist nicht denkbar, diese beiden Kulturen in ein und demselben Land mußten sich aneinander reiben wie gnadenloses Schmirgelpapier, die zur Schau gestellte, exhibitionistische Wollust einerseits und andererseits eine Baukunst, die Sinnlichkeit lediglich in den Formen zuläßt, in den Kuppelwölbungen, die, wie bei der großen Moschee, der Jami Masjid, zusätzlich Relief durch die große, leere Fläche davor erhalten, durch die beiden ranken, aber mächtigen Minarette zu beiden Seiten des Säulenumgangs und den gigantischen Eingangsbogen in der Mitte. Ich steige die endlose Treppe im linken Minarett hinauf. Zwei Menschen kommen kaum aneinander vorbei, und es herrscht eine nahezu völlige Dunkelheit, bis wieder eine kleine Öffnung in der Mauer kommt. Mir wird schwindlig vom Drehen und Drehen, aber als ich oben angelangt bin, sehe ich zwei Welten, die der Ordnung und die des Chaos. In der Ferne das Rote Fort, wo ich vor einer Stunde noch war, der rote Sandstein scheint in der Hitze zu flimmern. Genau unter mir der große Innenhof der Moschee, und auf der riesigen leeren Fläche, auf der beim Freitagsgebet an die zwanzigtausend Menschen Platz finden, wie auf einer Architekturzeichnung hier und da eine Gestalt, betend oder gehend, als wäre sie dort hingesetzt, um die Größenverhältnisse zu verdeutlichen. Und als ich mich dann auf der winzigen Plattform hier oben umdrehe, sehe ich auf der anderen Seite das mittelalterliche Labyrinth von Chandi Chowk, durch das eine wuselnde Menschenmenge strömt. Ich folge dem Flug einer Taube, die mit *einem* langen Schwenk den harten, vibrierenden Ruf des Muezzins durchkreuzt, auf dem Rand des Brunnens landet und neben einem alten Mann trinkt, der sich vor dem Gebet reinigt und, als er fertig ist, wieder und wieder verneigt. So sieht Allahs Auge die Sterblichen, wie sie sich aus der überströmenden Menge lösen, zur Moschee kommen, wo die leere Fläche des Vorhofes sie plötzlich zu einer Ausnahme macht, zu jemandem mit einem Namen, der nun niederkniet, sich tief verneigt und mit demjenigen spricht, der nie antwortet.

Ich trete den Rückweg an und schraube mich entlang allen Windungen des Minaretts abwärts. Ein paar Minuten später bin ich selbst Teil eines lebenden Breughels und ströme zwischen Wasserverkäufern, Ohrauskratzern, Friseuren mit, steige über verstümmelte Körper hinweg, sehe, wie ein Rumpf sich über den schmutzigen Asphalt voranwälzt. Überall um mich herum die Apotheose der Waren: Tongeschirr, Zinkschüsseln, Schornsteine, Auspuffe, Papierstapel, Steckdosen, Computer – alles hat seinen eigenen Platz in diesem Labyrinth. Ich weiß schon längst nicht mehr, wo ich bin, die Läden ähneln höhlenartigen Kämmerchen, bei denen man nie weiß, was dahinter liegt. Die Namen sind ein Gedicht, Venus Hand Tools, The Imperial Stationery Mart, Bengal Paper Mill Cy., Shree Mahavir Book Depot, Ramesh Publishing House, Kundan Switches, Chetan Sarees, der Lärm ist unbeschreiblich, Klingeln, Rufen, Fahrradrikschas zwängen sich durch alles hindurch, sechs uniformierte Schulmädchen hinter einem verzweifelt tretenden Fahrer, Esel, eine stocksteif stehende Kuh, der alle ausweichen, Männer mit ausladenden Körben auf dem Kopf, Frauen in Ocker und Violett, Pandämonium, Glanz, Durcheinander, Bewegung – dem zu entrinnen ist nicht möglich, es ist, als dringe die gesamte Menschheit auf einen ein, man sieht ein Gesicht, man sieht tausend Gesichter, wird fast überfahren von einem Motorroller, beladen mit Lotus Computer Paper, man ist ein eigenartiges Atom, das in einem unermeßlichen Strudel hierhin und dorthin geschubst wird, Augen heften sich für einen Moment an dich, eine Hand berührt dich, jemand sagt etwas oder lacht oder bettelt, dies ist die Dritte Welt, in der deine Erste eine blasse Abstraktion ist, die irgendwann von alldem überflutet werden wird, allein durch das träge, unendlich geduldige Gesetz der Zahlen. Als ich nicht mehr kann, lasse ich mich zum Roten Fort zurückradeln. Noch einmal will ich in dieser Stille stehen, in der Vergangenheit, in der niemand etwas sagt und die Phantasie freies Spiel hat. Kühler ist es jetzt, die Bäume mit den langen, spitzen Blättern bewegen sich sacht, Sandalenschlurfen, roter Staub auf den Sandsteinböden, der Marmorthron hinter Maschendraht, niemand mehr da, den Klagen und Petitionen zu lauschen. Ich höre den Klang eines Muschelhorns und weiß nicht, woher er kommt. Zwei Männer, Hand in Hand, der Singsang ihrer Worte ein Rezitativ, das mich ausschließt, eine Frau in karmesinrotem Sari mit langem, schwarzglänzendem Zopf steht unbeweglich da, als warte sie auf etwas, ihr totenstiller Schatten rechts neben ihr auf dem Gartenweg. Schauen ist alles, was ich kann; alles, was ich lese, stürzt mich in noch größere Verwirrung. Die Zeitungen sind voller Berichte vom Konflikt mit Pakistan, von einem Tempel, der gebaut werden soll oder nicht, von Hindutva, dem neuen Hindunationalismus, von Kaschmir. In dem Buch von Cameron lese ich von der »Partition«, der Teilung des Subkontinents in Indien und Pakistan, vom Erbe des Kolonialsystems, bei Octavio Paz über die Religionen in diesem säkularen Staat, dann und wann schimmert darin ein Hauch von Bedeutung, aber ich weiß nicht, wie ich das, was ich lese, mit der überwältigenden Wirklichkeit verbinden soll, die ich um mich herum sehe, sie ist zu mächtig, zu groß, zu alt. Es scheint, als seien es gerade die Gegensätze, die alles in Balance halten, doch ob es wirklich so ist, weiß ich nicht. Jahre bräuchte man für jede der Welten, die hier zusammen die Welt sind, jede mit ihrer eigenen, mit der der anderen zusammenprallenden Geschichte, vielleicht ist es ein Wunder, daß es überhaupt funktioniert.

Im Nationalmuseum streife ich durch die Jahrhunderte, als könnte ich auf Wasser gehen, wenn ich mich nicht an die Reihenfolge der Säle und Epochen halte, werde ich zu meinem eigenen fortwährenden Anachronismus, buddhistische Skulpturen, persische Miniaturen, ein Vishnu, Stein, königlich, streng, mächtig, aus dem fünften Jahrhundert, bronzene Tänzerinnen mit Brüsten wie Kugeln, kufische Handschriften, als ich später meine Aufzeichnungen lese, wird mir erneut schwindlig: Bronze, Elfenbein, Alabaster, Granit, alles mit seiner einzigartigen, über das menschliche Dasein hinausweisenden Bedeutung, die Manifestationen von Göttern, deren Namen ich nicht einmal kenne, Figuren, bei denen jede Handhaltung, jede Fingerbewegung anders benannt wird und eine andere Bedeutung hat, Kunst, die den Außenstehenden, verirrt zwischen der Religion dieses Einen, ach so Strengen mit dem arabischen Namen und jener anderen mit dem überdrehten Pantheon, anlockt und ausschließt: Tigerreiterinnen und Schnabelgestalten, Erhalter und Zerstörer, gekrönte Elefanten und Affenmenschen, jeweils mit seinem oder ihrem eigenen *vahana,* Eule, Schlange oder Schwan, der eine die soundsovielte Reinkarnation des anderen, eine schwirrende, mit Kronen, Tiaren und Juwelen geschmückte Götterwelt, im Vergleich zu der der Olymp von einer vernunftbetonten Gesellschaft bevölkert wird.

Meine Aufzeichnungen aus diesen Tagen können nichts miteinander versöhnen, sie zählen nur auf, das englische Echo des Connaught Place, ein tropisches, verfallenes London mit hohen weißen Säulen in einem vollkommenen Kreis, ein entfernter, leicht heruntergekommener Verwandter. Ein kleiner Junge schmeißt mir einen Batzen diarrhöfarbenen Dreck auf den Schuh und will ihn daraufhin putzen, weil er so schmutzig ist. Selber schuld, hätte eben nicht auf die riesengroßen, wild gemalten Filmplakate einer neuen Bollywoodproduktion starren sollen. Ich würde gern mit dem Zug reisen, da das aber nicht geht, stehe ich auf der hohen Überführung, die all die Linien überspannt, und schaue auf das Leben zwischen den Gleisen, am Boden kauernde, redende, liegende, essende Menschen. Die Schienen verflechten sich ineinander, lange Züge brechen zu Tage dauernden Reisen in alle Richtungen dieses Kontinents auf, ich höre in der Ferne die Stimmen von Lautsprechern und würde gern mitfahren, mich wie ein Mensch des neunzehnten Jahrhunderts dem Tempo dieses Landes anheimgeben, aber das geht nicht, ich will nach Benares, in die Stadt des Ganges und der Toten, und in der mir zugemessenen Zeit ist das nur auf dem Luftweg möglich. Jemand hat mir den Namen eines kleinen Hotels am Ganges genannt, aber es ist voll. »No place, sir«, sagt der bordeauxrote Portier meines Hotels in Delhi. »But if you want I can find another place for you, on the river.« Er nennt den Preis. Aber das ist ja genauso viel, wie ein Glas Wein in diesem Hotel kostet, sage ich. »Yes, sir, but it is o. k. It is a Muslim hotel, vegetarian, and no alcohol.« So ist es. In dem Hotel, das soviel kostet wie ein Glas Wein, bekommt man keinen Wein. Es ist karg, rudimentär, streng. Der Mann, der mich erwartet, hat sich eine Decke gegen die Kälte umgeschlagen, er heißt Abdullah und ist nicht gesprächig. Das Zimmer ähnelt einer Klosterzelle. Kein Telefon, kein Fernseher, Steinfußboden, ein hartes Bett, aber draußen eine Galerie, von der aus man auf den Fluß schauen kann und auf die leere braune, majestätische Landschaft dahinter. Ich wohne am Assi Ghat, dem meinem Gefühl nach südlichsten der über achtzig Ghats von Benares, weil es auf meiner Karte das unterste ist, auf der linken Seite des Flusses. Der Pfeil im Fluß zeigt jedoch nach oben, und das kann niemals der

Norden sein, denn der Ganges entspringt im Himalaya. Alles ist also umgekehrt, das Assi Ghat ist das nördlichste und liegt auf der Ostseite des Flusses. Für einen gläubigen Hindu sind diese Überlegungen wahrscheinlich ohne Bedeutung. Für ihn zählt eine andere Geschichte. Einst, in jenem hinreißenden, unbestimmten Einst, in dem die großen Geschichten entstehen, lebte ein König namens Bhagirath. Seine Vorfahren hatten die Unvorsichtigkeit begangen, den weltabgewandten, weisen Kapila in seiner tiefen Meditation zu stören, woraufhin dieser so wütend geworden war, daß er sie durch seinen rasenden Blick zu Asche versengt hatte. Was muß ich tun, um ihnen zu helfen? fragt der König den Gott Brahma. Das Wasser des Himmelsflusses ist die einzige Lösung. Wenn die in der Unterwelt gefangenen Seelen seiner Vorfahren darin untergetaucht werden, sind sie gereinigt und gerettet. Doch wenn der Fluß direkt vom Himmel auf die Erde strömt, geht sie unter. Hier kann nur die Göttin Ganga helfen, aber wie soll sie das tun, ohne gleich die Erde zu ertränken? Daher ruft Bhagirath Shiva zu Hilfe, den freundlichen Gott des Himalaya, der das mächtig herabdonnernde Wasser mit seinem Kopf auffangen soll, wonach es langsam durch die dichten Wälder seiner Locken herabströmen wird. Nun, da ich dies lese, erkenne ich auch meinen Irrtum. Die merkwürdige Biegung, die der Fluß macht, als wolle er nach Norden fließen, ist Täuschung, es scheint nur so, weil Ganga, als sie die wundersam schöne Stadt Benares sah, ihren Weg nicht fortsetzen wollte und fast zurückgekehrt wäre. Nur der sanfte Zwang des Königs konnte die Göttin davon abbringen, und so liegt die Stadt nun an ihren Ufern, und seit jener Zeit kommen die Hindus zu Millionen hierher, um zu beten, um sich zu reinigen, um zu sterben und an den Ufern dieses Flusses verbrannt zu werden. Einen ersten Eindruck davon habe ich gewonnen, als das Taxi sich einen Weg durch die Menschenmenge zu bahnen versuchte. Nun, da es ruhiger geworden ist, sitze ich auf der Dachterrasse meines Hotels. Ghat bedeutet Anlegestelle, bezeichnet aber auch die Treppen, die von den steilen Ufern zum Wasser hinunterführen, sowie die hohen Gebäude dahinter. Ich habe mit Abdullah vereinbart, daß ein Ruderer mich morgen früh bei Sonnenaufgang an allen Ghats entlangrudern wird; jetzt bleibe ich hier oben im Halbdunkel, blicke auf die fernen Lichter, die langsamen Boote auf dem Fluß, den Mann, der seine Wasserbüffel zusammentreibt, und lausche dem unaufhörlichen Gesang, Gebet, der Litanei, die aus einem kleinen Gebäude links neben dem Hotel kommt. Die Laute kreisen, steigen und fallen, ein Gespräch mit höheren Mächten ohne Kommas und Punkte, ich hoffe, sie verstehen es da oben. Dies ist es also, tiefes, schweigendes Wasser, immer massiver werdende Dunkelheit, eine unverständliche, mich einspinnende eindringliche Stimme. Ich weiß, daß ein Stück entfernt an den Ufern alles mögliche geschieht, aber ich bin noch nicht bereit, zuviel Flugzeug hängt noch an mir, ich sehe Lichter sich in der Ferne bewegen, es müssen Prozessionen sein, höre fernen Gesang über die eine gebieterische Stimme hinweg, doch dies ist nicht mein Augenblick, erst schlafen, die andere Großstadt von mir abschütteln, den Flug, die lange Fahrt durch das Land, den Fahrer, der die Hand ständig auf der Hupe hielt, Eseln und Radlern wild ausweichend, auf andere frontal zusteuernd und dann heftig bremsend, Aggression, die so unvereinbar scheint mit der trägen, öligen Art zu gehen nach Verlassen des Autos.

Ich muß nicht geweckt werden, die Stimme ist bereits da. Sie hat in meinem Schlaf begonnen, als gehörte sie noch dazu, doch dann kommt auch das Klopfen an der Tür, ein heißer Tee, der eilige Gang hinunter zum schlammigen Landungsplatz, wo das schmale, lange Boot schon bereitliegt. Gräue, Morgendämmerung, Kühle, auch dieser Mann hat sich eine Decke umgeschlagen. Langsam beginnt er zu rudern. Englisch spricht er nicht, also lachen wir uns nur an. Alles, was ich jetzt sehen werde, habe ich bereits einmal gesehen, die Tempel, die zum Fluß hinunterführenden Treppen, die Menschen auf diesen Treppen und im Wasser, Tausende und Abertausende. Aber ich habe es in einem Film gesehen, Bilder, die mich hierhergezogen haben, und dennoch, nichts hat mich auf den Schock des Echten vorbereitet, auf meine Sprachlosigkeit. Wenn das Boot nicht etwa vierzig Meter Abstand hielte vom Ufer, ich wäre dem nicht gewachsen, würde glauben, verschlungen zu werden. Die hohen Gebäude an den steilen Uferhängen, die ausladenden Bäume dahinter, das geht noch. Ich sehe die fremdartigen, aufwärtsdrängenden, kugelförmigen Auswüchse an den Türmen, ich sehe Kuppeln und Stupas, Terrassen, Balkone, tote Fenster, Plattformen, Freitreppen, und es scheint, als lebe alles durch die sich bewegende Menge darunter, sich verneigend, kauernd, badend im kalten Wasser, in sich wirbelnd, nackte Männeroberkörper, die grellen Farben der Saris, ein Leuchten von Rot und Gold. Am Ufer flüchtige Gebilde, Sonnenschirme aus Schilf, und später, als wir weiter sind auf unserer langsamen, langen Fahrt, die Holzstapel, die Scheiterhaufen, die Leichen in ihrem Silber und Gold, die Rauchschwaden, die Feuer, die Hunde, die Aschefeger, Wasserträger, Priester. Eine heilige Verzückung liegt über diesen Menschen, aus ganz Indien sind sie gekommen, um in diesem Wasser zu baden, um in ihm unterzutauchen, zwischen den Tausenden von Gesichtern sehe ich einzelne, in sich gekehrt, in völliger Konzentration, betend, ekstatisch, wie fühlt sich jemand, der ein Bad nimmt im Göttlichen, der hofft, dereinst hierher zurückzukehren, um an diesem Ort zu sterben, um hier, an diesen Ufern verbrannt zu werden, als Asche in diesem Wasser zu verschwinden und sich aufzulösen, selbst Wasser und Fluß zu werden und davonzuströmen in das nächste, der Erkenntnis nicht zugängliche Leben? Nacheinander nennt der Ruderer die Namen der

Ghats, Shivala Ghat, Hanuman Ghat, Kedar Ghat, Rana Ghat, Dasashwamedh Ghat, ich werde denselben Weg später an diesem Tag noch einmal zu Fuß machen, viel zu sichtbar zwischen all den anderen, verfolgt vom Lockruf *boat, boat, Sah, boat,* verloren inmitten der Klänge von Tablas und Schellen, von Gesang und Zeremonien, inmitten von Weihrauch und Brandgeruch, Schlamm und Gold, heiligen Männern mit bemalten Gesichtern und Göttern, die ich nicht kenne. Abends kehre ich zu der Stimme und der frühen Dunkelheit zurück, zu den kleinen Lichtern auf dem Fluß und dem fernen Schlagschatten des anderen Ufers, zum schweigsamen Abdullah und zu den Mahlzeiten aus *shaheer paneer, aloo paratha* und *butter naan* hoch oben auf der stillen Dachterrasse zwischen den sanften Stimmen und der Sprache, die ich nicht verstehe. Ich lese über den Ort, an dem ich gerade bin, Worte übersetzen die sichtbare Welt, die jetzt so nah ist und fern bleiben muß. An einem der Ghats habe ich Amerikaner und andere Abendländer in den Kleidern gesehen, die nicht zu uns passen. Meist haben wir nur ein Leben, und wer sich in ein anderes verkleidet, tut das in der Regel aus Verzweiflung, aus Unzufriedenheit mit den Beschränkungen von Ort und Zeit.

Einst, vor einer Ewigkeit, fuhr ich von den Niederlanden per Anhalter nach Süden. Ein umwerfender Zweisitzer einer esoterischen englischen Marke hatte ziemlich abrupt angehalten, und ein Mann, der aussah, wie Gustave Doré sich Don Quijote vorgestellt hat, fragte, wohin ich wolle. Ich erinnere mich noch an das Buch, das er hintendrin liegen hatte: *Gog* von Giovanni Papini, noch besser erinnere ich mich aber an die exemplarische Lektion, die ich während der kurzen Fahrt erhielt: Denk dran, wohin du auch kommst auf deiner Reise, du wirst immer auf dem Stuhl eines anderen sitzen. Ich bin deswegen nicht weniger gereist, aber vergessen habe ich es auch nicht. Die Welt gehört anderen, du darfst sie dir ansehen, um sie besser zu verstehen – oder um dich selbst besser zu verstehen –, aber du kannst diese Welt nicht werden, das konnte Robert Louis Stevenson auf Samoa nicht und Charles de Foucauld nicht in der Sahara, wenngleich einige dem nahekommen mögen.

Ich werde es nicht versuchen. Eine Tika (runder Punkt aus farbigem Pulver) auf meiner Stirn würde mich doppelt sichtbar machen, der Bart eines Sadhu (Weisen) bedeutet an weißen Gesichtern etwas anderes, ich trinke meinen Ingwertee auf der stillen Terrasse und schule mich in der Ikonographie, die ich morgen wieder an den Ghats sehen werde: Die drei waagrechten Streifen auf der Stirn bedeuten einen Anhänger Shivas, sind sie vertikal, ist es ein Anhänger Vishnus. Shiva, der Zerstörer, ohne den Wiedergeburt nicht stattfinden könnte. Ich sehe ihn mit fünf Köpfen, mit einem Dreizack wie ein entfernter Vetter Poseidons. Der andere, Vishnu, ist der Retter der Menschheit, er sitzt auf einer zusammengerollten Schlange und hält ein Muschelhorn und einen Diskus in den Händen, und wenn er ausgeht, reitet er auf Garuda, dem Vogelmann, halb Adler, halb Mensch. Einst war er Rama, Krishna und Gautama Buddha, ich sehe ihn in all diesen Erscheinungsformen, auf Mauern gemalt oder auf billigen Plakaten in kleinen Läden und Kiosken, zusammen mit all den anderen Göttern, deren Namen ich nicht kenne, ein in Grundfarben ausgeführtes Pantheon samt allen dazugehörigen Tieren und Halbtieren. Machtlos bin ich gegenüber diesen Bedeutungen, Darstellungen und Symbolen, die sich mir andienen, und vielleicht bin ich sogar erleichtert, als ich beim großen Tempel in einer der labyrinthischen Gassen freundlich gebeten werde weiterzugehen. *Not for European gentlemen,* so etwas höre ich und blicke im Halbdunkel in ein verschlossenes Gesicht. Ich rieche Weihrauch, sehe Blumen, doch die Gebärde ist deutlich, ich soll weitergehen, dies ist nicht meine Welt, auch nicht für mich bestimmt, und irgendwie betrifft das alles, was ich um mich herum sehe –

ein roter Elefant, behängt mit bereits verwelkenden Girlanden, eine Göttin mit schwarzer Maske, alles mit seiner eigenen Deutung, die gleichzeitig eine Verweigerung ist: Du darfst es sehen, aber nicht sein. Du kannst atmen, sprechen und denken, dein Körper gleicht all den Körpern ringsum, doch die Distanz ist unüberbrückbar, und wenn ich das als Niederlage empfinde, ist es nicht meine, sondern die meiner Gattung, uns trennt eine unverdauliche Menge Geschichte, Herkunft, Sprache, Ritual. Aber es ist keine Niederlage, sondern der Segen des Unterschieds, weil dadurch die Illusion der eigenen Selbstverständlichkeit zerstört wird. Es wäre lächerlich, es anders zu wollen, Film und Fernsehen haben uns so nahe an andere Welten herangebracht, daß wir glauben, ein Recht darauf zu haben, glauben, wir könnten unsere eigene geographische und zeitliche Zufälligkeit vergessen oder leugnen. Die Welt um mich herum wirkt auf mich so alt wie Babylon auf Christus, läßt man mal den leuchtenden grauen Schimmer von Computerbildschirmen in einigen dieser höhlenartigen kleinen Läden außer Betracht. Doch darin besteht gerade die Täuschung, eine gegenwärtige und nicht gegenwärtige Welt, das Wissen um die großen Geschichten, in denen die anderen lebten oder noch leben, und dazwischen deine eigene geschichtenlose Flüchtigkeit, umringt von Hunderten von Göttern, aber ohne Gott, bedrängt von unzähligen Zeichen, aber ohne Zeichen, ohne Mythos. Die Rolle des Zuschauers hat etwas Demütigendes, weil man, gerade dadurch, daß man etwas sieht, mit solcher Macht davon getrennt wird. Dies ungefähr, glaube ich, waren meine Gedanken, als ich in einer schmalen Gasse, kaum drei Menschen breit, plötzlich von einem menschlichen Wirbelwind zur Seite gestoßen wurde. Hier kam ein Toter vorbei, der es schrecklich eilig hatte. Jemand hatte sein Ziel erreicht und war an den Ufern des Ganges gestorben, jetzt wollte er oder sie nur noch verbrannt werden, sich in Asche verwandeln, die mit dem Wasser davonströmen würde, wollte unsichtbar sein, nicht von all dem anderen Wasser zu unterscheiden, aufgelöst, verschwunden. Die leichte Bahre wurde von vier Männern getragen, die rannten, als sei der Tod ihnen auf den Fersen. Damals hörte ich nur »Ram, Ram« aus diesen rennenden, atemlosen Kehlen, inzwischen weiß ich, daß sie »Ram Nam Satya Hai« riefen, immer wieder, »Ram Nam«, bis sie um die Ecke verschwunden waren. Doch zu diesem Zeitpunkt hatte ich die Verfolgung bereits aufgenommen, ich wußte, daß sie zu dem Verbrennungsplatz wollten, den ich von der Stadtseite aus nicht hatte finden können. Weit vor mir schaukelte der Leichnam unter seinem rotgolden leuchtenden Tuch. Die Männer waren gnadenlos, alle mußten beiseite springen, sofort hinter der kleinen Prozession schloß sich die Menge wieder, wenn sie um eine Ecke gebogen waren, mußte ich mich nach dem »Ram Nam Ram Nam« orientieren, aber ich war nur ein Lebender, konnte mit dem Tod nicht Schritt halten, irgendwo zwischen all den Tausenden war dieser eine verschwunden, vielleicht gehörte es sich auch nicht, so hinter einem Toten herzurennen.

Was dann geschah, glich mehr einem Traum als etwas anderem. Ich war in die Richtung gegangen, in der ich die Männer vermutete, sah sie aber nirgends mehr. Plötzlich, als könnte ein Haus eine Hand haben, umklammerte eine mein Handgelenk. Ich sehe den Augenblick klar vor mir, wie in einem vergrößerten Traumbild. Rechts von mir der im Dämmer gelbliche, braune Schatten des Hauses, die Hand, die mein Handgelenk festhält und langsam hineinzieht. In dem, was die dazugehörige Stimme sagt, erkenne ich lediglich das Wort Sah. Die Stimme will mir etwas zeigen, ich muß mit nach oben. Eine Treppe, die sich sacht hinaufwindet, eine Galerie, noch eine Treppe. Es ist nicht wirklich hoch, doch wegen der Dunkelheit geht es langsam. Ich sehe kleine rotglühende Lichtflecke, spüre Anwesenheit, durch die ich hindurchgehe, verstehe es nicht, habe aber auch keine Angst. Der sanfte Zwang der Hand führt mich zu einer Balustrade, und dann sehe ich es, den Fluß, kleine Feuer, die mit der Strömung auf dem Wasser treiben, Lichtpünktchen, und unter mir größere Feuer, und darauf Leichname, weißgekleidete Männer, die sich um sie herumbewegen, Rauch, hoch aufglühende Asche. Die Tücher, die über den Leichnamen liegen, haben Feuer gefaßt, die Männer, die dort zugange sind, tun, was man tut, wenn man ein Feuer anfacht, die Glut anblasen, das Holz richtig aufschichten, manchmal scheint es, als bewegten sich die Leichname etwas, als legten sie sich anders hin, richteten sich ein wenig auf, ich beobachte es durch den menschlichen Rauch, sehe den Fluß breit und still dahinter, die Dunkelheit des leeren Landes am anderen Ufer, und auch hier drinnen müssen sich meine Augen an das Dunkel gewöhnen, bis ich erkenne, daß das rotglühende Licht, das ich beim Hinaufkommen gesehen habe, kleine Häufchen glühender Asche sind, neben denen Menschen liegen. Gesichter erkenne ich nicht, Formen, die schon fast denen der Toten gleichen, die ich gerade gesehen habe. Sie liegen auf dem Steinboden, wie viele es sind, weiß ich nicht, die Hand hat mich bereits zu einem offenen Innenhof weitergezogen, wo es heller ist, nun sehe ich auch den Totenwächter, der mich ins Haus gezogen hat, und was er will, wird ebenfalls deutlich, Geld fürs Holz, und da liegt es, große Stapel von Stämmen und Ästen in allen Größen und Formen um eine riesige primitive Waage, neben der ein Riese steht, der all dies Holz auf einmal aufheben könnte. Jetzt wird alles erklärt: Die Menschen, die drinnen auf dem Boden liegen, sind nach Benares gekommen, um zu sterben und da draußen, vor dem Haus, verbrannt zu werden, dies ist ihr letztes Ziel, ihr letzter Wunsch. Sie sind arm, sie haben kein Geld, nicht einmal Geld, um das Holz für ihren Scheiterhaufen zu bezahlen. Für wieviel Rupien ich Holz schenken wolle? Ich nenne einen Betrag, auf die eine Waagschale wird das Holz gestapelt, auf die andere kommen große, schwarze Eisengewichte, an den Augen des Aufstaplers sehe ich, daß es eine ganz ordentliche Menge ist. Ich wage nicht zu fragen, ob es für einen Leichnam reicht, verspüre aber eine merkwürdige Art von Zufriedenheit. Durch diese Transaktion bin ich kurzzeitig mit allem verbunden, was hier geschieht, eine Sekunde lang kein Zuschauer, der Holzstapel verbindet mich mit dem Wunsch eines der Sterbenden da drinnen, und damit einher geht nicht das Gefühl, etwas für jemanden getan zu haben, sondern umgekehrt, daß jemand etwas für mich getan hat.

Unsinn oder Illusion, ich weiß es nicht, aber das Holz ist echt, und das Feuer wird echt sein, auch wenn ich es nicht sehen werde, und so, meiner Sache nicht sicher, aber doch anders, als ich das Haus betrat, gehe ich die Treppe wieder hinunter und verliere mich in dem Labyrinth, bis ein Dreiradgefährt kommt, mich mitnimmt und klingelnd und rufend durch die Menschenmenge zu Abdullah zurückbringt. Er steht schweigsam am Eingang wie beim erstenmal. Ich will ihm erzählen von dem, was mir passiert ist, und tue es dann doch nicht. Muslime verbrennen ihre Toten nicht, und wahrscheinlich würde er denken, ich hätte mich übers Ohr hauen lassen, und, wer weiß, vielleicht ist es auch so. Nur, es ist mir egal, ich bewahre mir das Bild dieser liegenden Gestalten, des brennenden Holzstapels, der Asche, die im Wasser zwischen den kleinen schwimmenden Öllämpchen davontreibt, die anzeigen, wie schnell dieser Fluß fließt, der hier schon Tausende von Jahren vorbeizieht wie eine träge Uhr, die keine Zeit anzeigt, sondern nur deren Verrinnen. Die Stimme unten ist verstummt, ich sehe noch Licht auf einem Boot, das am anderen Ufer entlangfährt, und dann wird alles still und dunkel über dem schmutzigen, heiligen Wasser, in dem sich morgen Tausende wieder baden werden, singend, betend, trinkend, Wasser, in dem sie dereinst davonzutreiben hoffen wie Millionen vor ihnen, Asche ohne Namen, losgelöst von allem, erlöst aus dem Kreislauf von Tod und Geburt. Der Gott des Todes hat keinen Zutritt in Benares, wer hier stirbt, hört im Augenblick seines Dahinscheidens, wie ihm Shiva leise das Mantra des Großen Übergangs ins Ohr flüstert, das Taraka-Mantra. Als ich beim weißen Licht in meinem steinernen Kämmerchen lese, sehe ich zum erstenmal die Worte übersetzt, die ich an diesem Abend habe rufen hören. *Ram Nam Satya Hai*. Wahrheit ist Gott, Gott ist Wahrheit. Jetzt sehe ich auch, wo ich war: am Manikarnika Ghat. Das dazugehörige Foto ist bei Tageslicht aufgenommen, die Tücher über den Leichen sind aus Goldbrokat. Vor dem Ufer treiben Blumengirlanden. Ich zähle sieben Tote. Sie liegen auf Stapeln aus dicken Stämmen, auf ihre Körper werden schmalere Äste gelegt. Daneben erloschene Holzstapel, das Holz grau angelaufen und verkohlt. Ein Schiff mit Holz verschiedener Sorten liegt dicht am Ufer, Lebende stehen und sitzen überall um die Feuer und auf den Treppen des Ghats. *Doms* heißen die Unberührbaren, die dort das Regiment führen. Sie verkaufen das Holz und bekommen Geld für jeden Toten, den sie verbrennen. Auf dem nächsten Foto sehe ich zwei kleine Jungen, die sich nach einem Mann umsehen, der auf einer der Treppen kauert. Er hockt da, die Hände vor der Stirn gefaltet, und schaut in die Kamera, doch seinen Gesichtsausdruck kann ich nicht erkennen. Zu seinen Füßen liegt ein Toter, in ein goldglänzendes Tuch gewickelt. Daneben steht noch ein kleiner Junge an einem Dutzend senkrecht stehender Äste, Anmachholz. Ein paar Stufen darüber ein anderer Mann, auch er hokkend, ein schwarzes Tuch um den Kopf gewunden, neben ihm eine Leiche in einem grellroten Tuch, mit Stricken verschnürt. Der Tod ist diesen Kindern sehr nah, doch sie haben ihn schon öfter gesehen, er ist kein Schrecken mehr für sie. Als ich das Licht lösche, verstummt auch das Summen, das zu Neonröhren gehört. Jetzt ist alles wirklich sehr still. Nichts bewegt sich, oder wenigstens scheint es so. Feuer, das weit weg ist, kann man nicht hören, doch in meiner Vorstellung kann ich es sehen, das ewige Feuer, das von den *doms* bewacht wird und nie ausgehen darf, weil alle Scheiterhaufen damit entzündet werden. Der Tod in Benares ist aus Feuer und Wasser.

2003

Fremder in Córdoba
Wo bleibt die Zeit?

Langsam, ohne Eile ist der Aluminiumzug durch die andalusische Landschaft geströmt: ein träger, blinkender kleiner Fluß zwischen weiten, bewegten Bahnen von trockenem braunem Bergland. Es ist bereits Nacht, als wir in Córdoba ankommen. Ein ächzendes Taxi von vor dem Bürgerkrieg bringt mich in mein Hotel. Es ist hoch, kühl und weiß, innen wie außen. In der Halle stehen die größten Sessel der Welt vor einem sacht brennenden Holzfeuer. Ein verirrter alter Mann blättert im »Córdobaer Boten« – die übrige verfügbare Lektüre besteht aus spanischen Gesetzbüchern aus dem vorigen Jahrhundert. Auf der Straße ist es schwül, schummrig. Ich gehe inmitten des Gemurmels der Menge dahin, die auf den Bürgersteigen hin und her zieht wie ein Schwarm Vögel, und schnuppere die drohenden, süßen Düfte der Orangenblüten. Die Häuser sind weiß, und von ihnen geht ein weißes Licht aus: der Mond, der den Verputz angezündet hat. Auf gut Glück gehe ich Straßen hinauf und hinunter. Dies ist die fremdartigste Stadt Spaniens, spanischer als alle anderen, geheimnisvoll und altmodisch, kühl und weiß, eine Stadt, die viel verbirgt und flüstert.

Die Straßen winden sich und winden sich: Hinter Gittern sehe ich Patios mit Palmen und Gummibäumen, dort brennt gelbes Licht, und menschliche Stimmen reden und lachen. Ich gehe und gehe. Eine Terrasse mit Schaukelstühlen, in denen drei weißgekleidete Mädchen und ihre schwarzgekleidete Mutter, sich mit ihren Fächern fächelnd, aufeinander einschaukeln. Ein Platz mit einem toten, hängenden Christus zwischen schnörkeligen Lampen, die ihn grausam beleuchten: Der ganze Platz schreit, und jeder der seltenen Passanten läßt mit seinen Schritten eine Uhr ticken. Später das Zentrum, ein großer fröhlicher Platz mit Straßencafés, auf dem alte blaue Autobusse landen, unterwegs zu unbekannten, noch nicht entdeckten Gebieten. Der Stadtrand ist nicht weit. Ich gehe am Fluß entlang, höre seine Bewegungen gegen die Ufer, ein langes Gespräch.

In der Ferne beschreibt das Mondlicht sorgfältig das Inventar der Sierra Morena: So hoch ist der Gipfel, so sanft verläuft der Abhang, die Sierra ist eine um den Hals der Stadt gelegte schwarze verliebte Kette. In diesen Bergen Geschichten von Bauern und Bäumen, maurischen Prinzessinnen, Rittergeistern, über kleinen Feuern gebrauten Geheimnissen, nie werden die Städter von ihnen erfahren.

An der großen Brücke unweit der Moschee ist das Wasser wilder, es wird durch schmale Öffnungen gepreßt, und ich sehe es spritzen und schäumen. Ein paar Leute stehen, wie ich, über das Brückengeländer gebeugt und schauen dem Strudeln zu, als sei etwas darin zu lesen, doch was es auch sein mag, niemand versteht es, und das Wasser sprudelt und spritzt weiter.

Ich lasse mich treiben, die endlosen Sträßchen entlang mit ihren Namen, Benavente Pedrogos, Angel de Saavedra, Graf von Gondomar, vorbei an kleinen gelben Cafés, in die man nicht eintritt, weil das die hundertjährige Ruhe stören würde, vorbei an einem üppigen Garten, in dem Mädchen Arm in Arm zwischen den Blumendüften spazieren, gefolgt von hitzigen, auf Liebe sinnenden Soldaten, doch daraus wird nichts.

Mein Bett und ich müssen sich erst mal aneinander gewöhnen, doch als der Morgen mit viel Licht und Lärm zum Fenster hereinklettert, habe ich gut geschlafen. Als erstes will ich zum Fluß. Ich habe jetzt auch meinen Reiseführer dabei, einen Schwätzer, der mich durch jede Tür schikken will, in Kapellen, Kirchen, Häuser, Museen, fremde Gebäude. Ich lasse ihn schwätzen und suche den Guadalquivir, den König der Flüsse. Breit und braun ist er, und so kommt er aus den Bergen herunter, leckt hochmütig an der Stadt und strömt weiter in die Landschaft hinein, die ihm gehört, überall braune Erde wegessend, so daß die Bäume mit nackten nassen Wurzeln am Ufer hängen und schwarze Kratzer im Wasser machen.

Aus ästhetischer und archäologischer Höflichkeit, sagt mein Führer, muß ich jetzt als erstes die Moschee besuchen. Unterwegs gibt es dann noch die Kirche San Salvador mit ihrem reichen *churrigueresque retablo* und auch den *portico* der Colegiata de Santa Victoria, die Treppen des ehemaligen Jesuitenkollegs (frappierendes Beispiel des reichen andalusischen Barockstils), doch ich lasse mich nicht fangen. Jede alte Stadt ist eine tausendfache Mäusefalle; überall liegen der Käse und der fette Speck zum Greifen nah, dunkle Türen öffnen sich, man starrt einen Augenblick lang auf eine Treppe, ein Geländer, den Fuß einer Statue, ein Schwert, eine Krone, ein Gemälde, einen Sarg mit einem König, und es ist doch alles zu schwer, um es mitzunehmen.

Die Moschee. Ich gehe auf gut Glück durch ein Tor und komme auf einen herrlichen Innenhof mit Orangenbäumen und Palmen. »Schau«, flüstert der Reiseführer verbissen, »wie schön dieser Patio ist, und zugleich doch so schlicht. Dieser magische Charme geht von der Natur selbst aus, ohne künstliche Hilfsmittel. Dies ist ein Garten, dessen einzigartige Elemente Wasser und Licht, Stein und Schatten sind. Die ruhige Pracht eines solchen Fleckchens ist in vollkommener Harmonie mit der dorischen Schlichtheit der Kalifenkunst, mit der romanisch-córdobanischen Tradition, mit dem Volkscharakter.«

So ist es. Ich hänge meinen Führer an die Palmen und betrete, nach Bezahlung, die Kathedrale, die Moschee.

Hier ist es sehr still und kühl, ein unendlich verzaubernder steinerner Wald. Überall um mich herum stehen die Säulen mit palmenartig ausfächernden Bögen. Außerhalb der Moschee singen die Vögel, aber es ist, als seien sie drinnen. Ich gehe und gehe, und nirgends hört er auf, dieser Zauberwald. Die anderen Wanderer verflüchtigen sich, und ich bin allein. Wundersame Tore locken auf allen Seiten, der Steinboden ist mit hellen geometrischen Lichtflekken übersät, nur das Herz des Waldes ist verdorben: Dort sind die Bäume gefällt, und wilde Christen haben ihre Kathedrale erbaut, eine Enklave voll Barock, die hier hassenswert wirkt.

Der Zauber ist gebrochen. Ich streife noch kurz umher und schaue nach oben, aber es ist weg. Wo es am schönsten gewesen sein muß, hat man ein Loch hineingebrannt und einen Tempel errichtet, und wenn die Muslime nicht zurückkehren, wird es wohl immer so bleiben.

Wohin jetzt? Ins Museum für Deklamation und Gesangskunst? Nein. In die Medina Azahara? Nein. Ins Stierkampfmuseum? Ja, ja, ja.

Fremder, der du nach Córdoba kommst, vergiß nicht das Museo Municipal Taurino mit dem Porträt von Rafael Molina de Sánchez, der im Jahr 1900 in seinem Bett starb nach einem blutigen Leben, in dem er 4867 Stiere tötete. Lagartijo wurde er genannt. Ehrfürchtig gehen Spanier hier herum, bleiben nachdenklichen Blickes vor der gelbsteinernen Figur eines liegenden Manolete stehen, vor der Haut, dem Schwanz, den Ohren des Stiers, den er fällte und der ihn fällte, vor seinem Schwert und seiner *capa* und vor seinem blutbefleckten Hemd. Stierkämpfer sterben häufiger, als man denkt: Hier hängt auch ein Film in vergilbten Fotos von 1914. Die Arena ist weißglühend. Der *torero* lockt-sticht, der Stier steht noch einmal auf und durchbohrt ihn mit seinem rechten Horn, und da liegt der *matador* im weißen Fotosand, blutbefleckt, und ein Foto später bereits auf seinem hohen Totenbett, umringt von Umstehenden mit ernsten Mienen.

Auch die Stiere kommen nicht zu kurz. So wie in den Schlössern unserer Barone die Hirsche und Wildschweine einen aus ihrem Tod heraus ansehen, ragen hier riesige Stierköpfe aus den Wänden, so echt, daß man meint, der geschwollene Rest ihres Körpers befände sich im Nebensaal. Der größte von ihnen hat Hörner wie Krummschwerter, mit denen er, nachdem er siebenundzwanzigmal von den eisernen Lanzen der *picadores* geschwächt und gereizt worden war, vierzehn Pferde metzelte, bevor er selbst sein kolossales Haupt niederlegte.

Der Wärter will nicht gehen, bevor ich ihm nicht sein Teil gegeben habe, danach kann ich mir in aller Ruhe die langen Wände mit Bildern und Dokumenten ansehen. Jakken, Hosen und Schuhe von Stierkämpfern. Nachgemachte Stierkämpfer aus Holz. Ohren und Schwänze. Programme aus dem Jahr 1780: mit Erlaubnis des Königs, Unseres Herren ... Schlachterverträge von 1691, wieviel Real er bekommt für wieviel Pfund Stier. Bilder von wohlgenährten Stieren auf Weiden, Briefe von Stieren, Hörner von Stierkämpfern, Schwänze von Wärtern, Plakate mit berühmten und vergessenen Namen von einst und damals.

Es ist heiß, mittags in Córdoba. Eine alte Dame mit Mantilla liegt zurückgelehnt in ihrem Mercedes, die bleiche Hand in der Halteschlaufe, der Chauffeur biegt gekonnt unter ihrem Wappen durchs Tor, guten Tag, meine Dame. In den Gärten des Herzogs von Rivas sitzen brütende Soldaten murmelnd unter einer Gruppe von Bäumen, unter denen blauweiße Dienstmädchen aus dem Jahr 1900 kühl über ihre vornehmen Kinder wachen. Offiziere mit Säbel und Reitgerte spazieren über den Hauptweg, alte Männer spielen Lotto unter einem Schattenschirm, und ich setze mich, Kutschen, Pferdehufe, Fächer, wo bleibt die Zeit?

25. Juni 1960

Abschied von Granada – Der Blinde und die Schrift

Das Wasser berührte den Rand des Beckens und floß nicht darüber, die Löwen mit ihren blinden Gesichtern, den kleinen Ohren, den schuppigen Brüsten flüsterten mit Wasserstimmen, ich stand zwischen den schmalen Säulen wie in einem Marmorwald, ich war der Blinde, der die Fontäne im Becken gesehen hatte, der gesehen hatte, wie der Wind den einsamen Wasserstrahl, der senkrecht stehen wollte, sanft bog und wie das Wasser zu etwas zerstob, das davonflog und für einen Moment irrsinnig aufblinkte, ich war derjenige, der die beiden kleinen Orangenbäume im Löwenhof des Palastes von Mohammed-ibn-Jusuf-ibn-Ahmar gesehen hatte, und doch war ich ein Blinder, weil ich nicht wußte, daß es Buchstaben waren, da am Beckenrand, ich hatte nur Verzierungen gesehen, doch es waren Worte, ich sah einen sich selbst nachlaufenden, in sich selbst zurückfließenden Arabeskenstrom, und doch war es Schrift, aber sogar wenn ich so nahe an den Springbrunnen hätte herankommen können, daß ich den mäandernden Girlanden mit den Fingern von rechts nach links hätte folgen können, hätte mein Mund den Klang dieser Worte nicht bilden können, hier, zwischen diesen Mauern, bin ich blind und stumm. Jemand müßte neben mir stehen und diese Verszeilen in der Sprache sprechen, die von hier vertrieben wurde, die jetzt jenseits des Wassers in dem anderen Erdteil wohnt, und durch das Rauschen des Wassers würde ich die Worte nicht verstehen und gleichzeitig doch verstehen, weil ein anderer sie in dem Buch, das ich in den Händen hielt, ins Spanische übersetzt hatte, und so würde ich um den Springbrunnen herumgehen und die Zeichen betrachten und lesen, was ich hörte

Blitzend, wie im Wettstreit mit dem Diamantenschmuck
der Schale,
Fallen Tropfen flüss'gen Silbers stäubend von dem
Wasserstrahle,
Und, geblendet von dem Schimmer, kann der Blick nicht
unterscheiden,
Welches stille steht und welches rinnend flutet von
den beiden ...

und solange ich an diesem Ort, an dem all die anderen Reisenden gestanden hatten, allein war, konnte ich versuchen, einen Gedanken zu formulieren, und es würde mir nicht gelingen. Einmal, in der Wintermoschee in Teheran, hatte ich für mich notiert, daß arabische Kunst unmenschlich sei, und damit gemeint, daß es kein Gesicht und keine Gestalt gibt, an denen man sich festhalten kann, die Religion läßt keine menschlichen Darstellungen zu, diese Kunst ist nichts als Form, Konstruktion, Verzierung, Geometrie, Harmonie, Pracht, Grotten aus Perlmutt und Holz und Gips und Marmor, Kuppeln aus Gold und Glasur. Kein Halt, nur ein Schwindelgefühl, bis man entdeckt, daß sich in dieser Ornamentik Buchstaben und Worte verbergen und daß der Raum sich durch das Geschriebene selbst beschreibt, wie in den *tacas* (tāqāt, Nische) im Durchgang zum Patio de los Arrayanes, dem Myrtenhof:

Ich bin ein Mihrāb fürs Gebet
ich geh' bis dorthin und nicht weiter

du glaubst, der Wasserkrug
raunt die Gebete aus seiner Tiefe

und immer, wenn er fertig ist,
muß er von vorn beginnen ...

Mit dem spanischen Buch in den Händen bin ich etwas weniger blind als die anderen, aber es hilft nicht, denn die Übersetzungen sind kryptisch und die arabische Kalligraphie daneben kann ich nicht lesen, ich kann höchstens eine Wiederholung von Zeichen erkennen und versuchen, diese in den soviel verzierteren Buchstaben in den Nischen wiederzufinden. »Du, Sohn und Enkel von Königen«, lese ich, »du, vor dem die Sterne sich beugen ...«, aber während ich lese, werde ich wieder dümmer, denn die Gedichte sind hier nicht nur übersetzt, sondern auch analysiert, sechs Verse sind es, im Metrum *basit,* und der Reim ist *mu,* doch die Musik dieses Reimes vermag ich nicht zu hören, und um zu wissen, wie *basit* klingt, müßte ich noch ein Leben besitzen, eines, in dem ich jemand anders wäre, ein Muslim zur Zeit Jusufs I., einer, der fern der christlichen Welt durch die Alhambra meines Königs wandert und weiß, daß das Gedicht am Eingang zum Saal der Gesandten von Ibn-al-Jatib stammt, daß die fünf Verse im Metrum *kamil* abgefaßt sind, und ohne zu denken, würde meine innere Stimme die Worte sprechen, wie der Versfuß es will, und dann wäre ich schon wieder verschwunden, ein Mann in wehenden Gewändern unter anderen Männern in wehenden Gewändern, schlurfende Pantoffeln auf Marmor, raschelnder Stoff, stets dahineilend unter den Schneekristallen der *muqarnas,* an den *mihrabs* vorbei, die nach Mekka zeigen, durch Gänge und Säle, in denen später eine andere Rasse umherwandern sollte, ein Volk von Blinden und Tauben, das die Worte meiner Dichter nicht lesen kann und von meiner Zeit lediglich das Dekor sehen sollte, das wir hinterlassen hatten und das ohne uns nur eine stets wiederholte Form war, in die sie nicht paßten, die höchstens bei einzelnen Heimweh oder Staunen hervorrief, und meist nicht einmal das. Meine Welt war für immer aus Europa verschwunden, nachdem Abu Abd Allah Mohammed, der letzte Sultan von Granada, den die Sieger Boabdil nannten, weil sie unsere Worte nicht aussprechen können, den katholischen Königen die Schlüssel der Stadt überreicht hatten; wir hatten uns nach Ifriquia zurückgezogen, von wo wir gekommen waren, was wir zurücklassen sollten, waren Worte, Bauten, Echos in Ortsnamen, Stil, das, was am leichtesten zu sehen war, doch in den Bibliotheken von Granada und Toledo, von Leiden und London, sollte unser anderes Erbe weiterschlummern, Manuskript Nr. 539 March Or. in der Bodleian Library in Oxford, Manuskript Nr. 9033 Or. im British Museum, Manuskript Nr. 1411 in der Bibliothek der Royal Asiatic Society of Bengal, Manuskript Tabâtaba'i in der Bibliothek des Parlaments in Teheran, Nr. 1143, Manuskript Alwāh in einer Sammlung des Vatikans, Katalog von Levi della Vida, S. 141, mit einer Kopie in Berlin (Nr. 4130) und in der Biblioteca Ambrosiana, aufgenommen im Buch Sifr Adam. Fragmente, Bögen, Fetzen, Blätter, Bücher und Teile von Büchern. In tausend Bibliotheken Alexandrias sollten Gelehrte jahrhundertelang, bis in eine Zeit hinein, die ich mir nicht mehr vorstellen konnte, suchen, nachdenken, raten, wissen, zurechtrükken, kommentieren, was wir und jene anderen Vertriebenen, die Juden, für die westliche Welt übersetzt und damit gerettet hatten, den *Malfouzāt Aflātūn*, die Worte Platons, die Exegese der *Problemata* von Aristoteles durch Johannes Philoponos, den *Al-ara'al-tabi'yyah* von Plutarch, *Fünf maqalahs, die die Ansichten der Philosophen zur Physik enthalten*, übersetzt von Qusta ibn Luqa de Baîabak, den *Tafsîrs*, Kommentare von Ibn Ruschd (Averroes) zu Aristoteles, das Kratzen von Federn, Rascheln von Blättern, das Umsetzen von Worten in Worte, von Schrift in Schrift.

Und wie seltsam spielte das Schicksal doch, denn diese Texte und Theorien, diese gnostischen und wissenschaftlichen Kenntnisse, mathematischen, astronomischen, poetischen, medizinischen, philosophischen Thesen und Kommentare, das Wiegen und Wägen von Rede und Gegenrede, all dies sollte in die Renaissance münden, die ihrer Welt, nicht der unseren. Wir, die wir dieses Wissen vermittelt hatten, sollten nicht mehr daran teilhaben, die Bewegung, die uns vertrieben hatte, sollte sich von uns abwenden und sich nach Westen richten und dort eine neue Welt und Reichtum finden, und wir, wir sollten hinter dieser Wasserscheide bleiben und nie erfahren, was für ein Islam in Spanien geblieben war und zusammen mit den Juden die Spanier in eine Zukunft begleitet hatte, die zu groß für sie war und die sie, weil sie sich übernommen hatten, in eine Isolation trieb, die wie die unsrige Jahrhunderte dauern sollte. Die Juden hatten sie bereits vor uns verjagt, nicht wissend, daß sie damit einen Teil ihres eigenen Körpers amputierten, und dann waren wir an der Reihe. Einst, unter anderen, aufgeklärteren Königen, Emiren, Rabbinern, hatten die drei Völker, deren Religion auf jeweils *ein* Buch zurückgeht, hier in Formen der Trennung und Einheit zusammengelebt, die es in der Welt so nicht mehr geben sollte, als hätten die Männer jener früheren Jahrhunderte beweisen wollen, daß es möglich war. Doch durch die Bücher, die wir übersetzt hatten, sollte das aufgeklärte Abendland nie mehr die Welt *eines* Buches sein, es würde sich mit solcher Geschwindigkeit von sich selbst entfernen, daß es sich in der Angst und Verwirrung, die dadurch entstanden, all dessen, was sichtlich anders war, entäußern mußte, und so sollten unsere Wege sich trennen, drei Sprachen, die nicht miteinander sprechen. Und währenddessen sollte die Alhambra dort liegen, Erinnerung an die Pracht der Nasriden, die letzte Blüte. Sie würde schlummern und verfallen und in neuem Glanze erstehen, und noch immer würden die Worte von Ibn Zamrak im Stuck des Saals der zwei Schwestern geschrieben stehen, die im Mondschein noch immer aussahen wie in gefrorenen Schnee gemalt und die nicht einmal in der Sprache des Siegers etwas von ihrem Glanz einbüßten:

Jardín soy yo que la belleza adorna:
Sabrás mi ser si mi hermosura miras.
Por Mohámed, mi rey, a par me pongo
de lo más noble que será o ha sido.
Obra sublime, la Fortuna quiere
que a todo monumento sobrepase.
Cuánto recreo aquí para los ojos!
Sus anhelos el noble aquí renueva.
Las Pléyades le sirven de amuleto;
la brisa le defiende con su magia ...

(Ich bin ein Garten voll von Zier, mit jedem Schmuck bekleidet. Erkenne mich, indes dein Blick an meinem Reiz sich weidet! Durch Allah nur, durch Menschen nicht, konnt' ich so herrlich werden; ich bin an Glückverheißung reich, wie sonst kein Bau auf Erden. Des Schicksals Wille selbst läßt mich, höchste Schöpfung, alles andere übertreffen. Welch ein Genuß den Augen! Stets erneuert wird die Sehnsucht. Als Amulett dienen ihm die Plejaden, mit ihrer Zauberkraft behütet ihn die Morgenbrise.)

So schweifen die Gedanken im Generalife zwischen Rosen, Palmen und Lorbeerbäumen; dunkelgrünes Wasser mit schwimmenden *nenufares* und versteckten Fröschen, Gemurmel von Springbrunnen unter Zypressen, in der Ferne die weißen Berge. Hier spazierten Théophile Gautier und Richard Ford, Washington Irving und Louis Couperus, ein doppelter Kodex von Glück und Melancholie schreibt die Gedanken vor, nur wer mit Plastik gepanzert ist, kann sich dem entziehen. Die rötlichen Mauern der Alcazaba, deren Tönung sich von Stunde zu Stunde verändert, die geordneten Gärten rings um mich, der angefressene Backstein der Festungsmauern, der bei bestimmtem Sonnenlicht zu bluten scheint, die Tore und Patios, die ich an diesem Tag gesehen habe, die bis zum Wahnsinn getriebene Verfeinerung der Ornamentik in Gängen und Sälen, und dann plötzlich, inmitten all dessen, wie ein Eindringling an die Reste dieses verschwundenen Orients geklebt, der Renaissancepalast Karls V. als ein Diktum von Macht und Sieg. Streng steht er da, ein schroffes Quadrat, das ein seltsames längliches Oval umschließt: ein Innenhof wie ein Platz, einer der schönsten offenen Räume, die ich kenne, als ob selbst Luft neuen Zeiten und Mächten Ausdruck verleihen könnte. Säulen und Bäume sind auf seltsame Weise miteinander verwandt, die vielfarbenen Steinbrocken, die die Natur einst, als wäre es eine höhere Form von Sülze, in diese Marmorbäume gepreßt hat, zeugen von einer neuen Militärkaste, die über den Globus ausgeschwärmt ist, um Imperien zu zerstören und mit dem Gold zurückzukehren, mit dem man Heere ernährt, Paläste erbaut und Inflation erzeugt. Ochsenschädel, Steintafeln von Feldschlachten, geflügelte Frauen von großer Schönheit, die verträumt auf den Frontons liegen, die gebrochenen Schwingen halb ausgebreitet, Metallringe mit Adlerköpfen, an denen einst Pferde angebunden wurden, nichts zeigt so deutlich, was hier passiert ist, wie die beiden ineinander verkeilten Paläste, der eine offen, gefallsüchtig, der andere abwehrend, verschlossen, über die genußfreudige Blüte der Sultane hinaus verweist der Bau des Kaisers auf die Macht anderer, früherer Kaiser, die Europa regierten, lange bevor die Heere des Islams kamen und gingen.

Unten, jenseits der Volksviertel des Albaicín, im eigentlichen Zentrum von Granada, das keine Verbindung zu der vergessenen Welt dort oben zu haben scheint, liegen in der Capilla Real der Kathedrale die Eltern des Kaisers, Johanna die Wahnsinnige und Philipp der Schöne, und daneben, etwas tiefer, die Katholischen Könige, Ferdinand und Isabella, Aragonien und Kastilien. Erst wenn man die Stufen des Hochaltars erklommen hat (und sich nicht vom verschwenderischen Gold des Altaraufsatzes hat einsaugen lassen), kann man sie betrachten wie eine Landschaft, zwei riesige Betten aus Carrara-Marmor, so unendlich viel größer als ihre lederverkleideten Bleisärge unten in der Krypta, wo sie wirklich tot sind, als Reste verwahrt, tote Könige in Kisten. Oben nicht, da schlafen sie nur, leise atmen sie die Marmorluft ein und aus. Sie liegen weit auseinander, noch *ein* Mal ganz Majestät, Johanna mit dem Zepter auf der Brust, eine Stirn, die in gerader Linie in die griechische Nase übergeht, die Lippen zu einem Lachen geschlossen, das nichts Wahnsinniges hat, eine schlafende Athene mit einer Krone. Philipp hält sein Schwert am Griff gepackt, aber es ist nach oben, über die Schulter gerichtet, beider Gesichter sind voneinander abgewandt, man sieht ihnen die fünfzig Jahre zwischen ihrem und seinem Tod nicht an. Als ob sie eine Wärterin wäre, die zur Fütterung der Löwen kommt, betritt ein Mädchen das Gehege, das Menschen aus Marmor von Menschen aus Fleisch trennt. Sie hat das Gitter wieder hinter sich geschlossen und wischt mit einem Staubtuch unendlich sanft über die versteinerten Gesichter, die Falten, die wachenden Löwen, die gefalteten Hände der Königinnen. Skulpturen sind dazu da, an Menschen zu erinnern, Skulpturen zu betrachten ist eine Form von Nahesein, und so bin ich nun zum dritten Mal in Isabellas Nähe; das erste Mal war an dem hohen Standbild mitten in der Stadt, wo sie sich, vom Verkehr nicht gestört, mit Kolumbus berät, das zweite Mal bei dem albernen Gemälde von Pradilla, das die Kapitulation Boabdils zeigt, das fünfzehnte Jahrhundert in das neunzehnte getaucht, eine anachronistische Bonbonniere. Ein wolkiger Himmel, die Alhambra in der Ferne, links auf seinem Pferd der etwas zu unterwürfige Maure und letzte Sultan von Granada, rechts, stets die Seite der Sieger, Ferdinand wie ein Page in Rot und Isabella wie eine Madam auf einem Schimmel, eine Schauspielerin mit einer Krone. Boabdil hält den Schlüssel der Stadt in der Hand, was aber den Tatsachen nicht entspricht, da die Stadt immer offen gewesen war, das muslimische Granada hatte bereits seit langem Adel und Kaufleute aus Aragonien und Kastilien, aus León und Andalusien eingelassen, der Handelsverkehr mit dem christlichen Spanien war über den Hafen von Málaga erfolgt, der dem Sultanat unterstand, die Militärkaste Kastiliens hatte als Kondottiere in den islamischen Heeren gekämpft, wenn es sich gerade so ergab, und bis zur Krönung von Ferdinand und Isabella hatten beide Parteien fünfzig Jahre lang in Frieden gelebt. Jetzt war das alles vorbei, Boabdils Schlüssel öffnete nicht, sondern schloß zu. Das beharrliche Bohren der Kirche führte dazu, daß die Könige die Zusagen, die sie bei der Unterzeichnung der *capitulationes* so feierlich beschworen hatten, nicht einhielten. Die Rückseite des Gemäldes ist eine Geschichte von Abschied und Trug. Louis Couperus glaubt an die Vorderseite, an die bittere Bonbonniere: »Des Morgens früh kommt der Bischof von Avila mit kleinem Gefolge bis zum Tor der Sieben Stockwerke am Fuße der Alhambra, im Ulmenhain. Und während er sich nähert, reitet Boabdil den Schloßweg hinab, inmitten seiner getreuen Edlen. Und er spricht: Geht hin, oh Herr, und nehmt Besitz von meiner Festung, die Allah Euch vergönnt hat, um die Mauren für ihre Sünden zu strafen ...

Dann reitet der Unglückliche weiter. An der Wegbiegung erwarten ihn die katholischen Könige, Ferdinand und Isabella. Beide sind hoch zu Roß, umgeben von glanzvollem und mächtigem Gefolge. Weiter entfernt, in der Vega, liegen ihre Heere, zwischen den weißen Zelten blitzen die Waffen in der Sonne. Das Zeremoniell für die Übergabe der Stadt ist zuvor festgelegt worden. Boabdil soll auf seinem Roß bleiben, die Demütigung des Kniefalls wird ihm erspart. Er reitet näher. Als wären sie niemals Feinde gewesen, grüßt er seine Bezwinger, grüßen die siegreichen Fürsten ihn. Hin und her, hoch zu Roß, werden höfliche Worte ausgetauscht, als wäre es nichts als eine belanglose Zeremonie. Doch Boabdil erstickt die Stimme in der Kehle. Nun übergibt er die Schlüssel Granadas an Ferdinand, der sie voll Dankbarkeit entgegennimmt. Auch Isabella, gerührt, spricht Boabdil ein Wort des Trostes zu. Und uns bewegt es ebenfalls, diese bis ins Herz gehende Ritterlichkeit auch bei jener stolzen Frau, nach den Intrigen der Politik, nach den Greueln des langen Krieges ...«

Den Betrug und die Kehrseite bezeugt eine andere, weit ältere Stimme aus einer Handschrift in der Biblioteca Nacional in Madrid (vitrina reservada 245, fol. 87-88). Es ist die Stimme von Yuce Banegas, Mitglied einer führenden Moslemfamilie Granadas: »Mein Sohn, ich weiß, daß dir wenig von dem bekannt ist, was in Granada geschehen ist, wundere dich indes nicht, daß ich mich dessen entsinne, denn es vergeht kein Augenblick, da dies mein Herz nicht bewegte; es gibt keine Minute, keine Stunde, da es an meinen Eingeweiden nicht fräße ... meines Wissens hat niemand ein Unglück wie das der Söhne Granadas je beweint. Zweifle nicht an meinen Worten, denn ich selbst war Zeuge, mit eigenen Augen sah ich, wie die Frauen unserer Familien, Verheiratete und Witwen, verhöhnt wurden, und ich sah, wie mehr als dreihundert junge Mädchen öffentlich versteigert wurden; mehr werde ich nicht erzählen, es ist mehr, als ich ertragen kann. Drei Söhne habe ich verloren, alle drei für den Glauben gestorben, und dazu zwei Töchter und meine Frau, und nur diese eine Tochter ist mir zum Trost geblieben: Sie war damals sieben Monate alt. Ich weine nicht um die Vergangenheit, denn es gibt keinen Weg zurück. Aber ich weine um das, mein Sohn, was du noch zu Lebzeiten erleben wirst und was dich in diesem Land, auf dieser Halbinsel Spanien, erwarten wird. Möge es Gott um der Heiligkeit des Korans willen gefallen, daß sich als unbegründet erweise, was ich zu sagen habe, und daß es nicht so komme, wie ich befürchte, aber selbst dann wird unsere Religion leiden. Was werden die Menschen sagen? Wo sind unsere Gebete geblieben, wohin sind sie gegangen? Was ist mit der Religion unserer Väter geschehen? Menschen mit Gefühl bleibt nur noch Bitterkeit. Und was am meisten schmerzt, ist, daß die Muslime sein werden wie die Christen: Sie werden sich kleiden wie sie und ihre Speisen essen ... Wenn ein Überleben schon nach so kurzer Zeit schwer ist, was werden die Menschen dann am Ende dieser Zeit tun? Wenn Eltern sich schon jetzt von ihrer Religion abwenden, wie sollen ihre Ururgroßkinder sie dann in Ehren halten? *Si el rey de la Conquista no guarda fidelidad, qué aguardamos de sus suzesores?* Wenn der König der Eroberung sein Wort schon nicht hält, was haben wir dann von seinen Nachfolgern zu erwarten?«

Die Geschichte hat die Antwort gegeben, die er erwartete. Die Könige schlafen in der Capilla, Boabdil wurde alt am Hofe zu Fes oder fiel auf dem Schlachtfeld von Abu Aqba bei der Verteidigung eines Königreichs, das das seine nicht war, in Spanien setzte das Zeitalter der Zwangsbekehrungen ein, des Exodus, des Mißtrauens, des Wahns von der *limpieza de sangre,* der Reinheit des Blutes, der Verfolgung und Inquisition.

Einst hatte es geheißen, die Weisheit wurzele bei den Chinesen in der Hand, bei den Griechen im Kopf, bei den Arabern in der Zunge. Der Klang des Textes war fast heiliger als der Text selbst, und der Klang wurde durch den Anblick heraufbeschworen. Noch einmal, als Abschied, wandere ich zwischen ihnen umher, den endlosen Reihen gemalten Klanges – kufische Buchstaben, verwoben in Weinranken, Pfauenfedern, Ananasschuppen, gezähnte Blätter, die sich ineinanderhaken –, der Betäubung der ewigen Wiederholungen, den gestirnten Himmeln der Decken, den Löwenköpfen, dem Wasser, der Schrift. Nun sollte in den *mihrābs* der Alhambra nie mehr zu hören sein:

Al hamdu lillah rabb al-alamin
Al-rahman al-rahim malik yawn al-din

Lob sei Allah, dem Herrn der Welt,
dem Barmherzigen voller Erbarmen, dem König am Tage des Jüngsten Gerichts ...

Es ist noch früh am Morgen, ich habe die Gärten des Generalife für mich allein, bin allein mit den Vögeln und Springbrunnen, den roten Türmen, dem Grün der Bäume, das dort unten die Stadt berührt. Die Copla hat recht, blind sein in Granada muß die schlimmste aller Strafen sein, gib also dem Blinden ein Almosen:

Dale limosna, mujer,
Que no hay en la vida nada
como la pena de ser
ciego en Granada.

1992

Nachwort

Dinge, die nicht zueinander gehören, oder doch?

I

Ich beginne von hinten. Es war ein strahlend klarer Tag in New York, 1975. Ich hatte am Morgen einige alte Stiche gesehen, einer davon hieß »Neu Amsterdam auf dem Eiland Manhattan«, und jemand hatte mir erklärt, dies ungefähr müsse die Stelle gewesen sein, an der jetzt das World Trade Center stehe. Von diesem war auf dem alten Stich noch nichts zu sehen, es war eine völlig überflüssige Mitteilung, aber natürlich konnte die Phantasie es nicht lassen, sich die beiden hohen ranken Türme hinter den paar behäbigen holländischen Bürgern mit ihren großen Hüten vorzustellen, die dort am Strand entlangspazierten. Sehr belebt war es da nicht: eine kleine Kirche, ein paar Holzhäuser, ein hoher Galgen, Gebüsch; nichts, schrieb ich damals, verrät den Vulkan aus Wucher, Arbeit und Wahnsinn, der hier einmal ausbrechen wird. Auf einem anderen Stich sah ich ein Kanu mit Indianern. Sie trugen Federn auf dem Kopf und glitten friedlich an einer Gruppe mit Lanzen und Musketen bewaffneter Holländer vorbei. Was sie voneinander dachten, ist auf diesen Stichen nicht zu erkennen. Zwei holländische Schiffe lagen sehr still auf der Reede, auf den Sandstraßen zwischen den wenigen Häusern rings um das Fort war niemand zu sehen, die einzige Windmühle drehte sich träge, das Leben, so fern vom Vaterland, ging seinen Gang.

Möglicherweise durch diese Stiche angeregt, ging ich noch am selben Nachmittag zum World Trade Center. Es stand hoch und rank da, und ich fühlte mich bemüßigt, etwas darüber zu schreiben, das ich 1975 veröffentlichen und danach vergessen sollte und woran jemand mich 2001, nach dem berüchtigten 11. September, erinnern sollte, und sei es nur deswegen, weil diese Person glaubte, ich besäße prophetische Gaben, hatte ich doch geschrieben: »In der weißen Morgensonne stehe ich vor dem neuen Trade Center und werde kleiner und kleiner, bis ich zu dem geschrumpft bin, was jemand aus dem obersten Stockwerk von mir sieht: nichts. Silbrig leuchtend stehen sie da am Fluß, die beiden Türme, alles ringsum zu etwas Altmodischem erdrückend und dennoch irgendwie verwundbar, fragil, etwas, was unmöglich bleiben kann und eines Tages mit einem Seufzer in sich zusammensinkt, zusammengeknüllt wie ein Zigarettenpapier. Ich gehe nicht hinein, genauso wie man nicht in Zierat hineingehen will.«

Das zweite Bild. Auf dem Nieuwendijk in Amsterdam geht eine marokkanische Familie. Die Mutter trägt ein langes braunes Gewand und ein Kopftuch, der Vater ist westlich gekleidet und führt seinen ungefähr sechsjährigen Sohn an der Hand, der neugierig in alle Schaufenster blickt. Sie kommen von der Brücke über den Singel, und rechts gibt es dort ein Lebensmittelgeschäft und dann einen Sexladen mit dem üblichen Instrumentarium. Nichts bleibt der Phantasie überlassen, riesige Penisse im Zustand höchster Erregung, aufgesperrte Vaginen, Brüste wie nach vorn gerichtete Euter, der ganze, einst für die Intimität gedachte Fleischladen nach außen gewandt, ist zu kaufen oder zu mieten. Entschleiert, könnte man sagen.

Die Frau hat nicht hingeschaut, der Vater seinen kleinen Sohn an sich gezogen. Nichts ist passiert, und doch ist etwas passiert. Ein Nanogramm Meinung über uns, wer auch immer das sein mag, ist im inneren Archiv der drei Passanten abgelegt worden.

In derselben Zeit gehe ich eines Abends an der Keizersgracht entlang und sehe, wie zwei Nordafrikaner die Quadersteinstufen zu einem der Patrizierhäuser hinaufsteigen und ausgiebig an die glänzend gestrichene, mächtige Haustür pissen. Ich sage: »Das können Sie auch in die Gracht machen.« Meine Frau versucht, mich am Mantel mitzuziehen, aber auch hier geschieht nichts, oder nicht das, was man erwarten würde. Sie entfernen sich erst ein Stück weit und rufen dann »dreckiger Saujud« in perfektem Niederländisch, es schallt über die Gracht.

Wo habe ich den *anderen* Ruf zum erstenmal gehört? In Tanger muß es gewesen sein, meine erste Begegnung mit der islamischen Welt. Anfang der sechziger Jahre, wiederum an einem Abend, alles fremd, geheimnisvoll, die dunklen Gassen der Kasbah. Und dann auf einmal dieser Ruf, langgedehnte Laute, Töne aus dem Lautsprecher, die alles durchdringen, ich habe das Gefühl, daß die Luft ins Vibrieren gerät, daß der Schall sich in meinen Knochen festsetzt. Er ist verführerisch und auch bedrohlich, weil er so mächtig ist, unentrinnbar. Danach habe ich ihn in Teheran gehört, in Kairouan, in Mopti in Mali, in Kotakinabalu auf Borneo, in Jakarta, Kuala Lumpur, immer der gleiche Ruf, eindringlich, beschwörend, die Stimme eines Menschen, der den Namen Gottes ausspricht, des Großen, Barmherzigen. Die Stimme erfaßt Plätze und Straßen, fließt über die Stadtmauern hinweg, läßt nichts aus, dringt bis in die Häuser hinein. Es ist die Stimme des Islam, sie ruft auf zum Gebet, Körper werden sich jetzt beugen, fast entzweibrechen, sich der Erde zuneigen, wenn es viele Gläubige sind, sieht man, wie sich ein Meer von Rücken vorbeugt, wieder aufrichtet, wieder beugt, inzwischen nicht mehr nur in der so endlos weiten Welt, in der der Koran das Buch der Bücher ist, sondern auch in unserer nördlichen, in der der Gott der Christen mit Kirchenglocken laut rufen darf, während dieser andere Gott einstweilen noch schweigen muß und lediglich zu den Gläubigen flüstert, die ohnehin wissen, was die Stunde geschlagen hat. Doch der Klang jenes allerersten Mals ist unvergeßlich geblieben, und sei es nur deshalb, weil mir zum erstenmal klar wurde, wie sehr meine Welt nur ein Teil der Welt ist.

Sechzehn Jahre später, mit einer englischen Fotografin unterwegs zur Moschee in der heiligen Stadt Ghom im Iran. Mein Tag stand im Zeichen eines Auges. Irgendwo an der Straße, in einer wüstenartigen Landschaft mit roter Erde und scharfem Gestrüpp, hielten wir an, um zu essen. Es gab eine Speisekarte mit wundervollen arabischen Girlanden, die Buchstaben waren, und daneben englische Übersetzungen, die viel zu raten übrigließen. Ein Gericht, so hatten wir verstanden, sollte aus »head and neck of lamb« bestehen, und ich hatte mich schon auf einen gespaltenen Schafskopf vorbereitet, wie man ihn früher in Spanien noch bekam, doch was auf dem Tisch erschien, war eine unbestimmte Masse, in der man mit etwas Mühe Teile von Hirn, Zunge und Wange entdecken konnte. Das ging ja noch, diese Dinge esse ich daheim auch, aber ganz obenauf lag, drohend und starrend, ein Auge. Es sah mich wirklich an, das Auge eines Zyklopen, es fehlte nur das göttliche Dreieck. Wir verstanden einander sofort, das Auge und ich. Es ging darum, ob ich es essen wollte. Wieder war es die andere Welt, die mich auf die Probe stellte. Ich wußte, ich würde es niemals zerbeißen können. Die einzige Lösung war: hinunterschlucken, aber es gehörte eher einem Schaf als einem Lamm und wollte nicht rutschen, sondern blieb irgendwo in meinem Rachen stecken, bis ich es schließlich mit Hilfe von Konzentration und Willenskraft doch hinunterbekam. Das hätte eine Erleichterung sein müssen, doch für den gesamten Rest des Tages hatte ich das Gefühl, das Auge stäke noch irgendwo in meinem Hals, und dort steckte es immer noch, als wir den großen Platz vor der Moschee betraten und auf das Gebäude zugingen. Plötzlich erschien wie eine schwarze Flutwelle eine große Gruppe junger Mullahs, die schrien und mit den Armen fuchtelten. Was sie riefen, verstanden wir nicht, doch was sie meinten, war klar, als ich den ersten Spuckebatzen in meinem Gesicht spürte. Es war das Jahr, in dem wir hier noch glaubten, im Iran formiere sich eine liberale Revolution gegen den Schah. Es war auch das Jahr, in dem Michel Foucault in Paris einen großen Demonstrationszug anführte, der die Rückkehr eines Ayatollahs namens Khomeini in den Iran forderte, der in Paris im Exil lebte, als ich vor jenen Türmen in New York stand und Nostradamus spielte.

Und wiederum fast dreißig Jahre später sehe ich, in einem Film, wie ein niederländischer Soldat in Afghanistan einen jungen islamischen Dolmetscher fragt, ob dessen Verlobte noch Jungfrau sei, und wie er ihm ein paar Pornofilme mit viel Gelutsche und Gelecke zu geben versucht, und wieder ist die eine Welt die andere nicht.

II

Ein friedlicher niederländischer Sonntagnachmittag. Auf meinem antiquierten Fernseher kommt der Ton immer ein wenig früher als das Bild. Ich höre eine akzentlose niederländische Männerstimme, erst danach sehe ich die türkischen Worte und die arabische Schrift, die unter dem Bild für diejenigen laufen, die den Mann nicht verstehen können und zugleich jene sind, um die es geht. Eine typisch niederländische Talkshow. Der Mann ist Niederländer türkischer Abstammung, sitzt in irgendeinem Vorstand und hat Einwände gegen die Haltung der niederländischen Regierung, die mit dem sechs sunnitische Organisationen umfassenden Kontaktorgan sprechen will, nicht aber mit den anderen, den schiitischen und alawitischen Muslimen. Als Beispiel dafür, wie es seiner Ansicht nach sein müßte, nennt er das Kontaktorgan der dreiunddreißig (!) christlichen Gemeinschaften in den Niederlanden. Alle Muslime in einem einzigen Kontaktorgan, das erscheint ihm am besten. Und wer sich davon distanzieren wolle, müsse eben austreten. Auch das sei beste niederländische Tradition.

München. *Nahrung für die Seele* heißt die Ausstellung über die Welten des Islam im Staatlichen Museum für Völkerkunde. Ich bin zu diesem Zeitpunkt der einzige Besucher. Ich sehe die Bilder, die ich auf meinen früheren Reisen gesehen habe, aber sie haben eine andere Aussagekraft bekommen. Was passiert, wenn über tausend Jahre alte Worte auf einmal ein anderes Gewicht erhalten? Wenn sie nicht mehr in jenen fernen exotischen Regionen, sondern in deinem eigenen Land, deiner eigenen Straße soundsooft am Tag zu hören sind? Auf dem Umschlag des Katalogs ist eine metallene segnende Hand zu sehen. Sie ist stark, man würde vor ihr zurückschrecken oder sich ihr unterwerfen. Die labyrinthische Kalligraphie, die wie ein Relief auf dem Handrücken prangt, ist eine Tughra und steht für Allah, Mohammed, Fatima, Ali, Hasan und Husain, die fünf Namen, die (neben dem Namen Gottes) zu den von den Schiiten besonders verehrten fünf heiligen »Leuten des Hauses« gehören.

Machen Sie mal die folgende Probe: Fragen Sie zehn Ihrer intellektuellen Freunde, was der Unterschied zwischen Schiiten und Sunniten ist. Kennen Sie ihn eigentlich selbst?

Beim Apotheker. Ein sehr großer, ungefähr fünfzigjähriger Mann in Dschellaba mit einem kleinen, ungefähr sechsjährigen Mädchen an der Hand. Er legt ein Rezept vor, doch das nachfolgende Gespräch kann er nicht führen, da er kein Wort Niederländisch spricht. Das Mädchen dolmetscht und spricht für ihn, und dabei geschieht etwas, dessen Konsequenzen sie beide noch nicht überblicken. Er verliert einen Teil seiner Macht an sie. Der Vorsprung, den sie nun zu ihm gewinnt, wird bereits in zehn Jahren zu großen Konflikten führen.

Ein Foto im *NRC Handelsblad* zur allwöchentlichen Tagebuchrubrik. Ein dunkles Mädchen von großer, fast orientalischer Schönheit. Sie heißt Hibo Doudjama, ist neunzehn Jahre alt und gehört zu den 26 000 Flüchtlingen, die die Niederlande verlassen müssen. Sie wohnt seit neun Jahren im Land. »Ich wohne hier schon länger als der Bürgermeister.«

Sie erzählt von früher, von Somalia, dem Land, aus dem sie stammt. »Eine alte Frau stand vor der Tür. Sie hatte Tücher und eine Schüssel bei sich und eine Schere und forderte uns auf, uns nacheinander auf den Tisch zu setzen. Ich mußte die Beine breitmachen, es tat weh, und dann hat es stark geblutet. Sonst weiß ich nichts mehr davon. Ich weiß nur noch, daß meine Mutter erschrocken war, als sie am Nachmittag zurückkam. Jos sagt, daß wir vielleicht doch in den Niederlanden bleiben dürfen, weil sie nicht wollen, daß meiner kleinen neunjährigen Schwester dasselbe passiert. Ein Anwalt in Emmen meint, wir hätten gute Chancen. Ich hoffe es, denn ich will nicht, daß meine Schwester die gleichen Schmerzen hat, wie ich sie hatte und manchmal immer noch habe.«

Eine Bemerkung des israelischen Philosophen Avishai Margalit zu Orientalismus und Okzidentalismus, in beiden Fällen ein Bild, das in unfundierten Gefühlen, Vorurteilen des Ostens in bezug auf den Westen und umgekehrt wurzelt. »Einer der Beteiligten bei dem Anschlag auf die Twin Towers, Mohammed Atta, hatte in Hamburg studiert, Osama bin Laden ist ursprünglich Ingenieur. Zwei starke Metaphern, die sie ständig verwenden, der Islam als lebender Organismus versus die westliche Maschine, und eine natürliche Lebensweise als Gegensatz zu einem artifiziellen, seelenlosen Dasein – diese beiden Ideen stammen unmittelbar aus der deutschen Romantik.«

Hunde, nackte Männer. Nackte Männerkörper übereinander, infolge der Unschärfe des Fotos gleicht es einem grauenerregenden Gemälde von Francis Bacon. Die Natur der Angst bewirkt, daß eine Körperhaltung unnatürlich wird. Ein Mensch besitzt lediglich zwei Hände, um sich zu bedekken, um sich an etwas festzuhalten, um etwas abzuwehren. Doch wie ein (inzwischen freigelassener) Gefangener sagt: »Narben können verblassen, aber die Erniedrigung werde ich mein Leben lang nicht vergessen.« Und unter all den Bildern dieses eine, halluzinatorische, bei dem es nicht um Nacktheit geht, sondern das eher einem absurden Theaterstück zu entstammen scheint: eine menschliche Gestalt, die auf einem Tisch steht, gehüllt in eine schwarze, auf keine existierende menschliche Tracht zurückzuführende Maskerade, über dünne Drähte mit etwas Geheimnisvollem und Bedrohlichem verbunden, über dem unsichtbaren Gesicht eine hohe schwarze Kapuze, die für immer zur Ikonographie dieses noch jungen Jahrhunderts gehören wird, ein apokalyptischer Engel, eine unwägbare, aber tödliche Waffe, die ihren Weg zu denen zurückfinden wird, die sie sich ausgedacht haben, die Modeschöpfer des neuen Schreckens.

III

»Unter allen Religionen, mit denen sich das Christentum auseinanderzusetzen hatte, ist der Islam die am meisten angegriffene, am meisten mißverstandene gewesen.« So lautet der erste Satz eines bei Reclam erschienenen Buches, *Die Religion des Islam* von Annemarie Schimmel. Vielleicht ist es besser, ein paar Tage lang die Zeitungen links liegenzulassen und statt dessen diese 130 Seiten zu lesen, um die Zeitungen der nachfolgenden Tage besser zu verstehen. Wer außerdem auch noch das faszinierende, klare Buch von Bernard Lewis liest, kann zumindest auch eine gewisse Klarheit in seinem eigenen Kopf erwarten. Es heißt *What went wrong?* und handelt von den Beziehungen zwischen dem Westen und dem Mittleren Osten. So erfuhr ich zum Beispiel zu meiner Überraschung, daß in der historischen osmanischen Literatur die in Europa so bedeutsame Vertreibung der Muslime aus Granada lediglich als unbedeutendes Ereignis am Rande des Reiches beschrieben wurde: »Der Verlust Spaniens wird zwar erwähnt, allerdings stets als relativ unbedeutende Sache, fernab und nicht bedrohlich. Gelegentlich wird zwar über die Ankunft islamischer und jüdischer Flüchtlinge berichtet, die aus Spanien in die osmanischen Gebiete kamen, aber damit hatte es sich dann auch schon.« Das Buch beschreibt schmerzhaft den Niedergang dessen, was einst eine große Kultur war, die sich daraus ergebenden Komplexe und Rachegefühle, Mißverständnisse und Komplott-Theorien, und zieht gegen Ende ein Fazit, das sich die Gegner eines EU-Beitritts der Türkei zu Herzen nehmen sollten: »Zur Zeit gibt es zwei Lösungsansätze für dieses Problem, die in der Region viel Anklang finden, jeden mit seiner eigenen Diagnose der Gründe dafür, warum es schiefgegangen ist, und dem dazugehörigen Rezept, wie sich dieser Zustand überwinden läßt. Der eine führt die gesamte Misere auf das Abrücken vom göttlichen Erbe des Islam zurück und ruft zur Rückkehr zu einer tatsächlichen oder imaginären Vergangenheit auf. Das ist die Lösung der iranischen Revolution und der sogenannten fundamentalistischen Bewegungen und Regime in anderen muslimischen Ländern. Die andere Lösung ist die säkulare Demokratie, deren bestes Beispiel die von Kemal Atatürk gegründete türkische Republik ist.«

Anstatt zu versuchen, mit einer riesigen Besatzungsarmee einer Bevölkerung, die dafür noch nicht reif ist, die Demokratie aufzuzwingen, sollte sich der Westen besser auf ein Land konzentrieren, das mit eigener Kraft den Weg der Demokratie zu gehen versucht und dadurch in dieser Region ein Vorbild für alle Regime mit mangelhaft entwikkelter Demokratie und Völker mit diktatorischen und korrupten Regierungen sein kann.

IV

Zwei Briefe. Der eine von einer Freundin, der in Kanada lebenden irakischen Schriftstellerin Leilah Nadir, der andere von einem Niederländer, der mir nach der Lektüre meines Buches *Der Umweg nach Santiago* geschrieben hat.

Leilah Nadir schreibt: In Dantes Inferno ist Limbus oder die Vorhölle der erste Höllenkreis, ein Ort, an dem sich die Seelen ohne Hoffnung am Rande eines abgrundtiefen Tals der Leiden an ihre Sehnsucht klammern. Ein Jahr nach dem Krieg befindet sich der Irak in der Vorhölle. Als Saddam Hussein, den die meisten Iraker hassen, zu sehen war, wie man ihm wie einem wilden Tier die Zähne untersuchte, reagierten viele Iraker, die ich kenne, nicht mit Rachegeschrei. Sie empfanden eigenartigerweise Mitleid mit ihm. Er war gedemütigt worden. Das verblüffte mich im fernen Vancouver, aber ich vermute, daß Saddams Demütigung ein Symbol für die Demütigung des Irak war. Obwohl das Land diktatorisch regiert wurde und korrupt und arm war, befand es sich doch unter irakischer Kontrolle. Als Saddam gefangengenommen wurde, stand der Irak nicht unter irakischer Kontrolle, sondern unter amerikanischer. (...)

Wenn man mit meinem Cousin oder irgendeinem anderen Iraker spricht, so wird er von täglichen Bombenangriffen und Toten erzählen. Iraq Body Count bestätigt, daß es sich dabei nicht um Einzelfälle handelt: Bis zu 10 000 Zivilisten sind seit Kriegsbeginn getötet worden, und viele Todesfälle sind nicht einmal aktenkundig geworden. Die einschlägige Website (iraqbodycount.com) nennt die bedrückenden Fakten, auf welche Weise irakische Zivilisten zu Tode kommen – durch Bomben am Straßenrand, Geschützfeuer, Mörser, Handgranaten, Landminen, raketenangetriebene Granaten, Autobomben, Zusammenstöße mit gepanzerten US-Mannschaftstransportfahrzeugen, automatische und großkalibrige Waffen, um nur einige wenige zu nennen. (...)

Der Niederländer schreibt: Nun mein Übertritt zum Islam. Dazu möchte ich Ihnen doch ein paar Hintergrundinformationen geben. 1963 ging ich bereits mit 18 Jahren völlig auf Distanz zu meiner katholischen Vergangenheit und bin auch später nie der Versuchung erlegen, mich der marxistischen oder irgendeiner anderen Religion zuzuwenden. Der Grund dafür war ein ganz einfacher. Ich war zu dem Schluß gekommen, daß die Evolution der Menschheit noch zu sehr in den Kinderschuhen stecke, um auch nur ansatzweise eine Antwort auf gewichtige metaphysische Fragen geben zu können, und sowieso war ich zu der Überzeugung gelangt, man müsse Massenbewegungen per definitionem meiden wie die Pest. Als meine jetzige Frau mir 1989 klarmachte, sie werde mich nur unter der Bedingung heiraten, daß ich Muslim würde, lautete meine spontane Antwort folglich: »Nur über meine Leiche!« Doch gegen Liebe ist kein Kraut gewachsen, meine Frau und ich kamen nicht voneinander los. Schließlich habe ich zwei Jahre lang Hinz und Kunz (inklusive dem Minister für religiöse Angelegenheiten in Ägypten) die gleiche Frage gestellt: »Was ist das Minimum an Überzeugungen, die ich besitzen müßte, um von euch Muslimbruder genannt werden zu können?« Ich fand heraus, daß es nur wenige sind.

Es gibt nur einen Gott.

Ich war immer der Überzeugung, *falls es überhaupt einen Gott gibt,* dann nur einen. Ich begriff auch, daß ich ein großes Maß an Freiheit hatte, diesen Gott zu benennen. Jeder, mit dem ich darüber sprach, füllte auf seine/ihre Weise das Bild dieses Gottes aus, was bedeutet, daß auch ich das Recht dazu habe.

Mohammed ist sein Prophet.

Neben einer Menge zeitgebundener Dinge, die jetzt keine Rolle mehr spielen müßten, hat Mohammed auch eine Reihe denkwürdiger Aussagen hinterlassen. Diese nehme ich mir gern zu Herzen. Besonders wenn ich sie neben einige andere Aussagen stellen kann, die meinem Leben Richtung geben, auch wenn diese nicht immer im Koran, in der Bibel oder in der Thora zu finden sind, sondern einen Querschnitt durch meine Bibliothek darstellen.

Das Individuum ist eigenverantwortlich – *zwischen Gott und ihm gibt es keine Mittelsperson.*

Dieser Denkansatz war für mich ausschlaggebend. Für mich bedeutet das, daß der Islam (unabhängig von dem Murks, den manche Muslime daraus machen) anerkennt, daß jeder Mensch über die Voraussetzungen verfügt, etwas aus seinem Leben zu machen, er selbst ist dafür verantwortlich. Als ich mir das richtig klarmachte, war es für mich nicht mehr schwierig. Keinen Alkohol und keine Drogen zu sich zu nehmen bedeutet demnach, daß man selbst dafür sorgen muß, für sein Verhalten verantwortlich zu bleiben. Ich habe nie im Leben Drogen konsumiert, wohl aber gelegentlich ein Glas Bier oder Wein, und das werde ich auch in dem Maße weiter tun, wie ich mich verantwortlich für mein eigenes Verhalten weiß.

In diese Verantwortung paßt für mich auch kein Händeabhacken und kein Steinigen oder Frauen ihrer Identität zu berauben, indem man sie in einen Tschador steckt und ihnen das Recht auf Bildung nimmt. Rückständige Überbleibsel, die nur mein Interesse an den Hintergründen dafür wecken, an welchem Punkt die Fehlentwicklung einsetzte. Warum wird heutzutage nur noch über den heiligen Krieg als vernichtenden Kampf gegen Andersdenkende gesprochen, während Mohammed zwischen dem **KLEINEN** Dschihad (dem Krieg gegen Menschen, die dich fortwährend an der Ausübung deiner Religion hindern) und dem **GROSSEN** Dschihad unterschied (dem Kampf mit sich selbst, um ein guter Mensch zu sein)? Sie selbst, Herr Nooteboom, sind in den steinernen Überresten herumgegangen und sind Kenner einer islamischen Epoche, in der der Erwerb von Wissen gefördert wurde oder, noch stärker, in der die islamische Welt, was den Fortschritt betrifft, eine Zeitlang führend war. Einer Reihe von Denkansätzen aus dieser Zeit fühle ich mich verwandt, den heutigen Staatsreligionen dagegen überhaupt nicht.

Sie haben mich in meiner Entscheidung, Muslim zu werden, nicht angegriffen, folglich mußte und wollte ich mich auch nicht verteidigen. Ich wollte lediglich das Bild von Menschen (die ich auch kenne), die offenbar auf den Halt seitens einer größeren Bewegung nicht verzichten können, in meinem Fall etwas nuancieren. (...)

V

In der französischen Zeitschrift *Esprit* vom Juni 2004 ein Artikel von Souâd Ayada über den Islam als ästhetische Religion. Er befaßt sich in erster Linie mit Poesie, doch zunächst werden Hegel und die Religion des Sublimen angesprochen, die für Hegel die Religion des Denkens ist.

Gott existiert als fremde Macht (*puissance étrangère*) ausschließlich für das Denken. Im Islam ist er jenes »unendliche Phantom«, das in der endlichen Welt nie in Erscheinung tritt. Das macht ihn sublim: Er geht keine Verbindung mit dem Sinnlichen ein (*pactise*). Das einzige Gottesbild, das die »Söhne der Wüste« haben können, ist abstrakt, ein Bild des Einen, der herrscht. In der Wüste ist der Islam zu Hause, dort hat er seine Wohnung. Die Wüste ist der Ort, an dem Gott der absolut Andere ist, von den Menschen radikal getrennt, das der Erkenntnis nicht zugängliche Wirkliche, das gleichzeitig nirgendwo und überall ist. An diese Gedanken Hegels knüpft Souâd Ayada einen Ausspruch Balzacs: »Wissen Sie, in der Wüste gibt es alles, und es gibt nichts ... (!!) ... sie ist Gott ohne die Menschen.« In dieser abstrakten Umgebung ist kein Platz für bildende Kunst. Im Christentum ist Gott Mensch geworden. Davon ist im Islam keine Rede. Hier kommt die Offenbarung ausschließlich aus einem Buch. In der einen Religion ist Gott Fleisch geworden, in der anderen Sprache, Schrift. In diesem Sinne habe ich an anderer Stelle in diesem Buch, in meinem Bericht über Isfahan, von un-menschlicher Kunst gesprochen. Und im gleichen Sinne sei es auch zu verstehen, heißt es in dem Artikel weiter, daß Poesie in der islamischen Welt eine soviel höhere Funktion hat als die bildende Kunst: »Das Gedicht zeugt von seiner intimen Verwandtschaft mit dem Heiligen Buch, ist gleichsam seine Wiederholung.« Wie der Koran müsse auch das Gedicht die Wahrheit sagen, eine Offenbarung sein. Daher sei die Poesie in dieser Welt von so eminenter Bedeutung: »Ob Beamter, ob Krämer, man kennt die großen Dichter aus der eigenen Tradition auswendig, Hafiz, Khayyam, Rûmi sind die Überbringer einer Offenbarung: Wer sie liest, entschlüsselt in ihren Gedichten das Rätsel seines eigenen Verlangens.«

In keiner der Moscheen, die ich besucht habe, sah ich je die Abbildung eines Menschen. Ich habe sie auch nicht vermißt, dafür waren die Räume, die ich sehen durfte, zu erhaben. Und vielleicht sollte man auch in Anwesenheit Desjenigen, den man sich nicht vorstellen kann, von der ephemeren und vergänglichen Abbildung dessen nicht abgelenkt werden, der in jener anderen Religion paradoxerweise als Sein Ebenbild bezeichnet wird. Dennoch bleibt es merkwürdig, eine Religion ohne Bilder in einer Welt, die allmählich nur noch aus sich immer schneller verflüchtigenden Bildern besteht.

In derselben Ausgabe des *Esprit* die Niederschrift eines Dialogs zwischen Christian Jambet und Abdelwahab Meddeb, der am 25. Januar von Radio France Culture gesendet wurde. Es geht um den Schleier, das Kopftuch, *hijâb*, zehn Seiten lang, von denen ich lediglich die erste herausgreife, um die Ambivalenz, die sich in dem Koran-Satz *min warâ'i hijâb* (XXXIII, 53 und XLII, 51) verbirgt. Der erste Passus lautet in meinem deutschen Koran: »Allah aber scheut die Wahrheit nicht. Und wenn ihr sie (gemeint sind: seine Frauen) um einen Gegenstand bittet, bittet sie von hinter einem Vorhang.« Die Anmerkung dazu lautet in der deutschen Ausgabe: »Sogenannte *ayat al-hidschab*. Obwohl sie nur die Frauen des Propheten anspricht und eine Trennung von privaten und offiziellen Räumen anordnet, wurde sie zur Grundlage der Verschleierung, auch des Gesichts, mancher muslimischen Frau.« Mein spanischer Koran spricht in derselben Passage nicht von einem Schleier, geschweige denn von einem Kopftuch, sondern von einer *cortina*, einer Gardine oder einem Vorhang, was sich mit den diesbezüglichen Äußerungen in dem französischen Dialog deckt, als Abdelwahab Meddeb sagt: »*min warâ'i hijâb*[1] bedeutet wörtlich Schleier, aber in dem doppelten Kontext der beiden Zitate ist es als Draperie, Gardine, Vorhang zu verstehen, als Tuch oder Voile, das zwei Räume voneinander trennt. *Dieses Wort kann hier niemals in der eingeschränkten Bedeutung eines von Frauen getragenen Schleiers interpretiert werden*, hier geht es darum, den öffentlichen Raum vom privaten zu trennen. Der Kontext ist explizit und kann nicht anders gelesen werden.« Er fährt fort: »In XLII, 51 kommt der gleiche Passus in einem völlig anderen Kontext vor: ›Und es steht keinem Menschen zu, daß Allah mit ihm spricht, es sei denn durch Eingebung (*al-wahy*, plötzliche göttliche Inspiration und innere Erleuchtung) oder von hinter einem Schleier ...‹« Hier verwendet der spanische Koran das Wort *velo*, wofür mein spanisch-niederländisches Wörterbuch als erste Bedeutung Vorhang und Tuch aufführt und erst danach Schleier. Ich habe nie behauptet, die Welt sei nicht kompliziert, doch von diesem Punkt an bewegt sich der Dialog zwischen den beiden Gelehrten in höheren Sphären, wofür man Engelsflügel bräuchte – kein Problem im Koran, in dem es von diesen Wesen nur so wimmelt. Das Fazit dieses sehr langen Gesprächs (17 Seiten) ist eine totale Absage an Integristen und Fundamentalisten und im Grunde ein Plädoyer für einen modernen Islam, der sich nicht von »*ignorantins*« für deren eigene Ziele, zum Beispiel die Unterdrückung der Frauen, mißbrauchen läßt. Daß beide dann auch noch für das Verbot des Tragens ostentativ religiöser Symbole in Schulen sind, steht in der besten Tradition des französischen Laizismus, die Folge eines vor langer Zeit leidenschaftlich ausgetragenen Schulstreits. In meinem eigenen Land war ich immer der Ansicht, manche Menschen sähen mit Kopftüchern besser aus als ohne und das Phänomen werde, sofern man es nicht verbietet, in wenigen Generationen von allein verschwunden sein. Vielleicht aber müssen Probleme in der jeweiligen Zeit ausgefochten werden, wenngleich ich all die Kruzifixe an bayerischen Landstraßen doch vermissen würde, die, wie ich meine, außer mir ohnehin kaum mehr jemand sieht.

VI

Die Texte und Gedichte in diesem Buch sind die Berichte eines unschuldigen Reisenden, oder vielleicht sollte ich sagen: eines Reisenden in einer unschuldigen Zeit. Ich war jung und ich reiste durch eine Welt, die von anderen Gefahren bedroht wurde: der Atombombe und dem Kalten Krieg. Ich war arm und reiste durch eine Welt großer Armut und unvorstellbaren Glanzes. Ich sah, wie der Sultan von Marokko auf seinem Schimmel ausritt, sah, wie seine Offiziere ihm die Hände küßten, sah die Märchenerzähler und Schlangenbeschwörer in Marrakesch, hörte den stets wiederkehrenden Ruf der Muezzins in Kairouan, Tanger, Jakarta, Kuala Lumpur, Teheran, Ghom, Dubai, nahm die Inbrunst der Gläubigen in den Vorhöfen der Moscheen von Mopti, Isfahan, Delhi wahr. Ich sah eine Welt, die ich sehen wollte, eine exotische, orientalische Welt aus Tausendundeiner Nacht, die weiblichen Formen goldener und glasierter Kuppeln, die Verlockung der mäandernden arabischen Schrift, ich blieb außen, genauso wie ich bei den Niederlagen Syriens und Ägyptens außen blieb oder beim verzweifelten Drama zwischen Israel und den Palästinensern, das die Wirkung eines Brennglases hat in einer extrem entflammbaren Welt. Doch dieses Außen gibt es nicht länger, es ist zu uns gekommen und wird dies auch in Zukunft tun. Die erste Ahnung davon wurde mir 1976 in Form eines Spuckebatzens in der heiligen Stadt Ghom zuteil.

Im Januar 2003, Monate bevor Bush und Blair diesen unseligen Krieg begannen, schrieb ich folgendes: »Es ist natürlich ein teuflisches Dilemma – es sei denn, man glaubt an die Ethik des Westerns.

Auf der einen Seite der Tyrann und Mörder, der sein eigenes Volk unterdrückt und lebensgefährlich werden kann, auf der anderen der Held an der Spitze der Gemeinschaft der Gerechten, der den verhaßten Widersacher bestrafen und stoppen will, bevor es zu spät ist.

Der Held zaudert nicht. Wer lauthals zweifelt, das sind seine Freunde, denen er früher, als sie in Not waren, geholfen hat. Sie wollen ihm in dem Moment in den Arm fallen, als er zum entscheidenden Schlag ausholen will. Es ist dieses Gefühl höchster Frustration, die der törichten Fabel Rumsfelds zugrunde liegt. Bush wird sich jetzt wohl vor Ärger die Haare raufen, daß er Powells Linie gefolgt ist, wenngleich ihm das die Zeit gab, den Krieg besser vorzubereiten.

Kein Held läßt sich gern aufhalten, und er weiß, daß ihn – perfides Paradox – auch diejenigen in seinem eigenen Land, die gegen den Krieg sind, für einen Feigling halten werden, sollte er seine gewaltige Streitmacht wieder zurückziehen. Das wird er auch nicht tun, es sei denn, Saddam tritt im letzten Augenblick ab. Bleiben zwei Möglichkeiten. Entweder es gibt einen Blitzkrieg, und dann wird es eine Zeitlang den Anschein haben, als sei alles in Ordnung. Oder es kommt so, wie dieses alte Europa, das sich in der Vergangenheit so viele greuliche Kriege selbst angetan hat, aus Erfahrung weiß: Blut und Niederlage ziehen Blut und Groll nach sich.

Rumsfelds Äußerung macht deutlich, daß er von den Machtverhältnissen in Europa wenig versteht. Es gibt, zumal in militärischer Hinsicht, kein neues Europa. Was es hingegen gibt: Angst. Schröder und Chirac wollen nicht vor dem Fernseher sitzen, wenn das Blut über den Bildschirm strömt. Aznár traut sich im spanischen Parlament nicht zu sagen, was er in Washington gesagt hat. Und Blair läßt sich auf *das* Wagnis seines politischen Lebens ein und macht zugleich deutlich, daß Europa als politische Einheit nicht existiert.

Dies hätte ein gerechter Krieg sein können, wäre er nicht präventiv. Es gibt zu viele Ambiguitäten in der amerikanischen Politik: Tschetschenien, Israel. Wirkliche Helden messen nicht mit zweierlei Maß. Ein Talleyrand hätte Bush gesagt, er müsse über Saddams dunklen Schatten hinweg auf den Rest der islamischen Welt blicken, wo die Wahrnehmung einer Niederlage in den Terror der Rache münden kann. Aber Talleyrand konnte Napoleon auch nicht aufhalten.«[2]

Nun, da wir wissen, wie es ausgegangen ist, verspüre ich nicht den geringsten Triumph, recht gehabt zu haben, das wäre auch widerwärtig. Die Dinge haben sich mittlerweile in beängstigender Weise zugespitzt. Auf der einen Seite »unsere« Armee im Irak und in Afghanistan und das den gesamten Globus überstrahlende westliche Weltbild und auf der anderen der fundamentalistische Terror und die großen muslimischen Bevölkerungen in Europa – damit sind wir in einem Konflikt, der zeit unseres Lebens nicht mehr überwunden werden wird, füreinander zur fünften Kolonne geworden. Und wenn es auch nur den Ansatz einer Lösung dafür gibt, so kann dieser nur in der Ausräumung der unvorstellbaren Unwissenheit in bezug aufeinander liegen.

2004

Anmerkung

1 = *hidschab*, ich bin nicht verantwortlich für die Schreibweise arabischer Wörter im Französischen und im Deutschen (Anm. C. N.).

2 Erstmals abgedruckt am 27. 1. 2003 in der *Süddeutschen Zeitung*.

Quellennachweis

Ein Abend in Isfahan, aus: Im Frühling der Tau, Suhrkamp Verlag, Frankfurt/Main 1995, deutsch von Helga van Beuningen.

Freitags reitet der Sultan aus – Die gespaltene Stadt: Casablanca: Zwischen Place de France und Medina – Marrakesch: Schlüssel zum Atlas und zur Sahara – Fremdling in Nordafrika – Durch den Atlas in die Sahara: Zagora, der Hafen der Wüste – Dahinter hört die Welt auf ... – Fremder in Córdoba: Wo bleibt die Zeit? aus: De koning van Suriname, Rainbow Pocketboeken, Amsterdam 1993, deutsch von Helga van Beuningen.

Ach ja, Palmen – Fakha, Leffa, Attarine – Die große Moschee – Oder nicht mal das – Eine Nacht in Tunesien – Nefta, die letzte Oase – Abend in der Stadt – Sheherazade – Wind und Regen, aus: Een nacht in Tunesië, Rainbow Pocketboeken, Amsterdam 1965, deutsch von Rosemarie Still.

Mondland Mali – Am Rande der Sahara, aus: Nootebooms Hotel, Suhrkamp Verlag, Frankfurt/Main 2000, deutsch von Helga van Beuningen.

Ein Tod aus Feuer und Wasser, zuvor unter dem Titel »Tiefe Wasser, letzte Riten« erschienen in: DIE ZEIT, Nr. 42, Oktober 2003, deutsch von Helga van Beuningen.

Abschied von Granada: Der Blinde und die Schrift, aus: Der Umweg nach Santiago, Suhrkamp Verlag, Frankfurt/Main 1992, deutsch von Helga van Beuningen.

Titicaca – Empty Quarter – Qui'amiyat Dikakah – Ksar, Jbel Sarhro – Berberfriedhof, Tinerhir – Ruine bei Oulad-Merzoug – Gerber und Färber, Marrakesch – M'Hamid, Tagounit, aus: Gesammelte Werke, Bd. 1: Gedichte, Suhrkamp Verlag, Frankfurt/Main 2003, deutsch von Ard Posthuma. [Die angegebenen Jahreszahlen im Text beziehen sich auf das Erscheinen der Bände, in denen die Gedichte veröffentlicht wurden.]

Dinge, die nicht zueinander gehören, oder doch? Nachwort 2004, deutsch von Helga van Beuningen.

Cees Nooteboom

Allerseelen

Roman
Aus dem Niederländischen von Helga van Beuningen
436 Seiten. Leinen

Arthur Daane, ein Niederländer in Berlin, hat seine Frau und seinen Sohn bei einem tragischen Unglück verloren – und streift nun mit der Filmkamera durch die Großstadt im Schnee, auf der Suche nach Bildern für sein »ewiges Projekt«, seinen Film, und auf der Suche nach Elik, einer jungen Frau.
Hier, in Deutschlands schillernder Metropole, fühlte sich Arthur von neuen Freunden aufgenommen. Mit dem Philosophen Arno Tieck, dem Bildhauer Victor Leven und der Physikerin Zenobia Stein diskutierte er – oft bei ausgedehnten Essen – über die Ereignisse und Umbrüche der neunziger Jahre und über deren metaphysische Dimensionen.
Als Arthur Daane eines Tages die junge Geschichtsstudentin Elik Oranje kennenlernt, bekommt alle Metaphysik plötzlich sehr konkrete Konturen. Elik wird zur Sirene, sie ist eine Frau mit Geheimnissen, auf die Arthur hört, der er folgt, bis nach Madrid, bis zum Ende.

»Ein großer und ausgeruhter, ein europäischer und kosmopolitischer Roman.« *Ulrich Greiner, Die Zeit*

NF 225/1/5.00

Cees Nooteboom

Die folgende Geschichte

Aus dem Niederländischen von Helga van Beuningen
suhrkamp taschenbuch 2500
148 Seiten

Wieso wacht Hermann Mussert in einem ihm vertrauten Zimmer in Lissabon auf, obwohl er doch in Amsterdam wohnt und sich dort auch am Abend zuvor zum Schlafen niedergelegt hat? Ein spontaner Entschluß zum Aufbrechen in eine andere Gegend kann es nicht gewesen sein, denn dieser Altphilologe ist eher ein Lebensuntüchtiger, ganz seinen griechischen und lateinischen Autoren zugewandter Mensch. Träumt er nur, in Lissabon aufzuwachen? Oder ist sein Gang durch Lissabon eine Reise in der Erinnerung, also eine Reise in der Zeit? Denn immerhin ist dies der Ort einer richtigen Affäre mit einer Kollegin.
Im zweiten Teil der Geschichte bricht Mussert – im Traum? in der Wirklichkeit? – mit sechs anderen Personen zu einer Schiffsreise nach Brasilien auf. Alle Reisenden erzählen von ihrem Leben. Die Geschichte, die Hermann Mussert als letzter erzählt, scheint alle Rätsel zulösen: er gibt ihr den Titel *Die folgende Geschichte.*

NF 226/1/5.00

Cees Nooteboom

Rituale

Roman
Aus dem Niederländischen von Hans Herrfurth
suhrkamp taschenbuch 2446
231 Seiten

»Ein großer europäischer Schriftsteller. Ein poetischer Roman, in dem die Erotik im Mittelpunkt steht.« So lobte Marcel Reich-Ranicki *Rituale*. »Man sollte ihn lesen, er ist gut«, urteilte die *Süddeutsche Zeitung*, und auch die *Neue Zürcher Zeitung* war lakonisch und prägnant: »Die Qualität von Nootebooms Schreiben ist wahrhaft hinreißend. Nicht nur stimmen seine Figuren und die mit böser Phantasie ausgedachten Geschichten, nicht nur ist seine These klug, bedenkenswert und existentiell beunruhigend, sondern auch sein Stil ist einzigartig intelligent.«
Das Amsterdam der fünfziger, sechziger und siebziger Jahre erscheint hier in der Perspektive von Inni Wintrop. Dieser will Selbstmord begehen in seinem WC, »weil er in seinem Horoskop für ›Het Parool‹ prophezeit hatte, seine Frau werde mit einem anderen durchbrennen, und er, der ja ein Löwe war, würde dann Selbstmord begehen. Es war eine treffende Prophezeiung.« Doch wie der Tod so spielt, der Strick reißt. Mit neuer Aufmerksamkeit beobachtet er die Menschen in ihrer Stadt. Er beobachtet die Rituale, die Hilfskonstruktionen, mit denen sie versuchen, der verrinnenden Zeit, dem Gaukelspiel der Erinnerungen, der persönlichen Geschichte den Anschein des Sinnvollen zu geben.

NF 227/1/5.00

Lily Brett. Einfach so. Roman. Übersetzt von Anne Lösch. st 3033. 446 Seiten

Marguerite Duras. Der Liebhaber. Übersetzt von Ilma Rakusa. st 1629. 200 Seiten

Laura Esquivel. Bittersüße Schokolade. Roman. Mexikanischer Roman um Liebe, Kochrezepte und bewährte Hausmittel in monatlichen Fortsetzungen. Übersetzt von Petra Strien. st 2391. 288 Seiten

Moshé Feldenkrais. Bewußtheit durch Bewegung. Übersetzt und mit einem Nachwort versehen von Franz Wurm. st 2638. 280 Seiten

Max Frisch. Homo faber. Ein Bericht. st 354. 224 Seiten

Mahatma Gandhi. Mein Leben. Herausgegeben von C. F. Andrews. Übersetzt von Hans Reisiger. Mit einem Nachwort von Curt Ullerich. st 953. 299 Seiten

Marie Hermanson. Muschelstrand. Roman. Übersetzt von Regine Elsässer. st 3390. 304 Seiten

Hermann Hesse. Siddhartha. Eine indische Dichtung. st 182. 128 Seiten

Ödön von Horváth. Jugend ohne Gott. Roman. st 3345. 182 Seiten

Yasushi Inoue. Das Jagdgewehr. Übersetzt von Oscar Benl. st 2909. 98 Seiten

Wolfgang Koeppen. Tauben im Gras. Roman. st 601. 224 Seiten

NF 519/2/6.04

Else Lasker-Schüler. Die Gedichte. Herausgegeben von Friedhelm Kemp. st 2790. 440 Seiten

Stanisław Lem. Der futurologische Kongreß. Aus Ijon Tichys Erinnerungen. Übersetzt von I. Zimmermann-Göllheim. st 534. 139 Seiten

Robert Menasse. Die Vertreibung aus der Hölle. Roman. st 3493. 496 Seiten

Alice Miller. Das Drama des begabten Kindes und die Suche nach dem wahren Selbst. st 950. 192 Seiten

Cees Nooteboom. Rituale. Roman. Übersetzt von Hans Herrfurth. st 2446. 232 Seiten

Ulrich Plenzdorf. Die neuen Leiden des jungen W. st 300. 150 Seiten

Ralf Rothmann. Milch und Kohle. Roman. st 3309. 216 Seiten

Hans-Ulrich Treichel. Der Verlorene. Erzählung. st 3061. 176 Seiten

Mario Vargas Llosa. Tod in den Anden. Roman. Übersetzt von Elke Wehr. st 2774. 384 Seiten

Martin Walser. Ein fliehendes Pferd. Novelle. st 600. 151 Seiten

Robert Walser. Jakob von Gunten. Ein Tagebuch. st 1111. 192 Seiten

NF 519/3/6.04